Las Aventuras del Mono Marcelo

Francisco (Pancho) Sarmiento Oviedo

LAS AVENTURAS DEL MONO MARCELO

©   Autor – editor:

Francisco Sarmiento Oviedo

Calle Los Virreyes 180, Dpto. 202, Urb. Pancho Fierro,

Santiago de Surco, Lima 33 – Perú

Edición electrónica: www.lulu.com/es

Diseño de cubierta: Conrado Cairo y Francisco Sarmiento Oviedo

Corrección: David Castrat Montes

Corrección final: Claudia Ghezzi Marcionelli

ISBN: 978-612-00-0529-3
Hecho el depósito legal en la Biblioteca Nacional del Perú N° 2011-03810
Lima, marzo de 2011

A Marta, Andrés y Alejandro, mi familia

INDICE

PRÓLOGO

Esta novela se origina con los relatos de las historias reales de la mascota que de niños tuvieron mi suegro y su hermano, un pequeño mono machín de la selva amazónica. Cuando mis dos hijos eran pequeños, quedaron fascinados con dichos relatos; luego, mi esposa cuando vio que el personaje los entretenía mucho, especialmente a la hora de comer, comenzó a recrear otras amenas historias ficticias sobre tan singular protagonista. Es aquí donde nace la inquietud por plasmar literariamente las historias reales y ficticias de este pequeño animal y de personajes de ambas familias –de mi esposa y la mía-, muchas de ellas enmarcadas en el contexto histórico peruano y mundial.

La novela está recreada en el año de 1940, cuando Lima, la capital del Perú, era todavía una ciudad relativamente pequeña, que comenzaba a expandirse más allá de lo que en antaño fueron sus límites coloniales. En una de las nuevas urbanizaciones de los suburbios de esta ciudad, es donde principalmente transcurren los hechos de la novela, destacando lugares, enseres, usos, costumbres y la cultura de aquella época limeña. Pero cuando la novela se traslada a otras épocas y lugares, se ha tratado también de recrear fielmente los entornos de los hechos relatados, aunque el relato en sí contenga mucho de ficción.

El resultado es una historia de familia dentro del marco de la realidad histórica y de la ficción, que nos presenta sus propias complejidades, valores, personalidades, pasados heredados y una maraña de historias relacionadas.

Finalmente, lo que esta novela busca es sacar a relucir la riqueza de las historias familiares propias de cada lector y que descubra que es parte de algo mucho más grande que sí mismo, ese algo donde seguramente encontrará la mayor parte de las respuestas a sus propias inquietudes o interrogantes personales: su propia familia.

EL AUTOR

CAPITULO I

MARCELO LLEGA A CASA

Recuerdo como si fuera ayer la visita del tío Antonio, aquella que cambió nuestras vidas, porque es donde comienza la historia del mono Marcelo. El tío Antonio era el hermano soltero de mi padre. Mi hermano, Alejandro, y yo lo admirábamos mucho, porque aparte de viajero era un gran aventurero especialmente para nosotros, que vivíamos en Lima, en la ciudad. No había lugar de la costa, ni de la sierra, ni de toda la cautivante selva amazónica, que él no hubiera visitado o explorado. De todos sus viajes y aventuras nos traía innumerables historias fantásticas, las que siempre nos contaba cuando se quedaba algunos días en casa. No en vano Alejandro y yo comíamos nuestra cena temprano y rápido, para luego capturar al tío y quedar prendados un buen rato con sus historias, hasta que nuestro padre nos enviaba a dormir.

Los negocios del tío Antonio lo obligaron a visitar casi todos los puertos y caletas de la costa, de donde, para nuestro deleite, recogía cuanto relato interesante podía encontrar. Nos fascinaban sus historias de los pescadores de Huanchaco con sus caballitos de totora, la de los inmensos peces espada de Cabo Blanco o la de los pescadores de enormes tortugas marinas que abundan en el mar de Pisco. Por supuesto, no faltaban las historias de monstruos marinos, tampoco las de los antiguos mitos o leyendas andinas sobre el mar. La leyenda que más nos impresionaba era la de la diosa Urpi Huachac la que, según la mitología andina, fue quien pobló el mar de peces y de todas las demás especies marinas.

Tampoco faltaban las narraciones de sus exploraciones por toda la sierra buscando minas de oro, plata, cobre o tungsteno, guiando sus recuas de mulas por los caminos más peligrosos y arriesgados. Nos explicaba cómo los mineros realizaban la ceremonia del pago a la tierra cada vez que se iniciaba la excavación de una mina para agradecer a la Pachamama los frutos de sus entrañas, de lo contrario, la mina podría padecer todo tipo de accidentes. Relataba también diversas historias y supersticiones típicas de la sierra: la prohibición de que una mujer entre a los socavones de las minas; las correrías de los pishtacos para recolectar grasa humana; la lucha del cóndor sobre el toro llamada "Yawar Fiesta"; o aquellas de los lugares secretos donde se escondió el oro que iba para el rescate del Inca Atahualpa.

Si bien todas las anécdotas del tío Antonio nos cautivaban, para Alejandro las mejores eran las de la selva. Siempre soñaba con estar entre los árboles gigantes, con orquídeas y helechos colgantes, con innumerables lianas para colgarse de ellas y atravesar la floresta velozmente. En sus sueños no podían faltar los otorongos o jaguares amazónicos, las anacondas y las boas - como las de la leyenda de Yacu Mama-, los monos, los guacamayos, los loros, las mariposas y los miles de insectos, especialmente las tarántulas peludas. Alejandro parecía hipnotizado con las historias del Tunche o el diablo; del Runamula, ese centauro que escupe fuego o de las sirenas del Amazonas. Por supuesto que las historias de los caníbales y de los reducidores de cabezas más de una vez no nos dejaron dormir.

El mismo día que llegó el tío Antonio, después de contarnos diversos episodios, nos comentó que en pocos días volvería a la selva, sólo que esta vez iría a Iquitos porque le habían ofrecido un negocio de maderas. De joven había recorrido casi toda la selva por el negocio del caucho, con el que hizo una pequeña fortuna, lo que le permitió invertir en otros negocios en diversos lugares. Al poco rato, cuando papá nos ordenó que nos despidiéramos para irnos a dormir, nos levantamos para abrazar al tío Antonio con la alegría de siempre.

—¿Qué quisieran que les traiga de Iquitos?—, nos susurró en ese momento a ambos al oído, con su típico tono pícaro y bonachón.

Nos quedamos sorprendidos por la oferta, porque se requiere de tiempo suficiente para responder a semejante propuesta, para meditarla y así poder contestarle lo más acertadamente posible. Después no habría lugar a reclamos, menos para cambiar el regalo, ya que a Iquitos se llegaba solamente por barco desde Pucallpa, lugar adonde, a su vez, se iba por tierra durante varios días. Otra ruta hacia Iquitos era surcando todo el Amazonas; saliendo desde el puerto del Callao, cruzando después el Canal de Panamá, para luego entrar a dicho río por el océano Atlántico.

Posteriormente, se surcaba el río atravesando toda la selva brasileña hasta pasar la frontera con el Perú, para finalmente arribar a dicho puerto lo que, en consecuencia, significaba un viaje de varias semanas.

—Mmmm, creo que quiero un juego de arco y flechas, además de una pequeña cerbatana —le contesté—.

En realidad estaba haciéndome un tanto el interesante, aunque por dentro temía equivocarme y no pedirle lo que realmente quería.

—¿Y tú Alejandro?—le preguntó a mi hermano.

Pero él estaba como alucinado mirando al piso, quizás pensando en cientos de posibilidades, tales como mariposas disecadas, tarántulas vivas o, hasta tal vez, una cabeza reducida de los jíbaros, porque él es de esas cosas raras, exóticas. Al poco rato, Alejandro levantó su cabeza, miró al tío con ojos que le brillaban de magia y felicidad, entonces tomó un poco de aire y exclamó: "¡Quiero un mono!", al mismo tiempo que daba de brincos como el animal que acababa de pedir.

—¿Un mono?—le preguntó sorprendido el tío Antonio.

—¿¡Un mono!?—preguntaron alarmados mamá y papá al mismo tiempo, porque habían escuchado la entusiasta exclamación de Alejandro.

—Antonio, hermano—, le dijo papá a nuestro tío con tono serio, —no se te vaya a ocurrir traer ese tipo de animales a la casa, porque traen todo tipo de enfermedades y son muy destructores.

—No te preocupes Arístides, —le respondió el tío con un gesto serio y responsable, —: además, difícilmente podría traer un animal vivo como ese desde tan lejos, con un viaje tan largo es casi imposible.

Pero, apenas papá y mamá se alejaron más calmados y aliviados, el tío Antonio se volvió hacia nosotros, miró fijamente a Alejandro, asintió levemente con su cabeza y le guiñó pícaramente un ojo sin decir nada. Para nosotros no necesitaba agregar algo más, la suerte estaba echada, para él no había imposibles.

Pasaron seis largos meses sin que supiéramos nada del tío Antonio, ni siquiera nos enteramos si había viajado a Iquitos o no. De todas maneras no nos sorprendía que se esfumase por tan largo tiempo, las desapariciones eran parte de su espíritu aventurero, hasta que, de un momento a otro, volvía a aparecer cargado de regalos, de nuevas historias y aventuras. Por lo menos, desde que yo me acordara, varias veces había sucedido lo mismo. El que no se resignaba a no tener noticias era Alejandro. Cada semana salía corriendo a la puerta cuando escuchaba que el cartero llegaba o cuando le abrían la puerta para recibir los telegramas, las cartas o las encomiendas del Cusco, que era donde nuestra familia tenía unas tierras y propiedades.

Por las noches Alejandro soñaba con su mono. Algunas veces imaginaba que era negro como los maquisapas; otras, negro y marrón como los machines; luego, castaño claro. Pero, cuando me contó que había soñado que el mono era verde, ya comencé a preocuparme porque de la ansiedad estaba pasando al delirio. Inclusive, llegué a pensar en pegarle en la cabeza con el palo de la escoba, para que reaccione y vuelva en sí.

Felizmente, cuando comenzó con las alucinaciones de los monos de colores, era enero, por lo que teníamos vacaciones escolares hasta marzo, de lo contrario, hubieran peligrado sus calificaciones en el colegio y esto le hubiera significado una buena paliza de papá, que lo habría hecho pisar tierra inmediatamente. Finalmente, no hubo necesidad del palo de escoba o de una paliza paterna, poco a poco fue dejando de ver monos de colores. Es más, durante un tiempo no volvió a mencionar siquiera la palabra mono, ni tampoco algo que tuviera que ver con estos animales.

No obstante, en el mes de febrero, durante un fin de semana en el balneario de Ancón, en casa de la tía María, la hermana de mi abuelo paterno, Alejandro, de pronto, comenzó a sentirse más contento. Estaba más alegre, hasta reía con facilidad con los amigos, los primos o los adultos, a pesar de ser normalmente un poco serio. Yo creí que la tía María le había contagiado algo de sus chifladuras o de sus disparates de rutina, porque ella era de las que iba con zapatos de taco a la playa; también podía caminar por el malecón del balneario con un chal de red de pescar o, para colmo, los domingos a veces daba fichas de juego en la bolsa de limosna de la iglesia en lugar de monedas. La tía María era todo un personaje. Era muy popular en el balneario y al mismo tiempo muy querida porque era muy caritativa.

Yo estaba muy preocupado, porque pensaba que el contagio podría ser mutuo. Sólo le faltaba a la tía María decir, en ese momento, que había soñado con monos de colores, para que yo escapara inmediatamente de aquel lugar, porque para mí esto se estaría convirtiendo en un manicomio. O que Alejandro repitiese el clásico comentario que la tía María solía pronunciar diariamente: "Mi taza de café con leche pesa una tonelada"; para luego reclamarle a Melchorita, su sirvienta de siempre, que no sea tan grosera en servirle tanto. Sin embargo, a los pocos minutos ya se estaba despachando su segunda taza de lo mismo. Por eso, cuando en el desayuno o en el lonche, Alejandro levantaba su taza, yo rogaba dentro de mí que no dijera que le pesaba mucho. Entonces, cuando él terminaba su leche sin decir nada, yo daba un pequeño suspiro de alivio.

La última noche de ese fin de semana en Ancón, me atreví a preguntarle a Alejandro sobre su repentino buen ánimo y su espontánea alegría, lo que no era usual en él. Estábamos en nuestra habitación con las luces apagadas; desde no muy lejos nos llegaba el arrullo de las olas del mar; la luz de la luna llena entraba por la única ventana, haciendo parecer fantasmales las cortinas blancas de dril. Alejandro estaba echado en la cama de arriba del camarote donde dormíamos, con la mirada fijada en el techo. Después de mi pregunta se quedó en silencio, me pareció un tanto pensativo o que estaba meditando la pregunta.

—Andrés, ¿sabes qué?, el tío Antonio está por llegar pronto—, me respondió a los pocos minutos, sin dejar de mirar el techo.

—¿Cómo lo sabes? —, le pregunté bastante intrigado.

Me confundió su respuesta, porque tenía entendido que no nos había llegado correspondencia del tío Antonio desde hacía varias semanas. De conocerse alguna noticia, toda la familia ya la hubiera sabido en el acto.

—No solamente lo sé, sino que también lo siento, además me está trayendo mi mono—, me contestó muy seguro de sí mismo.

—¡Ah no, no puede ser! Ahora sí que la tía María le ha contagiado—, pensé temeroso dentro de mí.

Sin embargo, a pesar del disparate o la chifladura, -no sé qué es peor- que me acababa de decir, no le contesté palabra alguna, principalmente por el temor a alimentar aún más sus fantasías o provocarle un ataque de furia, como aquellos que les da a los locos del hospital Larco Herrera.

A los pocos segundos, Alejandro se recostó sobre el borde de su cama e inclinó su cabeza para mirarme, con sus ojos que brillaban a la luz de la luna, tenía una sonrisa de oreja a oreja. En ese momento puso su mano extendida al costado de su boca.

—Se va a llamar Marcelo—, me susurró suavemente, como para que nadie más lo escuchara.

Inmediatamente después volvió a echarse mirando el techo, con una sonrisa extraña parecida a la de un demente, apoyando esta vez su nuca sobre sus manos entrelazadas.

Esa noche difícilmente pude dormir. La reventazón de las olas me parecían tsunamis que arrasarían el balneario. Al moverse las cortinas con la brisa, imaginaba los fantasmas de todos nuestros antepasados reclamando compañía. Además, me entró la obsesión de que la tía María o Alejandro, que en ese momento para mí eran lo mismo, me estrangularían con una almohada o con el chal de red de la tía.

A la mañana siguiente, cuando mamá entró en la habitación salté inmediatamente de mi cama para abrazarme fuertemente a ella, mientras apoyaba mi cabeza medio inclinada sobre su pecho.

—¿Qué te pasa Andresito? —, me preguntó bastante sorprendida.

En ese momento yo solamente miraba horrorizado cómo Alejandro se despertaba, para luego estirarse e incorporarse lentamente en su cama con su cara somnolienta, como si nada pasara. Tal vez, en ese instante yo inconscientemente esperaba de él algún arrebato de locura o algo similar, no era para menos, especialmente después de las chifladuras que me dijo la noche anterior.

—Nada mamá, nada—, le contesté, con la seguridad de poder contar con su protección.

El domingo, al terminar la tarde, llegamos a Lima. Cuando entramos a la casa papá vio un telegrama en el piso que movió sin querer cuando maniobró la puerta para abrirla. Rápidamente lo levantó para abrirlo, después lo leyó detenidamente con interés.

—Es de Antonio, mi hermano—nos comunicó—: su barco atracó en Paita por dos días para unas reparaciones, pero estará llegando al Callao el próximo fin de semana. Hizo una pausa para seguir leyendo, aquí dice también: "Encargo Andrés listo. Stop. Alejandro sorpresa. Stop."

—Espero que al loco de tu hermano no se le ocurra traer cosas raras y menos un mono—, le comentó mamá, como queriendo lanzar la advertencia antes de que ocurra alguna tragedia familiar.

En ese momento miré a Alejandro, sus ojos estaban medio desorbitados como los de un demente, al mismo tiempo su cara irradiaba felicidad pura. Éste y la tía María deben tener un pacto con el diablo, supuse un tanto asustado.

No podía creer que ahora mi hermano se volviese clarividente, era lo único que faltaba. Sin embargo, su dicha me tocó el corazón e hizo que me enterneciera con él. Creo que nunca lo había visto tan feliz.

—Por favor mamá, las cosas que se te ocurren—comenté—. Él solamente nos traerá arcos, flechas y cerbatanas que son típicas de Iquitos, —le contesté a mi madre con la autoridad del hermano mayor, pero con la mirada cómplice dirigida hacia mi hermano menor, porque yo tenía la certeza que ese tal mono Marcelo estaba en camino.

—Eso espero, pero tengan cuidado de no sacarse un ojo con esos juguetes—, terminó diciendo mamá.

Mamá se esforzaba por aparentar serenidad cuando se hablaba del tío Antonio, pero no podía ocultar su preocupación, su alarma, porque ella mejor que nadie, conocía muy bien a su único cuñado y sus excentricidades. Además de traernos el mono, no sería la primera vez en traer o enviarnos bichos raros a casa.

En una ocasión, nos mandó una encomienda desde Tumbes. Era una caja grande de cartón, un poco pesada. Mamá la puso en el piso de la cocina, luego, con curiosidad, comenzó a sacarle todas las soguillas que la aseguraban, pero cuando abrió la caja, pegó un grito desgarrador. Alejandro y yo corrimos a la cocina alarmados, encontramos a mamá subida en una banca pequeña pegando de gritos, mientras que varias langostas vivas caminaban por todo el lugar como dueñas de casa, amenazando con sus largas antenas de púas a cualquiera que se les acercara. Lo curioso es que llegaron vivas después de dos días de viaje; eso se debió a que en el fondo de la caja había arena de playa húmeda, protegida por los costados con retazos de bolsas plásticas. El tío Antonio las había despachado para el cumpleaños de papá, en el que efectivamente nos dimos un festín de reyes.

En otra oportunidad nos llegó otra de sus acostumbradas encomiendas, pero esta vez desde Arequipa. Mamá, después de la experiencia de las langostas, antes de abrir la caja la sacudió bastante, después pegó la oreja a ella para escuchar si algo se movía. Ningún ruido se percibió, repitió la operación varias veces por extrema precaución, hasta que, convencida de que nada se movía, procedió con la rutina de abrir la caja. Alejandro y yo estábamos jugando en el jardín, cuando volvimos a escuchar otra vez el mismo grito desgarrador desde la cocina. Corrimos hacia allá. En esta ocasión encontramos a mamá sentada en el piso de la cocina, lloraba nerviosa y horrorizada, al mismo tiempo que se tapaba los ojos con las manos. Inmediatamente nos acercamos a la caja. Al mirar dentro quedamos tan horrorizados como ella al descubrir una cabeza de carnero sin piel, sobre un montón de carne fresca envuelta en hojas de lechuga y ramas de perejil. Lo horrible era que el carnero beneficiado nos miraba con sus impresionantes ojos muertos y sus párpados a medio cerrar. En una nota decía que la carne del carnero era para nosotros, pero la cabeza era para papá, para prepararle el caldo tipo serrano que tanto le gusta. Desde esa vez, mamá nunca más volvió a abrir, ella misma, una encomienda del tío Antonio.

En el transcurso de la semana siguiente, mi hermano Alejandro y yo tuvimos bastante actividad. Como sabíamos que el mono estaba por llegar, decidimos adelantarnos construyéndole una jaula en la azotea de la casa. Esta zona ya estaba poblada por otros animales: la jaula de las palomas de mamá conjuntamente con el corral del orgulloso gallo Jacinto y su harén de gallinas siempre cluecas. Jacinto era nuestro despertador natural de todos los días. En las mañanas lo odiábamos por lo fuerte que cantaba al salir el sol. A veces, en la desesperación, le pedía a Dios que por el esfuerzo que hacía el gallo al cantar, escupiese la molleja y cayese muerto.

Para construir la jaula del mono tuvimos que buscar varios listones de madera. Algunos amigos vecinos nos proporcionaron unos cuantos y los que nos faltaban nos lo regaló Don Pepe, el dueño de la carpintería que quedaba por la Plaza Bolognesi. Felizmente, teníamos suficiente malla de metal para forrar la jaula porque había quedado regular cantidad de la que se usó para el corral de las gallinas. Lo difícil de todo nuestro plan era evitar que mamá se diera cuenta de la construcción de la nueva jaula, porque sino nosotros, con mono o sin él, podríamos terminar en la calle.

Como nunca, nos ofrecimos todos los días para dar de comer a todos los plumíferos de la azotea y hasta nos brindamos para limpiar las jaulas. Con este último ofrecimiento mamá pensó que estábamos con fiebre o medio chiflados. Eso ya era algo inaudito, completamente fuera de lo común, porque siempre nos negábamos a hacerlo. Nuestra otra treta consistía en, especialmente en las tardes, decirle que nos íbamos a jugar fútbol con los amigos al Campo de Marte, pero en realidad nos escabullíamos sigilosamente hacia la azotea para terminar nuestra tarea. Por supuesto que más de una vez mamá casi nos descubre, más que nada cuando iba a tender o recoger la ropa lavada. Felizmente, las veces que subió pudimos escucharla a tiempo, para poder correr a escondernos detrás del pequeño cuarto de depósito.

El día viernes de esa misma semana, logramos terminar la jaula para el esperado mono Marcelo -aunque todavía no me acostumbraba a su nombre cristiano-. El único problema fue que nos salió un poco más grande de lo inicialmente calculado, por ese motivo nos quedamos sin malla para hacerle el piso. Tampoco teníamos propina para comprar más, porque se nos fue en helados por el caluroso verano. Entonces, a Alejandro, se le ocurrió una excelente idea para solucionar este imprevisto: colocaríamos la jaula sobre el corral de Jacinto y sus gallinas, porque su techo también era de malla. Solamente teníamos que asegurar la jaula de Marcelo a esa parte, para que al mismo tiempo le sirva de piso. Pero eso ya lo haríamos solamente cuando Marcelo llegue, mientras tanto teníamos que esconder o camuflar bien la jaula, principalmente para que mamá no se percatara de su existencia.

Esa misma tarde, mientras contemplábamos nuestro trabajo, Alejandro, bastante emocionado, me abrazó en agradecimiento por ayudarlo. Un niño de nueve años no hubiera podido solo con esa tarea, pero con la ayuda de otro de once, sí se pudo terminar la jaula a tiempo.

El tan esperado sábado transcurrió sin novedad, muy a nuestro pesar por supuesto, porque para sorpresa de todos, cada vez que sonaba el timbre, los dos corríamos como locos hasta la puerta principal, arrollando a cualquiera que se encontrara en nuestro camino.

—¡Nosotros abrimos, nosotros abrimos! —, gritábamos desde donde estuviéramos, antes de comenzar a correr.

Ninguna de las veces que abrimos la puerta nos encontramos con el tío Antonio. Simplemente desfilaron tocando el timbre: el lechero, el panadero, el del quiosco del periódico, el frutero de carretilla... Por la tarde, como de costumbre, no faltó Don Juan con sus revoluciones calientes, cantadas con su voz de tenor. Luego vino de nuevo el panadero con el pan para el lonche. Sorpresivamente, esa tarde también llegó Doña Isabel. Realmente era la excepción porque estaba trayendo los tamales del desayuno del domingo. Nos explicó que se adelantó, porque al día siguiente tenía que visitar a un pariente enfermo en Chosica. Del tío Antonio... ¡Ni rastro!

Cuando nos despertamos el domingo estábamos medio desalentados, especialmente Alejandro. Pensábamos que nuestro tío había decidido quedarse en Paita un tiempo más: tal vez había encontrado algún negocio que hacer o, simplemente, quería disfrutar un poco más de los deliciosos pescados y mariscos del norte.

En otras oportunidades, el tío Antonio había hecho lo mismo. Cuando un lugar le gustaba mucho, simplemente se quedaba allí más tiempo del programado. Él era un alma libre, le gustaba vivir la vida conforme se le presentaban las situaciones, no dejaba pasar ninguna buena ocasión como para aprovecharla y disfrutarla. No le gustaba la vida rígida, a pesar de ser un gran negociante y muy trabajador. Por algo mamá, más de una vez, le decía a papá: "Tu hermano necesita casarse, no puede estar toda la vida dando vueltas por todos lados, tiene que sentar cabeza", a lo que mi padre simplemente asentía sonriendo, porque sabía que era inútil discutir, más aún si el tema era su original hermano Antonio, al que en el fondo admiraba y quería profundamente.

Durante el desayuno de ese día, se le comenzó a notar un poco triste a Alejandro, no quería probar bocado alguno, a pesar de que le encantaban los tamales como a papá y al tío Antonio. Justamente, los tamales despedían, desde la olla donde se calentaban, un aroma que le podría abrir el apetito a cualquiera. Al poco rato, en el momento que mamá destapó la olla y comenzó a poner los tamales en la fuente, repentinamente sonó el timbre. Papá dejó el periódico para ir a ver quién era. Mientras se levantaba, con un ademán de la mano, nos ordenó que nos sentáramos.

—No se levanten muchachos, que yo abro, —nos dijo papá—mientras se dirigía a la puerta principal.

En ese instante, a Alejandro se le iluminó la cara, a pesar de no saber de quién se trataba; tal vez era de nuevo ese sexto sentido que compartía con la tía María. Desde la sala escuchamos a los pocos minutos, después de los saludos con mi padre, esa voz pícara tan familiar, tan esperada por nosotros.

—Espero haber llegado a tiempo para esos tamalitos, que se pueden oler desde la calle—, escuchamos decir al recién llegado.

No podía ser otro: ¡Era el tío Antonio!

Nos levantamos de un salto, como resortes, para correr hasta la sala. Detrás de nosotros venía presurosa mamá, cauta pero contenta, porque sabía lo mucho que queríamos al tío. Además, para ella, era su único cuñado; aunque no le gustaba demostrarlo, igual le tenía mucha estima y afecto. Por supuesto que apenas lo vimos nos colgamos como siempre de su cuello, mismos primates de zoológico a la hora de la comida, para decirle lo felices que estábamos de verlo, también para pedirle, al mismo tiempo, que se quedase varios días en casa. Nos sentíamos muy curiosos, muy ansiosos porque nos cuente nuevas historias, así como sus últimas aventuras. Después de los efusivos saludos nos ordenó que nos sentáramos en los sillones de la sala para entregarnos nuestros presentes en el orden de siempre. El rito lo conocíamos de memoria, primero los regalos para papá, luego los de mamá y después los que nos correspondían a nosotros.

Sobre la mesa del comedor había puesto varios paquetes, los que inmediatamente comenzó a abrir uno por uno. A papá le trajo unas finas camisas importadas de verano, además de dos bastones de palmito natural para preparar la exquisita ensalada de chonta, típica de la selva. A mamá le trajo unas elegantes telas, también importadas, para que se confeccione vestidos de verano. Cuando tocó mi turno pude ver que desenvolvía un paquete largo, bien envuelto. Apenas terminó me alcanzó el arco, las flechas y la cerbatana que le había encargado. Los obsequios me gustaron mucho, estaban hechos a mano por los nativos de la selva. Siempre había querido tenerlos, eran tan bonitos que inclusive varios amigos los usaban de adorno en sus habitaciones.

—¡Gracias, tío Antonio!—atiné a decirle emocionado.

Cuando le tocó el turno a Alejandro éste se paró y lentamente se dirigió donde el tío Antonio con cara de hipnotizado. Solamente yo sabía qué era lo que mi hermano esperaba, además, comprendía por qué tenía esa cara. Pero, de repente, el tío comenzó a desenvolver un paquete similar al mío. Acto seguido le entregó el mismo juego de armas de la selva que yo había recibido minutos antes. La cara de Alejandro era de tal sorpresa, que parecía de felicidad, pero en realidad su sorpresa, mezclada con desconcierto, se debía a que no podía creer que su infalible sexto sentido le fallara esta vez, porque: ¡no había ningún mono por ningún lado! Al menos eso era lo que creíamos.

En el momento que Alejandro se dirigía cabizbajo a sentarse otra vez, el tío Antonio, riéndose y desde atrás, lo tomó por los hombros con ambas manos y lo hizo girar mientras él se inclinó de cuclillas para mirar fijamente a mi hermano.

—Seguro que pensaste que me había olvidado de tu encargo—, le dijo a Alejandro sin dejar de sonreír.

Al mismo tiempo, estiró su brazo hacia atrás para arrastrar hacia él una caja mediana de madera con varios hoyos, que estaba medio escondida debajo de la mesa del comedor.

—Pues te equivocas sobrino, tú sabes que yo nunca les fallo—, le volvió a decir.

En ese preciso instante, puso la caja de madera en las manos de Alejandro. Mamá, se incorporó alarmada en su asiento, movía la cabeza tratando de ver a lo lejos de qué se trataba ese regalo inesperado.

Alejandro, que se encontraba esta vez en una especie de trance, se quedó estático mirando la caja en sus manos durante un largo minuto. Entonces, el tío Antonio le levantó la barbilla para poder mirarlo a los ojos.

—¿Acaso no vas a abrirla?—le preguntó con tono alegre—: Creo que mejor te ayudo a ponerla sobre la mesa para que la abras más cómodamente— volvió a decirle, mientras colocaba la caja sobre la mesa del comedor.

Alejandro inmediatamente se arrodilló sobre una de las sillas y con sumo cuidado corrió el seguro que la caja tenía en la parte superior, en realidad, era una tapa que se abría hacia arriba. Después de quitarlo, Alejandro comenzó a abrir cuidadosa y lentamente la tapa. A lo lejos, mamá desde su asiento prefirió mirar hacia otro lado, porque ya tenía suficiente experiencia en estos menesteres de abrir las cajas extrañas de nuestro tío.

Cuando finalmente Alejandro abrió toda la tapa, se asomó una pequeña cabeza de color negro y castaño oscuro, que nos miró a todos con sus desconcertados ojitos negros. En ese instante, Alejandro, traicionado por la emoción, le gritó: "¡Marcelo!". Entonces, este pequeño mono machín como el de los organilleros, dio un salto del susto, para ágilmente treparse de golpe a la fina araña de cristal del comedor, que era herencia de la bisabuela materna.

Mamá no pudo pararse siquiera, porque de la impresión quedó desmayada en el mismo sillón donde estaba sentada. Papá y el tío Antonio soltaron estruendosas carcajadas por la escena tan graciosa. Yo solamente atiné a correr, emocionado, a abrazar a mi hermano que no hacía más que gritar: "¡Marcelo!, ¡Marcelo!, ¡baja por favor!".

El pobre mono, sin todavía poder recuperarse del susto, ni de la impresión por la presencia de tantos extraños, ni de lo raro que era para él este nuevo ambiente, no tuvo otra reacción instintiva que comenzar a dar chillidos estridentes y desesperadamente agudos. Al mismo tiempo, comenzó a balancearse en la fina araña de cristal, valiosísima reliquia familiar, haciendo que cientos de sus cristales sonaran como campanitas de Navidad, al chocar simultáneamente unos con otros.

¡Marcelo había llegado a casa!

CAPITULO II

MARCELO EN FAMILIA

A mi hermano Alejandro y a mí, nos costó dos meses de angustias y ansiedades lograr que mamá finalmente aceptara que Marcelo, nuestro mono machín, se quedara en la familia. La tarea fue ardua, casi titánica, porque desde que el tío Antonio nos trajo el mono, mamá se opuso rotundamente a que se quedara con nosotros. Cuál habría sido su cólera por la presencia del primate, que prácticamente nuestro tío desapareció de escena. Durante esos dos meses no se presentó por la casa, ni llamó siquiera. No era para menos, porque sabía perfectamente la magnitud de las explosiones de cólera de su cuñada.

Realmente mamá era de armas tomar, podía ser muy dulce y cariñosa con nosotros o con papá, pero no por eso dejaba de ser una mujer de carácter. Ella era muy decidida, firme, tenaz, perseverante y, muchas veces, terca como cualquiera de las mulas de la hacienda de los abuelos en Cusco; algunas veces solamente le faltaba patear hacia atrás para definitivamente ganarse ese título. Su terquedad, paradójicamente antagónica con su gran inteligencia, podía ser a veces muy positiva,

29

pero también muy negativa en otras. A nuestro pesar, el asunto del mono se situó dentro de las veces negativas.

—¡Ni el Presidente Manuel Prado me va a convencer de quedarme con ese mono!, — llegó inclusive a manifestarle airadamente a papá, en una de sus tantas discusiones por el mismo asunto.

El pobre Presidente Prado no hacía ni un año que había recibido la posta del ex Presidente Benavides y ya se le estaba involucrando sin querer en la discusión de un mono dentro del seno de una familia de clase media. Felizmente, papá se convirtió en nuestro mejor aliado durante toda esta vorágine desatada por la llegada de Marcelo. No era para menos, su hermano lo había traído a casa desde Iquitos como regalo para mi hermano Alejandro. Papá sabía lo difícil que era convencer a su hermano para que diera marcha atrás a sus ocurrencias, especialmente si aquellas involucraban a sus adorados sobrinos.

—Arístides, no se te ocurra matar la ilusión de Alejandro por su mono—, le dijo el tío a papá el mismo domingo que lo trajo, —acuérdate cómo nos gustaba tener animales cuando éramos chicos, nuestros padres siempre nos consintieron en eso y fuimos felices por ello.

30

—Claro que me acuerdo Antonio—le respondió papá— pero vivíamos en la hacienda y allá era más fácil tener animales, pero en una casa, de la ciudad... encima ¡un mono!, solamente tú eres capaz de hacer algo así.

—Igual recuerda que fuiste niño—volvió a decirle el tío con tono de chantaje reflexivo—, no vaya a ser que después tus hijos nunca te lo perdonen, especialmente Alejandro, el más susceptible.

Al momento recogió sus cosas para salir presuroso y sigilosamente de la casa, casi en puntillas de pies, para no despertar a mamá que todavía yacía desmayada en el sillón, por el impacto de la repentina y desagradable sorpresa de ver un mono en su casa.

—Me voy antes que arda Troya, —le susurró el tío Antonio a papá al llegar a la puerta principal—. No es que Elizabeth sea Elena de Troya, pero su cólera es como estar en guerra por diez años.

—Claro miedoso, te vas y me dejas justamente el caballo de Troya dentro de las murallas de esta casa, —le contestó papá sonriente, al momento de abrazarlo para despedirse.

—Que pena que me pierdo esos tamalitos que huelen de maravilla, —terminó diciendo el tío al salir de la casa.

Alejandro y yo estábamos atónitos observando la escena de la "retirada estratégica" del tío Antonio, frase que a él le gustaba decir. No podíamos creer que así de repente se iba, casi sin despedirse de nosotros. Definitivamente, nos costaba mucho comprender las cosas de los adultos, porque sin razón aparente se marchaba. En ese confuso momento, al instante pasamos de la alegría a la desazón, nuestro tío se iba, ya no habría nuevos relatos de sus aventuras, de sus viajes o de las historias que recababa de todos los lugares exóticos que visitaba. Tampoco se quedaría unos días en casa, especialmente, para enseñarnos todo lo referente a la crianza de Marcelo.

Simplemente, se despidió de nosotros desde la vereda, alzando su mano y con una sonrisa como de costumbre. Mi hermano y yo estábamos en el umbral de la puerta, a ambos lados de papá, quien sólo atinó a pasarnos los brazos paternalmente sobre nuestros hombros. Cuando el tío estaba alejándose, confundido Alejandro volteó para mirar a papá con los ojos llorosos, embargados de pena.

—Ni siquiera sabe que se llamará Marcelo—, le advirtió un instante antes de ponerse a llorar.

—No te preocupes hijo, —le contestó papá tratando de transmitirle consuelo—, el tío Antonio regresará por la tarde o en estos días. Cuando vuelva le dirás el nombre de tu mono.

—Tampoco le dije gracias..., —volvió a reclamar Alejandro entre sollozos.

Papá se puso de cuclillas para abrazarlo fuertemente contra su pecho; imaginaba con cuánta ilusión había esperado su hijo ese mono, encima lo había traído su hermano, el tío adorado.

Yo no pude evitar que unas cuantas lágrimas surcaran mis mejillas, no obstante, que muchos de mis amigos pensaban que los hombres no lloran; pero la pena de mi hermano menor, confundida con la mía, era doble pena y bien merecía unas cuantas lágrimas. Además, la pena duele más que cualquier golpe de una pelea callejera o que los coscorrones de nuestro profesor de matemáticas. ¡Cuántas veces he visto llorar a más de uno por esos motivos, hasta a los más valientes, entonces, por qué no dejar que mis sentimientos se expresen libremente a través de unas lágrimas! Total, la tía María, a pesar de sus chifladuras, siempre nos decía sus célebres refranes o frases sabias, como aquella que explica que cuando tenemos pena es porque está de luto nuestro corazón, a causa de la muerte temporal de nuestra felicidad.

Las condiciones de mi madre para que se quede el mono con nosotros fueron muy claras y estrictas: No podía estar dentro de la casa, solamente en su jaula de la azotea. Alejandro y yo debíamos limpiar todos los días la jaula, darle su comida y cambiarle el periódico del piso, el que ensuciaba constantemente con sus necesidades. Tampoco debíamos sacarlo a pasear sin una cadena, porque este tipo de mono se pone muy nervioso o se asusta con facilidad, lo que es motivo para morder a cualquiera. Por último, el aseo del primate debe ser frecuente para que no se llene de pulgas y para evitar la caracha a toda costa. A nuestro pesar, las citas con el veterinario correrían a cuenta de nuestras propinas del fin de semana, incluidas las imprescindibles vacunas contra la rabia, principal condición de mamá.

Después de tantas reglas, para nosotros fue un misterio que mamá supiera tanto de monos, porque de pronto acertadamente nos dio todas las pautas para la crianza de Marcelo, como si fuera una experta en estos menesteres. Posteriormente descubrimos que sí lo era.

Eulogia trabajaba en nuestra casa desde que yo tenía uso de razón. Era una cocinera de maravillas, de recetas y procedimientos culinarios antiguos. Se mantenía inseparable de su mortero y batán de piedra, traídos desde Cusco, de la casa de los abuelos maternos. Nunca aceptó las cocinas de kerosene que estaban inundando las casas de Lima. Tampoco le llamó la atención la última novedad en cocinas a gas de kerosene, que se vendían como lo último en tecnología culinaria, en las casas comerciales del centro de la ciudad. Ella prefería continuar con el carbón y la leña.

—A mí no me van a cambiar el sabor y aroma de mis comidas, malográndolas con ese petróleo, —decía desafiante y muy segura de sí misma, sin molestarse siquiera en distinguir la diferencia entre petróleo y kerosene.

En el patio trasero de la casa, al costado de la cocina, teníamos una cocina inglesa de hierro forjado marca "Thorncliffe", año 1892, la mejor de su tipo, justamente para cocinar con carbón y leña, donde Eulogia siempre preparaba todos sus potajes. Era la misma que usó en Cusco muchos años antes. Cuando mamá se casó, la abuela le pidió que fuera a trabajar con ella a Lima, porque sabía que iba a ser muy difícil vivir lejos de su engreída, además sería una manera de ayudar a la recién casada. La única condición que la cocinera puso, fue que le trasladen a la nueva casa su cocina de hierro forjado.

—Solamente en esa cocina salen las comidas como le gustan a mi niña, —manifestó una vez más en esa oportunidad.

La abuela tuvo que acceder sin chistar, no por la aparente imposición de la cocinera, sino por el amor y dedicación que ese gesto encerraba.

En realidad, Eulogia estaba con la familia desde que mamá nació, inclusive ella se encargó de su crianza, a pesar de dedicarse casi exclusivamente a la cocina. Era todo un misterio saber en qué momento cocinaba, si es que estaba casi todo el tiempo pendiente de mamá, sin embargo, la comida siempre estaba a su hora.

—A la niña Elizabeth solamente la atiendo yo, —les advertía constantemente al resto de la servidumbre de la casa de los abuelos, ya sea en quechua o en su castellano masticado.

Efectivamente, ella era la sombra de mamá desde que fue una niña, igual que de adolescente e inclusive en su juventud. Sin embargo, siempre se cuidó de que mamá no se diera cuenta de que estaba pendiente de ella, especialmente desde que entró a la adolescencia. Muchas veces Eulogia fue sorprendida detrás de las columnas del patio de la casa, o sentada en el zaguán con su silla de paja tejida, mirando a mamá a través del portón entreabierto, las veces que estaba con sus amigas en la plazoleta frente a la casa. Se sobresaltaba y estaba más pendiente aún, cuando los jóvenes pretendientes se acercaban al grupo.

—Ya vienen esos gallinazos de nuevo. ¡Cómo olfatean las polleras desde lejos! —decía refunfuñando en su escondite.

Si por ella fuera, más de una vez hubiera salido de las sombras con su gran cucharón de madera, para ahuyentar a cualquiera de los mozalbetes, cuando alguno se arrimaba mucho a mamá. Muy a su pesar, se contenía para no faltar a su juramento de cuidar siempre a su niña, pero sin interferir ni entrometerse en su vida, especialmente para no causarle daño despersonalizándola con su sobreprotección. Constantemente le decía a la abuela que mamá tenía una gran inteligencia y personalidad, cualidades que debería cultivar continuamente de manera libre, espontánea, porque es la mejor manera que forje su propio carácter. Siempre admiré la inteligencia y sabiduría natural de Eulogia, propia de su origen campesino, porque a pesar de ser casi analfabeta, fue muy adelantada para su época. Aunque creo que exageró bastante con lo del carácter de mamá, porque sino Alejandro y yo no estaríamos pagando ahora las consecuencias de su tino y sabiduría.

Solamente una vez, Eulogia, se entrometió en la vida de mamá: fue cuando tuvo que decidir si aceptaba la propuesta de matrimonio de papá.

Cuando él apareció en escena, no pasaba de ser uno de los mozalbetes del grupo, por ende, blanco de las desconfianzas de la cocinera. Sin embargo, todo cambió cuando mamá cumplió los veintiún años, durante la gran fiesta que los abuelos le hicieron en la casa para festejar a lo grande su mayoría de edad.

La casa de Cusco, en la calle Triunfo, vistió sus mejores galas para la fiesta. Los invitados eran recibidos por los abuelos y la agasajada, también en su condición de hija única, en el zaguán de la entrada. Los mayores pasaban de frente al gran salón de la casa, uno de los ambientes laterales del patio principal. Los jóvenes se reunían en dicho patio, ya sea alrededor de la pileta del centro o entre las columnas de la arquería del primer piso. Todas las columnas estaban adornadas con ramilletes de retama, combinados armoniosamente con adornos de cantutas multicolores y grandes lazos de cintas color melón, el color preferido de mamá. Las mesas de los refrescos y la comida estaban bajo una de las arquerías, la que mira al zaguán. Las habían situado a ambos lados del corredor que conduce al segundo patio, lugar donde se encontraba la cocina de la casa. Al inicio de la fiesta, solamente estaban servidos los variados canapés y los exquisitos bocadillos de Eulogia, para acompañar los refrescos; los potajes de fondo se servirían al caer la tarde.

Por supuesto que toda la comida ya estaba lista y organizada desde temprano, no en vano los preparativos demoraron varios días, ya que Eulogia no se iba a perder ningún detalle de la fiesta familiar de la mayoría de edad de su niña.

Mamá, como era costumbre todos los años, ya había sido presentada en sociedad un mes antes en el Club Cusco, junto con todas las señoritas que ese año cumplían la mayoría de edad. Pero en esta oportunidad, la fiesta era en territorio de Eulogia y ella tenía que estar vigilante como los perros pastores, para evitar el ataque o lance de algún zorro o puma a una oveja de su "rebaño". Se ubicó en sus lugares de siempre, en las sombras, tratando de pasar lo más inadvertida posible, a pesar de la mayoría los invitados que copaban casi todos los ambientes del patio. En un momento determinado, se sobresaltó cuando escuchó las estruendosas carcajadas de un grupo de jóvenes, quienes, al son de las guitarras, cantaban coplas graciosas a las muchachas.

—Esto es como meter unos "atocquna" (zorros, en quechua) en el corral de las gallinas, —pensó en silencio, con el rostro serio y con un gesto desaprobatorio.

De pronto, uno de los jóvenes se separó del grupo, se acercó a la mesa de los refrescos, tomó uno de los vasos servidos y probó un par de sorbos.

—¡Mmm!, este es uno de los refrescos de frutilla más ricos que he probado, —se dijo a sí mismo en voz baja.

Eulogia estaba a unos pocos pasos de la mesa, los suficientes como para haber escuchado los comentarios del joven.

Esta vez él tomó una de las butifarras de jamón serrano, le dio un mordisco suave al bocadillo de pan crocante, como aquellos que sólo puede dar un experto gastrónomo, luego lo masticó delicadamente, saboreándolo a cada instante.

—¡Benditas las manos que prepararon esta exquisitez!, —volvió a decir en tono suave.

En el momento en que el joven dejaba su vaso en la mesa, por el corredor al segundo patio comenzaron a llegar los aromas de todos los potajes de fondo; ya se habían destapado las ollas de barro, las de cobre y las de hierro forjado para comenzar a servirlos en las fuentes. El muchacho estaba parado al costado de la esquina de la mesa, justo del lado del corredor. Cuando percibió los penetrantes y aromáticos olores, se quedó estático, cerró sus ojos para poder concentrar sus sentidos en su olfato.

—Estos olores pueden resucitar al mismo Heliogábalo, —manifestó afirmativamente—, mientras comenzó a caminar por el corredor hacia el segundo patio, completamente ajeno al bullicio de la fiesta.

—¡Arístides!, ¿dónde vas?, —le gritó en ese instante uno de sus amigos del grupo de la pileta.

—Al paraíso, al paraíso, —respondió papá volviéndose hacia atrás sonriendo y sin dejar de caminar.

Desde joven papá fue un gran amante de la buena comida. Su fino olfato de sibarita podía distinguir el olor de la leña de los fogones desde una cuadra antes. Tenía fama de reconocer a distancia, con sólo olerlos, los tipos de comida que salían de los hornos o las ollas de barro de las casas. Cuando se acercaba al local de alguna panadería, donde muchas familias encargaban hornear sus potajes en los grandes hornos de barro, sus amigos hacían apuestas si es que papá podía adivinar lo que se estaba cocinando en ese momento. No importaba si eran cuyes, lechones, corderos o simplemente pan, en cualquiera de sus variedades, ya sean chutas, panes integrales o rejillas, papá siempre acertaba, inclusive hasta se daba el lujo de decir si lo que se estaba asando en el horno, se hacía acompañado de papas, camotes, ocas o yucas.

Cuando Eulogia también percibió los olores, corrió presurosa por el mismo corredor, la comida no podía servirse sin estar ella presente. Por escuchar involuntariamente todos los inesperados halagos de ese joven, se había quedado gratamente sorprendida, cosa que la distrajo de sus obligaciones culinarias y de su severa fiscalización social. La única vanidad que ella podía manifestar era la de su comida y este mozalbete la había desconcertado atacando el centro de su vanidad. Pero no sólo era eso, para ella, una persona a quien le gustaban las buenas comidas definitivamente era una persona buena, porque eso significaba que también apreciaba y valoraba la vida. Además, lo que es principal, apreciaba y consideraba la importancia de la familia porque, finalmente, las comidas se sirven en una mesa y la mesa representa la intimidad de la familia. Al que le gusta compartir en una mesa, le gusta compartir en familia. Su infalible y sencilla sabiduría natural.

—Permiso joven, —le dijo a papá mientras pasaba rápidamente por su costado, con la cabeza gacha para ocultar su rubor.

Al llegar papá al segundo patio, se encontró con un espectáculo digno de su cultura gastronómica. Las asaderas y las ollas destapadas parecían volcanes de aromas, despidiendo vapores y olores de toda la gama de potajes que estaban a la vista: lechones y cuyes recién horneados, chicharrones humeantes, tamales, adobos, chupes cusqueños, la sopa "chairo" y varios platos más. En unas mesas a un costado del mismo patio, esperaban su turno las fuentes de mazapanes, platos de pastitas, así como las empanadas y roscas de maicena, postres encargados al convento de Santa Teresa. Eulogia estaba en un movimiento febril, en plena servidera de la comida, dando órdenes y renegando en quechua con todos los demás sirvientes. Cuando al poco rato salieron las últimas fuentes, ella se limpió las manos con su mandil, tomó una cuchara de madera y se acercó donde papá.

—¿Desea probar, joven?, —le preguntó un tanto tímida, al mismo tiempo que le entregaba la cuchara.

Sin que ninguno de los dos protagonistas del aquelarre culinario se diera cuenta, mamá estaba detrás, apoyando su hombro en la esquina de la pared del corredor de entrada al segundo patio y mirando la escena con curiosidad. Se sentía agradablemente intrigada por este muchacho que prefirió dejar la fiesta, las risas y a ella misma, la agasajada, por venir a deleitarse con los sabores y aromas de su propia casa. Miraba pensativa. Al mismo tiempo comenzó a sentir que él tenía algo especial.

¡Hasta Eulogia había quedado prendada por él! Es fácil deducir lo que sucedió después.

Fue la misma Eulogia la que delató a mamá, sobre sus experiencias con primates cuando ella era niña.

Nos contó que en una oportunidad, hace muchos años, en Puerto Maldonado, el abuelo Augusto se encargó por un tiempo de los negocios madereros de su hermano mayor, el tío Enrique. Todo comenzó cuando éste último tuvo que ser evacuado de emergencia a Cusco por haber contraído la malaria. Esta enfermedad hizo que, por su delicado estado de salud, estuviera convaleciente guardando cama aproximadamente tres meses. Como el abuelo, de soltero, trabajó con él en los primeros años del negocio de la madera, conocía a cabalidad los detalles de tan ardua labor, porque el trabajo muchas veces exigía internarse en la selva por varios días. Era la persona indicada para reemplazar al tío Enrique, porque aparte de conocer el negocio, se sumaba su condición de hermano y, por ende, persona de entera confianza. No fue una sorpresa que el tío Enrique le pidiera al abuelo el favor de reemplazarlo el tiempo que estuviera delicado de salud.

Para el abuelo Augusto no era complicado poder acceder al favor de su hermano. Si bien, esto implicaba dejar su hacienda durante esos meses, no tenía mayor problema, porque podía dejarla en manos de su eficiente y honrado administrador, quien también era al mismo tiempo el capataz. Por último, contaba igualmente con el apoyo de su familia, que venía de varias generaciones de agricultores, para que lo ayudaran a supervisar el trabajo de la hacienda.

Como el traslado a Puerto Maldonado se hizo a finales del mes de diciembre, apenas terminado el año escolar, el abuelo Augusto aprovechó la ocasión de llevar a la abuela Raquel y a mamá, ya que el nuevo período escolar comenzaría recién en el mes de abril del año siguiente. Estas serían unas vacaciones completamente diferentes para mamá, a la sazón con nueve años, la misma edad de mi hermano Alejandro. Por supuesto que tampoco faltó la inestimable Eulogia, quien tendría oportunidad de ampliar sus horizontes gastronómicos, de manera especial con las novedosas y exóticas recetas típicas de la selva: el tacacho, la cecina, la ensalada de chonta, los juanes y otros manjares. Demás está subrayar que aprendió esos platos a la perfección.

Toda la familia se instaló en la casa del tío Enrique. Quedaba frente al río y, como estaba a cierta altura, tenía una hermosa vista de la exuberante selva que se extendía desde la otra orilla. Evidentemente, la imponente casa era totalmente de madera, bien espaciosa y, felizmente, bien ventilada, muy fresca, debido al infernal calor de la selva, especialmente para una familia recién llegada de los fríos del Cusco. Estaba ubicada al final de la calle. Tenía amplios jardines que la rodeaban completamente, después venía una cerca alta de madera; detrás de la cerca, para el lado donde ya no habían más casas, comenzaba la vegetación típica de la floresta, al principio un poco rala, pero conforme uno avanzaba, se hacía más tupida.

A pocos metros de la cerca, había una casa más pequeña, de estilo rústico y también de madera. Allí vivía la pareja de esposos que trabajaban para el tío Enrique. La señora se ocupaba de la cocina y la limpieza de su casa, mientras que el esposo era el ayudante personal del tío: se encargaba de los pagos, las compras y demás trámites de la casa, así como de la empresa maderera. Lo anecdótico de esta sencilla y agradable familia, fue tener una hija de la misma edad de mamá. Huelga decir que en un par de días se convirtió en la compañera de juegos y en amiga inseparable de la recién llegada. Mamá estaba fascinada con su nueva vida. Le encantaba observar a todos los animales sueltos en los rededores de la casa de Isabel, su flamante amiga. De diferentes recovecos iban y venían los prolíficos animales domésticos con sus crías, sean perros, gallinas, cerdos criollos o patos. También, merodeaba por el lugar un atrevido e impertinente paujil, el pavo de monte de plumas negras y notoria cresta roja, que no hacía más que corretear a cualquier ser viviente que se le cruzara por el camino, para darle fuertes picotazos en los pies, patas o pezuñas, según correspondiera, sin importarle que después terminaran invirtiéndose los papeles, cuando cualquiera de los perros de muchas pulgas, pero pocas de tolerancia, lo hacían fugar a dentelladas que afortunadamente sólo mordían el aire.

Pero el animal que más cautivó a mamá fue el pequeño mono machín de Isabel, justamente de la misma raza de Marcelo. Solamente unos días antes, se lo habían regalado unos cazadores amigos de su padre. En realidad era una cría huérfana, porque estos individuos en su última incursión al monte, por equivocación, mataron a la madre, ya que nunca cazaban hembras, entonces, al saberlo tan indefenso cargaron con él. Isabel, con su buen corazón, aceptó de inmediato adoptarlo y brindarle todos los cuidados necesarios, función que inmediatamente compartió con mucho gusto con mamá. A falta de una madre, el monito tuvo la suerte de tener dos madres sustitutas, cada cual más solícita y abnegada que la otra.

El trasfondo del asunto, sin desmerecer la positiva actitud de las niñas, era que el pobre mono, mejor dicho mona, porque era hembra, en realidad se convirtió en una muñeca con vida propia. Ni la más bella y fina muñeca inglesa con el rostro de porcelana, podía competir con ésta que no solamente gritaba, parpadeaba los ojos, subía y bajaba graciosamente el ceño, hacía todo tipo de muecas, y por si fuera poco, no sólo se le podía peinar todo el cuerpo, sino que además podía hacer sus necesidades, indiscutiblemente auténticas, en sus pequeños pañales de yute. Más bien, todas las muñecas de mamá tuvieron que compartir sus vestuarios con la monita, lo que implicaba que la pobre no tuviera el más mínimo descanso durante todo el día, salvo en el momento de tomar su pequeño biberón de leche, el que aparte de calmar su hambre, también calmaba su agitación. No era raro que la monita chillara más de lo común reclamando su leche..., y su descanso.

Propiciamente, después de poco más de un mes, la monita ya se valía por sí misma. Conforme pasaban los días, cada vez era más difícil para las niñas reincidir en sus torturantes sesiones de alta moda con su escurridiza modelo. Cuando la monita veía acercarse a las niñas, muy alegres riendo entre ellas, pero con los vestiditos en sus manos, terminaba inmediatamente en el techo de la casa o en el árbol más cercano. El problema para la pequeña primate, se daba en los momentos en que no había cerca ninguno de esos recursos; además sus instintos la traicionaban, porque las astutas niñas aprendieron a sobornarla con pedazos de plátano o papaya, sus frutas favoritas, para que se acerque inocentemente a ellas y poder capturarla suave, pero firmemente. Sin embargo, las niñas subestimaron las habilidades de su modelo.

En una de las oportunidades en que no había cerca ningún árbol o techo, la monita comenzó a dar de brincos sobre su sitio tratando de descubrir alguna vía de escape. Al no ver ninguna fiable, comenzó a dar de chillidos. Si hubiera sido posible traducir esos chillidos, debieron haber sido oraciones pidiendo un milagro, porque no se podría entender de otra manera lo que sucedió en ese momento.

Cuando mamá e Isabel se acercaron amenazadoramente a la pequeña primate, aunque ellas no lo sentían así, tampoco era su intención, pues en su inocencia se trataba solamente de un juego, salió repentinamente uno de los voluminosos cerdos de la granja de Isabel de los arbustos que lo ocultaban y se dirigió directamente donde la monita. Ésta, de un brinco, se subió sobre el lomo del marrano, se puso en posición horizontal mirando sus partes traseras, y entonces así echada,, estiró sus manitas para agarrar la pequeña cola enroscada de su providencial montura, la jaló lo suficiente para llevarla a su boca y le dio un fuerte mordisco con sus pequeños dientes. Al sentir el mordisco, el cerdo soltó su fuerte chillido característico, con un ágil salto dio un giro de ciento ochenta grados y arrancó a correr velozmente, internándose en la espesura con la monita a cuestas.

Desde aquel día cualquier montura era buena para escapar, y de paso aprovechaba un momento de diversión cabalgando sobre los otros desconcertados animales. Estaban principalmente los cerdos, los perros también servían aunque no eran tan dóciles como los primeros; el paují resultó un fiasco a pesar de jalarle las grandes plumas de su cola, porque en lugar de correr hacia los arbustos daba vueltas en círculo; los más graciosos eran los patos. Como estas aves no tenían cola para morder ni plumas grandes que jalar, los primeros intentos para escapar fueron infructuosos, hasta que la hábil monita descubrió un método infalible para hacerlos correr raudamente como el más rápido de los cuadrúpedos: les metía el dedo por el ano.

Mamá e Isabel muy pronto olvidaron los vestiditos de las muñecas, porque más divertido era apreciar y deleitarse con las amenas ocurrencias de la peluda y jocosa mascota. Así transcurrieron las semanas siguientes, cada día significaba para ellas un gran despliegue de risas. Pero, la última semana de estadía de mamá en Puerto Maldonado, repentinamente se apagaron las risas de las niñas.

La pequeña mascota no podía distinguir entre los animales de la casa, los animales de los vecinos o de otros lugares. Para la traviesa monita cualquier perro o cerdo era bueno para huir o, más que nada, para divertirse. Por eso, no pudo advertir el peligro que representaba un perro vagabundo que apareció un día domingo por los rededores, cuando las dos familias estaban en misa. Ese día, fue la primera vez que la pequeña primate se alejó de su casa y se aventuró hasta el final de la calle, frente a la casa del tío Enrique. Al no reconocer el lugar, de pronto se sintió desorientada y perdida, por lo que comenzó a dar sus típicos saltos buscando el camino de regreso. De pronto divisó que se acercaba ese desconocido can por la calle en dirección hacia ella, y recurrió al único recurso que conocía: treparse a su lomo como montura. El perro en ese instante reaccionó por instinto, por lo que rápidamente volteó el hocico para morderla, pero la monita dio un salto al advertir el violento rechazo, el perro, sin embargo, alcanzó a morderle su pequeña cola prensil.

Durante dos días mamá e Isabel la buscaron inútilmente por todos lados. Caminaban por los sitios que solía frecuentar, llevaban plátanos y pedazos de papaya en sus manos, pensando que el hambre la ayudaría a olfatear sus frutas preferidas y salir de su supuesto escondite, pero igual fue en vano. Al inicio del tercer día de perdida la monita, Isabel salió de su casa para lavarse en la palangana que estaba en una mesa, al costado del barril de agua. En ese momento, escuchó un débil chillido suplicante que venía de debajo de la mesa, se agachó para observar, y fue grande su sorpresa cuando descubrió que... ¡la monita estaba allí! Emocionada, se puso de cuclillas para poder estirar sus brazos bajo la mesa y alcanzarla con sus manos, pero en el instante que la cogió para levantarla, la mascota excitada y nerviosa la mordió en la mano; luego, de un salto se alejó corriendo hacia la floresta dando de chillidos, para nunca más regresar. La niña gritó fuertemente: "¡Monita!", como queriendo evitar con su llamado que se vaya, pero sabía que era imposible aprehenderla; en medio de la congoja recién se percató que nunca le puso un nombre.

Isabel entró rápidamente en su casa, tenía los ojos arrasados por las lágrimas, más era por el dolor de perder a su mascota que por la herida de la mano, que aunque sangraba regular, era leve. Ese mismo día le contó a mamá lo sucedido, por lo que las dos se abrazaron y lloraron juntas un buen rato. No solamente lloraban por la pérdida de la mascota en sí, sino porque ese pequeño animal representaba el principal vínculo de una bella amistad infantil, que se había forjado espontáneamente entre vestiditos de muñecas, un pequeño biberón y las risas por jocosas e inverosímiles cabalgatas. Las lágrimas eran anticipadas, porque inconscientemente ambas sabían que dentro de poco más de una semana se separarían para, tal vez, nunca más volverse a ver. Era poco probable que otra vez una enfermedad del tío Enrique les brinde la oportunidad de un reencuentro. Ese reencuentro sería imposible, pero no por culpa del tío.

A los dos días, a eso de la media noche, en la casa del tío Enrique se escucharon unos golpes fuertes en la puerta principal, el abuelo Augusto se levantó de la cama y fue rápidamente a abrir. En la puerta encontró al padre de Isabel, angustiado y desesperado.

—Don Augusto, por favor ayúdeme, mi niña está con unas convulsiones terribles, está sobreexcitada, delirante, —le dijo al abuelo con voz entrecortada por la ansiedad—, por favor ayúdeme a llevarla al hospital en el coche de don Enrique.

Cuando llegaron al hospital, internaron a Isabel por la puerta de urgencias. Los médicos, que la atendieron, identificaron los síntomas casi inmediatamente, por lo que le preguntaron a su padre si en días recientes había sido mordida por algún animal. Él les explicó que efectivamente así había sucedido, fue mordida por su mono, les indicó. Seguidamente, el personal del hospital, por indicaciones de los médicos, aislaron a Isabel en una habitación distante. Al mismo tiempo, dieron estrictas indicaciones de que estaban terminantemente prohibidas las visitas, inclusive la de sus padres, familiares o allegados, nadie podía tener ningún tipo de contacto físico con ella. Isabel tenía rabia.

La tragedia se acentuó cuando los médicos le comunicaron a su padre y al abuelo Augusto, que el hospital ya no tenía vacunas contra esa enfermedad, porque todas las existencias se habían llevado a la localidad de Iberia, en la frontera con Brasil, debido a una epidemia de rabia que se desató en la zona. Ya habían solicitado anticipadamente a Cusco un nuevo lote de vacunas, pero no llegaban por problemas en la carretera de acceso, debido a las lluvias torrenciales de esa época del año, que convertían en lodazales intransitables todos los caminos.

El abuelo Augusto no esperó la llegada de las vacunas. En la madrugada del día siguiente hizo que mamá, Eulogia y la abuela Raquel se embarcaran inmediatamente de regreso a Cusco. La abuela tenía precisas instrucciones de hacer vacunar a mamá contra la rabia apenas llegaran, aunque ella no presentara los síntomas. A los pocos días el abuelo les daría el alcance apenas hiciera el relevo con el tío Enrique, quien ya le había avisado, vía telegrama, que llegaba a Puerto Maldonado a más tardar en dos días.

Mamá felizmente nunca presentó siquiera los síntomas, pero por precaución igual tuvo que recibir todas las dosis de las vacunas contra la rabia.

El abuelo Augusto regresó a Cusco una semana después de su esposa e hija. Cuando llegó, mamá salió corriendo a recibirlo en el zaguán, en el momento que entraba a la casa. Todos estaban contentos por el reencuentro pero, principalmente el abuelo, al saber que su única hija estaba bien de salud.

—¿Ya se recuperó Isabel, papá?, —inocentemente preguntó mamá al abuelo en ese momento, después de los abrazos.

El abuelo repentinamente cambió de expresión. Se quedó mirando a su hija con ojos de profunda tristeza, no atinaba a decir palabra alguna, no sabía cómo responder a su encantadora niña, a quien le brillaban los ojos al preguntar por su querida amiga. Al abuelo nunca le gustó ocultar la verdad porque consideraba que las llamadas mentiras piadosas eran una patraña. Si bien trataban de posponer la noticia del dolor, al final lo acentuaban, porque sólo se conseguía sumar a su dolor, el dolor del engaño.

—Hija mía, tu amiga Isabel está ahora con la Virgen del Carmen, cuidada por muchos ángeles, —le respondió a mamá sintiendo un nudo en el corazón.

Cuando Eulogia terminó de contarnos esta historia, Alejandro y yo nos miramos en silencio.

Ambos, solamente atinamos a levantarnos con el deseo de ir en busca de mamá. La ubicamos en el cuarto de costura, estaba sentada frente a su máquina de coser Singer; en sus manos sostenía con delicadeza un pequeño chaleco de corduroy azul marino, lo acababa de coser para Marcelo. Contemplaba pensativa la pequeña prenda, en silencio, mientras unas furtivas lágrimas surcaban sus mejillas.

Sin que se percatara de nosotros, nos dimos media vuelta al instante, para dejarla a solas.

CAPITULO III

¡AY MARCELO!

Aunque es difícil de aceptar para un par de niños, que siempre quieren salirse con la suya, Alejandro y yo comprendimos perfectamente las razones de mamá para oponerse a que Marcelo se quedara en la familia. Nunca nos imaginamos siquiera que la presencia del mono le haría revivir uno de los episodios más tristes de su vida: la muerte de su amiga de la niñez. Sin embargo, su amor hacia nosotros prevalecía sobre su justificada y antigua pena. Tal vez, en el fondo, terminó aceptándolo en la casa porque quería que reviviéramos los momentos alegres y felices que vivió con Isabel, gracias a su mascota común, esa pequeña monita de la historia que nos contó Eulogia. Nunca lo sabremos. Lo que sí supimos con certeza, desde entonces y para beneficio de Marcelo, es que mamá sí era una experta en la crianza de monos.

A Marcelo le tomó un poco de tiempo adaptarse a la ciudad, al clima de Lima, a la casa, a nosotros y a su jaula. Los primeros días fueron un tanto mortificantes, porque el mono estaba muy desconfiado, nervioso e irritado; chillaba estridentemente, como si cualquier movimiento nuestro representara una amenaza para él. Nos costaba mucho entender su comportamiento, porque Alejandro y yo le dispensábamos todo tipo de cuidados, de atenciones y de cariños, no obstante, a ambos nos mordió las manos en más de una oportunidad, cuando le acercábamos su comida. Felizmente, mamá lo hizo vacunar contra la rabia apenas llegó, cosa que nos costó el equivalente a varias semanas de propinas. Definitivamente, esta no era una mascota doméstica como a las que estábamos acostumbrados, sus reacciones, impulsos e instintos eran netamente salvajes. Es incuestionable que a los organilleros les debía costar mucho trabajo, y no menos tiempo, domesticar y, luego, adiestrar a sus monos.

—¿Qué le pasa a este mono?, —se preguntaba desconcertado Alejandro todos los días.

—No te olvides que el tío Antonio lo trajo dentro de una caja, —le respondí en una oportunidad. A cualquiera que lo encierren durante varias semanas, reaccionaría de la misma manera.

—Tienes razón hermano, —reconoció—, pero yo creí que era más fácil criar un mono. En los circos se les ve tan mansos y encantadores.

—¿Y cuánto tiempo crees que les toma a sus entrenadores adiestrarlos, para que se les vea así? —le espeté. Además, a los animales de circo casi siempre los entrenan desde muy pequeños, porque así aprenden y se adaptan más rápido, en cambio Marcelo vino ya casi adulto.

—En fin, entonces habrá que tener mucha paciencia con él, —terminó diciendo mi hermano, sin convencerse del todo que así eran las cosas.

Su jaula era medianamente grande, casi del tamaño de la de Jacinto y sus gallinas. Era fácil compararlas, porque la de Marcelo estaba sobre el corral del gallo y sus vasallas, ya que el techo de malla de éste le servía de piso a la jaula del mono. Pero él casi no se movía, siempre estaba arrinconado en alguna de las esquinas, inclusive, comía la fruta que le dejábamos después de un buen rato, casi nunca frente a nosotros. Algo estaba mal, pero no sabíamos qué era. Una mañana que mamá estaba colgando la ropa recién lavada, en la azotea de la casa, al otro lado de las jaulas, Alejandro se le acercó para contarle nuestra frustración de no conseguir que nuestro mono (de él en realidad) reaccionara y actuara, como se supone que lo hacen todos los pequeños

61

primates. Mamá, se volvió donde mi hermano mientras tendía una sábana.

—Creo que su comportamiento tiene que ver con la jaula, —le explicó sonriendo.

—Eso ya me lo dijo Andrés, —repuso—, debe ser porque viajó mucho tiempo encerrado en una jaula pequeña, pero... ya está aquí tres meses y sigue igual.

—No hijo, no me refiero a la jaula en la que viajó, sino a la que tiene ahora, la que ustedes le hicieron, —le respondió mamá. Los monos necesitan de mucha movilidad para estar a gusto, principalmente en sentido vertical, tal vez su jaula no es lo suficientemente alta.

En realidad, la altura de la jaula había pasado inadvertida para mi hermano y para mí. No teníamos ni idea que debería ser lo suficientemente alta, para que su ocupante pudiera desplazarse con facilidad. Estaba claro que este detalle sólo lo podía percibir una experta. Cuando mamá terminó con la ropa, tomó de la mano a mi hermano y se acercó con él a la jaula de Marcelo.

—Las dimensiones laterales de la jaula están bien, —comenzó a sugerirnos—, pero tiene que ser, por lo menos, casi el doble de alta. Además, debe tener dentro algún tronco seco de varias ramas, que le sirva para subir y bajar, como a ellos les gusta.

Se quedó mirando un momento al mono, éste seguía acurrucado en una esquina abrazando su pecho, sólo movía su ceño y a ratos hacía una mueca parecida a una sonrisa silenciosa. La mayor parte de los plátanos, los pedazos de papaya y algunos gajos de manzana, seguían en el mismo sitio desde el día anterior.

—Pobre, debe estar triste y deprimido por no tener cómo moverse, —nos siguió explicando. Para comer estos animalitos tienen la costumbre de bajar y aquí no tiene de donde, por eso casi ni come.

Ese fin de semana papá compró más madera y malla de metal para ampliar la altura de la jaula. Él mismo hizo casi todo, porque hacer esas modificaciones requería de manos más expertas. Nos sorprendió gratamente ver que papá se afanaba con el mismo entusiasmo con que mi hermano y yo fabricamos la jaula original. Mientras trabajaba con la jaula, se percató que antes de terminarla había que colocar el tronco que había indicado mamá.

—Chicos, sería bueno que vayan al parque a buscar un tronco adecuado para esta jaula, —nos pidió—, de lo contrario no podré poner el techo.

Por supuesto que inmediatamente corrimos al Campo de Marte a buscar el tronco. Para suerte nuestra, los jardineros habían podado los árboles durante esos días y todavía no habían retirado toda la maleza y las ramas cortadas, lo que significó, para muestro regocijo, poder escoger minuciosamente el tronco adecuado. Encontramos uno perfecto, de acuerdo a la referencia dada por papá, no tenía más de dos metros, contaba con varias ramas y tenía la base ancha. ¡Qué más podíamos pedir!

Subir el tronco hasta la azotea fue toda una odisea, las ramas se trababan en el marco de las puertas, en los peldaños y en las patas de la baranda de la escalera. Tuvimos que pujar bastante, no porque pesara mucho, sino para que encajara por todos los lados del recorrido y pudiera pasar sin problemas. El mayor obstáculo fue la pequeña puerta del segundo piso que daba a la azotea. Fue tanto, que, en un momento, estuvimos tentados de cortar varias de las ramas, pero cuando recordamos las recomendaciones de mamá, sobre la movilidad que debía tener Marcelo en su jaula, tuvimos que hacer girar el tronco las suficientes veces, hasta que coincidió perfectamente y pudo pasar. Nos habremos demorado unas dos extenuantes horas. Si después de esto, el mono de marras, no cambiaba de actitud, lo regresaría a Iquitos dentro de la misma caja pequeña en la que vino.

Ayudado por una escalera de tijera, papá comenzó a subir el tronco para colocarlo dentro de la jaula. Antes había aserrado la base para hacerla plana y así poder clavarle una madera cuadrada como soporte. No pesaba mucho, pero igual tuve que subirme a una caja grande al otro lado de la jaula, para ayudar a papá a maniobrar el tronco y colocarlo en el sitio justo. Antes de subirme a la caja no me fijé que estaba hecha de listones delgados de madera y forrada con frágil triplay, por eso, cuando me tocó cargar la mayor parte del peso del tronco, la base sobre la que estaba parado se rompió y caí dentro de la caja. Gracias al cielo no me golpeé mucho, sólo tuve unos rasguños de mi improvisada falda de madera. Afortunadamente, papá pudo sostener el tronco a tiempo, de lo contrario Jacinto y sus gallinas estarían camino a la olla, pero no pudo evitar que se hiciera un hueco pequeño en la malla, sin embargo, éste no era mayor problema, porque papá lo tapó con otro retazo de madera.

—¡Tararán,¡—exclamó papá entusiasmado—, con este último clavo termino de asegurar el techo y podremos regresar a Marcelo a su jaula.

El pobre mono había sido confinado de nuevo en la pequeña caja en la que vino, esperando que terminemos su jaula. Papá tomó la caja, metió a Marcelo con ella a la jaula, lo soltó adentro y éste de un salto volvió a acurrucarse en una de sus esquinas de costumbre. Estaba asustado y agitado de tanto zarandeo. A la misma caja pequeña, papá le quitó uno de sus lados angostos y la aseguró en una de las ramas altas del tronco, para que le sirviera de refugio durante las noches de frío, que ya se avecinaban, porque estábamos a finales de marzo, en las postrimerías del verano y... de las vacaciones escolares.

Alejandro volvió a colocarle su comida y agua, esta vez sobre la madera de la base del tronco, que sobresalía unos centímetros. Marcelo, no se movía de su sitio, solamente nos miraba moviendo su ceño, a ratos de reojo dirigía su mirada al tronco, pero luego se recogía sobre sí mismo con expresión de incógnita, como preguntándose qué hace este armatoste en mi jaula. Nos quedamos un rato esperando disfrutar el anhelado espectáculo de verlo subir y bajar, columpiarse de las ramas con su cola prensil y otros malabares más, pero nada.

Ante la desesperante pasividad del mono, papá nos recomendó que recogiéramos todas las herramientas y que limpiáramos las barreduras que quedaron del trabajo de la jaula.

—No podemos estar aquí toda la tarde, —repuso—, de repente es mejor que lo dejemos solo para que se acostumbre poco a poco a los cambios.

Cuando terminamos, nos dirigimos a la escalera para regresar a la casa. Papá bajó por delante, luego yo lo seguí y detrás de mí venía Alejandro. Éste, antes de terminar de descender los primeros escalones, volteó para volver a mirar la jaula de su mono.

—¡Papá! ¡Hermano! ¡Miren!, comenzó a gritar desaforadamente. ¡Marcelo se ha subido a su caja!

Papá y yo giramos sobre nuestros talones para volver a recorrer los escalones que acabábamos de bajar, corrimos detrás de Alejandro hasta llegar al pie de la jaula. Efectivamente, el pequeño primate había subido hasta la caja de madera que papá, un momento antes, había fijado en la parte alta del tronco. Estaba dentro de ella, nos miraba con una expresión diferente, ya no parecía tan asustado, tampoco chillaba, más bien estiraba sus labios hacia delante, emitiendo un sonido que parecía la repetición suave y constante de la última vocal. ¡Hasta tenía un trozo de papaya en sus manitas!

—¡Bravo! ¡Bravo! —exclamaba Alejandro alborozado, mientras daba de brincos en su sitio.

—¡Qué excelente! —exclamé yo, uniéndome al júbilo de mi hermano.

—Mamá tenía razón, —nos dijo papá sonriendo, alegre y sin ocultar su entusiasmo, al momento que nos abrazaba cariñosamente.

Aquel día memorable, recién comenzaron las aventuras y hazañas de Marcelo, aquellas que perdurarían en nuestra memoria por el resto de nuestras vidas.

Una fría mañana de principios de mayo, muy temprano, Alejandro y yo estábamos vistiéndonos para ir al colegio. Parecíamos dos autómatas desgreñados, pidiéndole permiso a los párpados para que nos permitieran, por lo menos, divisar el camino al baño.

—¡Cloooc!, ¡cloc!, escuchamos de pronto.

Era un cacareo constante y muy fuerte. No era el cocorocó de costumbre de Jacinto, aquel odioso canto de madrugada que a menudo nos rompía bruscamente el arrullo del sueño. Eulogia dejó la preparación del desayuno y de las loncheras, para subir rápidamente a la azotea. En el camino tomó una de las escobas. No vaya a ser que uno de los gatos techeros se haya metido al corral de los plumíferos, pensó en ese momento. Una vez en la azotea, no encontró ningún gato, ni mucho menos. Lo que sí vio, fue a Jacinto que daba vueltas agitado por todo el corral, daba de picotazos a cualquiera de sus fieles gallinas que encontraba en su paso, también seguía cacareando nerviosamente y caminaba desafiante alzando la cabeza. A ratos tenía la postura de pelea, aunque no tuviera ningún adversario al frente. Al menos, eso era lo que creíamos.

Como en la mañana no nos dio el tiempo para subir también a la azotea, en la tarde, de regreso del colegio sí lo hicimos. Nuestra curiosidad era bastante fuerte. Definitivamente, la apacible vida de Jacinto se había visto perturbada por algo. Este gallo nunca tenía una postura desafiante ni de pelea, porque no había en el corral otro que le disputara el territorio y su botín de gallinas cluecas. Era, más bien, un gallo pacífico a pesar de que su padre fue un auténtico gallo de pelea, uno de los campeones de las peleas a pico. A pesar de no ser de raza pura, tenía las mismas plumas rojizas de los auténticos gallos de pelea, y, conservaba algo de la orgullosa postura de sus congéneres paternos.

Apenas Marcelo nos vio, se puso inquieto queriendo llamar nuestra atención. Saltaba de rama en rama, se columpiaba sostenido de su cola prensil o sacaba su diminuta mano por un pequeño orificio que habíamos agrandado en la malla de su jaula. Le gustaba asirse de nuestros dedos, le encantaba el contacto personal, pero nosotros igual éramos precavidos, especialmente después de sus mordidas durante los primeros meses. Por eso, el orificio que le hicimos a la malla, era del tamaño exacto para que solamente saque uno de sus bracitos. Nos extendía su mano también para pedirnos maní, dulce o salado, o algún caramelo, ambos alimentos eran exquiseces para él. Era capaz de hacer las piruetas más increíbles, cuando nos veía llegar con caramelos, y más, si nos veía acercarnos con las típicas bolsitas largas de maní, aquellas que comprábamos en la carretilla de la esquina del colegio.

Después de investigar un buen rato, el misterio continuaba. No había manera de descubrir la causa del alboroto matutino del pobre Jacinto. Inclusive, Alejandro entró en el corral de las aves tratando de encontrar alguna pista, rastro o evidencia, pero nada, salvo la doble patada que recibió de Jacinto en la nalga, justo cuando se agachó para revisar debajo de las cajas que hacían de nidos. No había duda de que el gallo era valiente, no se amilanaba ante el tamaño de su oponente, pues igual lanzaba sus patadas voladoras como el mejor de los karatekas. Por eso, aprendimos a estar alertas y protegernos los ojos cada vez que entrábamos en el corral.

Tuvimos que dejar nuestras pesquisas, porque mamá nos llamó para hacer las tareas. Nosotros le reclamamos que las podríamos hacer después, puesto que era viernes y teníamos todo el fin de semana. Fue en vano reclamar, no solamente porque con mamá es una batalla perdida de antemano, sino que todo el domingo iríamos a Chosica, donde la tía María, mientras que el sábado, teníamos que hacer la baja policía de todas las jaulas de la azotea, incluida la de las palomas.

Alejandro bajó por delante. Antes de bajar me acerqué a despedirme de Marcelo, éste se puso feliz porque le regalé el último caramelo que me quedaba en el bolsillo. En el preciso momento que estaba parado frente a su jaula, sopló un poco de viento, que pasó casi inadvertido, sin embargo, fue suficiente para delatar lo que nadie hubiera sospechado o imaginado siquiera. De la caja del mono, en lo alto del tronco, comenzó a descender muy suavemente, casi flotando en el aire, una pequeña pluma de color rojizo.

Para poder descubrir con las manos en la masa al culpable de los atentados contra Jacinto, era mejor urdir un plan inteligente, que no levantara la más mínima sospecha. Si queríamos tener éxito, debíamos hacer un operativo tipo policial, con detectives incluidos, porque el adversario no era un delincuente común, era muy astuto, de esos que no dejan huella. Al menos, eso creía él.

La madrugada siguiente me desperté antes del alba, rápidamente me puse un buzo y encima una casaca para el frío. Alejandro todavía dormía plácidamente. Al final preferí no despertarlo, porque lo más probable es que arruinaría el operativo, él no sabía guardar el cuidado y tacto necesarios, que se requerían para una operación tan delicada. Salí despacio del dormitorio, me dirigí a las escaleras que dan a la azotea y comencé a subir cada peldaño lentamente hasta llegar a la puerta. En ese momento me detuve para tomar un poco de aire, debía serenarme, para no ser descubierto por mi sagaz adversario. Comencé a abrir la puerta muy despacio. Desde el primer momento entró el penetrante frío de la madrugada, felizmente no había comenzado a clarear todavía, o sea que podía contar con un poco de tiempo para llegar a mi posición estratégica, sin ser descubierto.

Cuando la hoja de la puerta se abrió lo suficiente para poder pasar, me agaché y comencé a salir sigilosamente a gatas. Desde el Campo de Marte llegaban los cantos de los gorriones, las tortolitas y las cuculíes, saludando anticipadamente a las primeras luces del día que estaban por llegar. Poco a poco fui avanzando, cada cierto tramo me detenía para verificar si el factor sorpresa había fallado o no, al comprobar que todo iba bien, continuaba con mi avance. Por fortuna, pude llegar sin novedad a mi posición, ésta estaba ubicada como a tres metros de las jaulas, las podía divisar en dirección diagonal. El mono estaba acurrucado dentro de su caja, de cuando en cuando sacaba una pierna o un brazo para estirarse; su ritual de despertarse y desperezarse duró unos pocos minutos. Más abajo estaban Jacinto y sus gallinas. Algunas de ellas dormían dentro de sus nidos, al mismo tiempo que incubaban sus huevos; otras dormían sobre un palo que atravesaba el corral en su lado más angosto. El gallo dormía sobre otro palo en igual posición, pero a poca más altura del primero. Este otro palo estaba cerca del techo del corral, justo debajo de la jaula de Marcelo, sin embargo, la distancia entre el techo y el palo era la suficiente para que el gallo pudiera pararse sobre éste sin problema, mejor dicho, aparentemente sin problema.

Al comenzar a clarear pude ver a Marcelo sentado en una de las ramas del tronco, estaba rascándose y acicalándose al mismo tiempo. Apenas terminó, bajó hasta la madera donde colocábamos su agua y comida, tomó unos trozos de plátano y los comenzó a engullir rápidamente, luego se acercó a la lata de agua, puso sus manitas a ambos lado de ésta y agachó su cabeza para tomar unos sorbos. En ese preciso instante, Jacinto, ya incorporado sobre el palo, lanzó muy fuerte su odioso cocorocó auroral. Marcelo dio un salto del susto, inclusive volteó la lata con el agua que estaba bebiendo. Inmediatamente, caminó con su típico estilo primate hasta la tabla de madera que papá había colocado para tapar el hueco de la malla, el cual estaba justo encima del orgulloso gallo, que ya se prestaba a martirizar a todo el vecindario con su siguiente canto. Entonces, el mono movió rápidamente la tabla,

74

metió su mano por el hueco, tomó al gallo de las plumas de su cola y le dio un fuerte jalón.

—¡Cloooc!, ¡cloc!, ¡cloc! —, volvió a protestar Jacinto, como el día anterior.

Raudamente, el vilipendiado gallo de un salto bajó del palo, comenzó a correr alterado por todo el corral. A ratos paraba y daba sus patadas voladoras contra la malla de todos los costados del gallinero. Era evidente que su desesperación e impotencia se debía al hecho de no poder patear hacia arriba, hacia el techo, que era de donde venía tamaña agresión y ofensa. Por lo visto, Alejandro y yo no éramos los únicos en odiar el madrugador canto del gallo. Por fin alguien tomaba cartas en el asunto y hacía algo al respecto.

A este mono, que con todo su desparpajo había vuelto a su desayuno, debí parecerle un loco, cuando, repentinamente, me vio aplaudiéndolo, parado en el mismo lugar donde me ubiqué para el operativo sorpresa. De paso, este operativo había resultado un éxito, porque por fin pude desentrañar el misterio del gallo, cuyo esclarecimiento no pudo ser de mayor deleite y regocijo para mí. Jacinto tendría que pensar varias veces antes de volver a cantar al alba. Mi admiración por la inteligencia y reciente actitud de justicia de este pequeño primate fue poca hasta ese momento, comparada con la que tuve unos minutos después, cuando me acerqué a su jaula. El hueco de la malla, por donde Marcelo metió su brazo para zarandear al gallo, estaba tapado de nuevo con la misma tabla de madera, que papá había colocado para ese fin.

El efectivo remedio de Marcelo para acallar al gallo, debía ser un secreto entre el mono y yo, por eso no se lo comenté a nadie de la familia, ni siquiera a Alejandro. Sacar a la luz semejante travesura, haría que papá o mamá cerraran el hueco de la malla, cuando eso era justamente lo que no quería. Ese gallo necesitaba todavía de varios jalones, para que de una buena vez, aprendiese a no cantar en las madrugadas.

Desde ese día, a mi inteligente y astuto aliado no le faltaron sus raciones diarias de caramelos o de maní.

CAPITULO IV

TÍA MARÍA

Aquella noche del sábado 18 de mayo, durante la cena, papá nos comentó que ya no iríamos al día siguiente a Chosica, donde la tía María. Al contrario, ella vendría a almorzar con la familia, porque forzosamente tenía que venir a Lima al velorio de una antigua amiga suya y de paso aprovecharía para disfrutar el día con nosotros, su única familia cercana de la ciudad. No importaba si se trataba de Chosica o de nuestra casa en Lima, igual tendríamos un día bastante divertido.

La tía María era la única sobreviviente de los siete hermanos de mi abuelo paterno Andrés, de quien heredé el nombre. Ella debería tener más de setenta años, casi ochenta, por lo menos esa era la edad aproximada que le calculábamos en la familia, porque su edad real era todo un misterio. Siempre evadía hábilmente las conversaciones sobre ese tema, como buena solterona, pero cuando no podía hacerlo, confundía hasta al más listo de los mortales. Nunca reconocía que era la mayor de sus hermanos –aprovechando que ya no existían, porque hace unos años ella decía que era la segunda de todos, luego que era la tercera y así sucesivamente, hasta que al final, despampanantemente resultó ser la menor de todos.

Tenía una memoria prodigiosa, tanto que recordaba todas las anécdotas de su familia, especialmente las de sus hermanos y hermanas. Su osada picardía para confundir a todos con su edad, la empleaba para ponerse de protagonista de muchas de las anécdotas de sus propios hermanos menores.

—Tía, eso le pasó al tío Rubén, —le dijo una vez papá pretendiendo corregirle.

—¡Ay, Espíritu Santo!, —respondió ella haciéndose la desubicada—, tienes razón muchacho, pero resulta que esa vez mi hermano Rubén estaba conmigo, inclusive en ese momento me estaba llevando de la mano por ser la menor, porque justo ese día teníamos que comprar unas naranjas, ¿o manzanas?, ¿o toronjas?... La cosa es que, fíjate, tu tío Rubén, por descuidado, casi hace que el caballo de la vecina le tire una patada, pero en realidad la patada me cayó a mí, terminó diciendo con mucha certeza.

Papá, esa vez, solamente meneó la cabeza a los lados, sabía que era inútil discutir con ella.

Esta tía era muy conocida por sus extravagancias, típicas de una persona a la que se le extravió algo de su cordura.

Siempre le gustó vivir en las afueras o el campo, al igual que el abuelo Andrés, que seguía viviendo en Cusco, concretamente en la hacienda Tiquiña, la hacienda ganadera de la familia, ubicada en el camino a Sicuani. Definitivamente, a ella no le gustaba vivir en la ciudad, a pesar de haber vivido casi toda su juventud en Lima, porque durante todo el año vivía en las afueras: en Chosica en invierno y en el balneario de Ancón en verano.

A Lima venía ocasionales veces, para algún evento social o familiar, o para sus compras del mes. Alejandro y yo nos preguntábamos siempre qué más podía comprar, si su despensa en la casa de Chosica o de Ancón, haría morir de envidia a cualquier chino bodeguero, pero igual ella no faltaba a su religiosa rutina de compras. Años después nos enteraríamos, que su magnífica despensa era el centro de abastecimiento de víveres de la mayor parte de las familias humildes de su vecindario, ya sea en Chosica o en Ancón. Su preocupación constante siempre fueron los niños, especialmente los más necesitados, por eso ella siempre decía que mientras vivera ningún niño pasaría hambre, y sí que lo cumplió al pie de la letra.

La ciudad le parecía muy bulliciosa y no se acostumbraba a ver tanta gente junta en un mismo sitio. Según ella, toda esa gente la asfixiaba cuando caminaba por las calles, además, todos eran unos groseros, porque la empujaban cuando iba por las veredas. Lo que no contaba, es que cuando salía a pasear por las calles, se ponía sus vestimentas típicas de los últimos años del siglo XIX: grandes sombreros con plumas, amplios vestidos ceñidos a la cintura, apretada por el corsé; finas blusas de encajes; botitas de cuero de botones y, lo mejor, largos guantes bordados, que le llegaban casi hasta la axila. También utilizaba casi siempre sus típicas sombrillas quitasol. Con semejante indumentaria, solamente ella podía caminar por las estrechas veredas del centro de Lima.

A pesar de ser una mujer de mucho dinero, por tener varias rentas, lo que hacía que tuviera vestidos muy finos y elegantes, aunque también muy antiguos, sus extravagancias casi siempre terminaban en chifladuras. La mayoría de las veces, sobre el fino vestido, se ponía cualquier cosa que encontraba al salir. Una vez, salió muy elegante con toda su indumentaria, pero olvidó su fino sombrero francés y en lugar de éste se colocó el pañuelo amarrado de Diomira, la morena lavandera de su casa, que se ponía en la cabeza para trabajar. Igualmente, en otra oportunidad, salió muy elegante a pasear en invierno, pero con una vieja frazada raída, en lugar de su fino abrigo de astracán. En los últimos años, sus chifladuras se acentuaron también respecto de los colores y sus combinaciones, tanto es así, que algunos amigos vecinos la seguían llamando la viejita "arco iris", la loca "camaleón" o la dama "papagayo". Pero, en lo que más destacaba la tía María, era en sus ya famosos y conocidos disparates, delicia de cualquiera de sus interlocutores.

Las antiguas historias familiares cuentan que la tía no siempre fue así. De joven era muy alegre, culta, de gran inteligencia, de una simpatía desbordante y de cautivante belleza. Al escuchar esto, Alejandro y yo siempre sonreíamos maliciosa y burlonamente, porque pensábamos que se referían a otra persona, era imposible que ella sea la misma protagonista de esos relatos. Sin embargo, las palabras que narraban su historia, siempre tenían un halo de tragedia.

Después de la cena, mi hermano y yo fuimos a buscar a papá, porque teníamos muchas incógnitas sobre la tía. A veces nos parecía muy chiflada y otras muy cuerda, en éstas últimas inclusive hacía gala de una gran inteligencia. Por supuesto que nos divertíamos a morir con sus chifladuras, sus disparates y sus graciosas ocurrencias, pero de pronto, nos podía soltar una frase, un pensamiento o un refrán, que eran toda una lección profunda sobre la vida. Esta paradoja nos había intrigado siempre. Papá era el más indicado para ayudarnos a resolver este enigma, un bien guardado secreto familiar.

En uno de los famosos carnavales limeños de antaño, pocos años antes de entrar al siglo XX, la niña María, como la conocían en su casa, conoció a un apuesto hombre que cambiaría su vida para siempre.

La fiesta en la casa de la familia Candamo del año 1896 era todo un éxito; la decoración era hermosa, la comida exquisita y las parejas jóvenes bailaban alegremente al son del vals vienés "Voces de Primavera" de Strauss. Los sofisticados disfraces de *pierrots*, *colombinas*, *marqueses*, *otelos*, *príncipes* y demás competían unos con otros por destacar en el ambiente, no en vano algunos demoraban un año en confeccionarse, porque casi toda la bisutería utilizada se traía de Europa. En todos los ambientes de la fiesta, los coquetos antifaces tipo venecianos de las mujeres subían y bajaban ligeramente, asidos de su mango lateral. El corto tramo de éstos era de las cejas a la punta de la nariz, alternándose con pícaras abanicadas de largas pestañas, tentando así a los mozalbetes para que traten de identificar a la dama que tenían enfrente. Muchos sudaban nerviosamente la gota gorda, porque los chascos de un lance en pleno baile, a veces terminaban en un duelo de sables, porque la ocasional pareja de baile resultaba ser una mujer casada.

Los más bellos ojos de la fiesta, los que más resaltaban entre tanta coquetería y garbo femenino, eran los de aquella que tenía el disfraz de Maria Antonieta. Aparte de bailar primorosamente, su hermoso vestido resaltaba las bellas formas de un cuerpo casi perfecto. Cualquier caballero, al que le fuera concedida una pieza de baile por esta grácil dama, quedaba prendado también por las finas formas de sus labios, relucidos por el rojo carmín, que dibujaban la más seductora de las sonrisas. No importaba si el pretendiente era extranjero, los había muchos, especialmente del cuerpo diplomático acreditado en Lima, igual la conversación con ella podía desenvolverse en perfecto francés, inglés o alemán.

En la fiesta, inclusive estaba presente el presidente Piérola, ungido en el cargo en setiembre del año anterior, después de haber ingresado a Lima a sangre y fuego con sus montoneros, durante la cruenta guerra civil de ese año. El bravo caudillo conversaba animadamente con un caballero alto, de uniforme y con porte militar. Ambos tenían una copa de champaña en sus manos. El uniformado aprovechaba cada sorbo, para mirar de reojo a la copia de la reina de Francia, que se desplazaba graciosamente por el salón principal, atrayendo casi todas las miradas de admiración de los hombres y las de envidia de las mujeres. Era el centro de atención de la fiesta. Los cuchicheos de las unilaterales rivales, daban a entender que no era la primera vez que una fiesta giraba en torno a tan distinguida figura. Cuando el Presidente hizo un leve giro para saludar a un grupo de invitados, el militar -difícil deducir si el uniforme era real o un disfraz- hizo una leve inclinación reverencial al mandatario y pidió el permiso de rigor para retirarse de la conversación. Tomó el último sorbo de champaña y dejó la copa en un pequeño aparador con tablero de mármol.

Un grupo de damas conversaba animadamente en una esquina del salón, bajo la sombra protectora de una gran palmera en maceta. La más alegre del grupo, mostraba a sus amigas los coquetos lunares que se había pintado en una de las mejillas y cerca de la comisura de los labios, igual que en la época de Luis XVI, al mismo tiempo que narraba los coquetos halagos que había recibido durante la última pieza. De pronto, sus amigas enmudecieron e instintivamente subieron sus antifaces para cubrir sus ojos, pero ella seguía hablando entre risas, sin percatarse del repentino cambio de sus interlocutoras. Ella tampoco podía sospechar el motivo, pues se encontraba de espaldas a la pista de baile.

—Disculpen..., señorita, ¿haría el honor de concederme la siguiente pieza, por favor?, —escuchó ella a sus espaldas. Era una voz grave y varonil que le puso la piel de gallina.

La reina de la fiesta -no solamente por el disfraz- quedó repentinamente paralizada, quería volverse pero no podía, su cuerpo no le respondía. Sus amigas la traicionaron en ese instante haciéndose humo, no sin antes hacer una ligera reverencia de despedida ante la imponente figura situada detrás de la conminada. Su fina cortesía y educación le impedía seguir dando la espalda a esa persona, por lo que comenzó a girar lentamente. Primero volteó levemente su rostro hacia un costado, hasta poner su barbilla a la altura de su hombro, posando, a la vez, su mirada sobre éste. De manera súbita, se había borrado su hermosa sonrisa, su casual e inesperada seriedad demostraba el nerviosismo típico de las adolescentes, a pesar de tener más de treinta años. A los pocos segundos, cuando volteó del todo, se encontró de pronto con los grandes ojos azules del caballero de uniforme, a pesar que le llevaba más de una cabeza de estatura. El rostro sonriente del hombre mostraba unos bien arreglados bigotes rubios y el cabello del mismo color estaba peinado hacia atrás con fijador. El varonil rostro resaltaba con el impactante uniforme azul marino, de relucientes botones dorados. La pretendida dama sólo atinó a levantar su mano izquierda. Al instante el uniformado la tomó delicadamente con la suya, para sostenerla mientras rozaba sus labios en el guante, al mismo tiempo que se inclinaba ligeramente hacia delante en un galante saludo.

—Permítame presentarme, mi nombre es William Carter, —dijo el apuesto hombre a la atónita muchacha, con un casi imperceptible acento extranjero.

—Mucho gusto caballero, mi nombre es María, —respondió entrecortadamente la muchacha—, mientras subía despacio el olvidado antifaz hacia sus ojos y hacía la ligera reverencia femenina de saludo.

A pesar de su edad, las muchachas más jóvenes no eran rivales para ella porque en su opinión, una mujer, mientras más madura, es más interesante. Pensamiento avanzado para su época, en la cual ya se les consideraba solteronas a las veinteañeras. No obstante, no era la única soltera de edad madura, en esa época las había muchas en Lima, debido a la triste desaparición de casi toda una generación de varones jóvenes, a principios de la década pasada, durante la nefasta y aciaga Guerra del Pacífico. Ella, como muchas otras, perdió a su prometido, un capitán del ejército peruano, en la sangrienta Batalla de Miraflores, quien sucumbió por un derroche de heroísmo extremo. Durante años quedó muy afectada, porque a la muerte de su novio, se sumaron los traumas debido a la destrucción del país por la guerra y por la brutal desaparición de la alegría e inocencia de su joven generación. No en vano, dicen que hasta el alma tiene cicatrices.

Las notas del popular vals "El Danubio Azul" comenzaron a inundar el salón. William la llevó hasta el centro de la pista de baile. En ningún momento dejaba de mirarla a los ojos, no decía palabra alguna, se limitaba a sonreírle sin despegar los labios. Este hombre no necesitaba la verborrea y los empalagosos halagos de los otros jóvenes pretendientes, en silencio transmitía suficientes mensajes, sensaciones y sentimientos, como para hacer sucumbir al más hermético corazón femenino. El pecho de María comenzó a respirar con mayor frecuencia de la normal. Repentinamente comenzó a sentir que estaban despertando de su letargo antiguas palpitaciones, que la pena había condenado hacía tiempo a dormir.

—Estoy en Lima desde hace un mes, esta es la primera fiesta a la que asisto, —comentó el uniformado, con la intención de iniciar una conversación.

—Es la primera vez que lo veo en una fiesta, —confirmó la muchacha.

—Desde que llegué, tuve invitaciones a cenas, recepciones, fiestas y otros eventos, —continuó el militar—, pero demoraron en llegar mis cosas y no pude instalarme adecuadamente. Además, desde el primer momento tuve que viajar por todos los puertos del litoral.

—Entonces... ¿el uniforme es real, no es un disfraz?, —preguntó ella intrigada.

—Efectivamente, —respondió él—, soy oficial de la Marina de los Estados Unidos de América. Me han destacado al Perú como agregado naval. Como tal, tengo que cumplir mis funciones de marino y, al mismo tiempo, los agotadores compromisos diplomáticos.

Hizo una pausa sin dejar de mirar los ojos de la muchacha, que se dejaba llevar suavemente en los giros y pasos del baile.

—Aunque, no tendrían nada de agotadores, si eso significa bailar con una encantadora dama como usted, —repuso muy seguro de sí mismo con tono seductor.

Desde aquella fiesta, el apuesto marino fue un asiduo concurrente de la casa de la tía María, después de obtener el permiso del bisabuelo para visitarla y luego para cortejarla. Se les veía caminar con la chaperona por el Jirón de la Unión, o conversar, muy animadamente, dentro de alguna de las confiterías de la misma calle. Los domingos, la aguardaba en la Plaza de Armas, esperando que termine la misa del mediodía de la Catedral, para luego ir de picnic a la Pampa de Amancaes. Las damas transeúntes obligatoriamente se volvían a mirarlo discretamente o con un bien disimulado reojo, porque su llamativo uniforme resaltaba mucho más lo apuesto que era.

Ya todo Lima sabía del idílico romance, ambos se convirtieron en el centro de los comentarios y chismes de la sociedad limeña de entonces. Lo curioso era que en éstos no había malicia ni envidias desmesuradas, cosa rara. Por el contrario, el consenso general era que esa relación estaba bendecida por la gracia de Dios, porque, aparte de ser apuesto, a él se le veía un hombre bueno y noble, la pareja ideal para María, una de las muchachas de mejores sentimientos y de más grande corazón de la ciudad. Eran pocos los que no se alegraron con la intensa felicidad de la muchacha, porque casi todos los vecinos la querían mucho, por ende, todos compartían la dicha de su nuevo despertar al amor.

—Ver a María tan feliz, me hace volver a vivir los años más hermosos de mi vida, —manifestó más de una vecina en ese entonces.

Como no podía ser de otra manera, después de poco más de un año saliendo juntos, William pidió la mano de María. Fue todo un acontecimiento en la ciudad. Todas las solteronas, viudas o despechadas se sentían novias, al igual que la recientemente comprometida muchacha. Ella tenía el don especial de compartir o transmitir la magia del momento a través de una sonrisa, de sus acostumbrados saludos o del brillo de sus bellos ojos. Inclusive, los padres de él viajaron desde Estados Unidos, para estar presentes en la pedida de mano y, cumplir así, con el rígido protocolo que se exigía en ese entonces, para el inicio de un noviazgo. La ocasión también sirvió para que ambas familias fijaran la fecha de la boda. Ésta se realizaría en el otoño del año siguiente, concretamente en el mes de junio. Inmediatamente después de la boda, los recién casados partirían para Europa de luna de miel, en el primer vapor que saliera del Callao con ese rumbo. El ruido de las copas de cristal cortado al chocar entre sí, terminó de sellar el feliz destino de ambos jóvenes.

Ese mismo año de 1897, las tensiones fueron en aumento entre Estados Unidos y España, por el conflicto de Cuba. Este territorio, desde años antes se encontraba en plena guerra por emanciparse de la metrópoli española, con el implícito y tácito apoyo de la potencia norteamericana a los independentistas. A finales de noviembre llegó un telegrama a la embajada norteamericana en Lima. Era de la oficina del Secretario de Marina de los Estados Unidos, John Davis Long, ordenando al Capitán de Fragata W. Carter, que se embarque a su país lo más rápido posible pues sus servicios eran requeridos con urgencia. A los dos días, William estaba en el embarcadero del Callao, con un impecable uniforme blanco de oficial. Sostenía las enguantadas manos de María con las suyas, ambos se miraban en silencio, las palabras eran inútiles, pues todo lo decían con sus ojos, como el primer día en que se conocieron. A ratos, ella soltaba una mano para llevársela a la cabeza y sostener su sombrero de ala ancha, porque el viento quería llevárselo.

—María, no te preocupes por mí, debo estar regresando en unos tres meses a lo sumo, —le dijo en voz calma el oficial a la muchacha.

—Pero las noticias de los periódicos indican una probable guerra entre tu país y España, —le inquirió ella, sin poder ocultar su angustia.

—Eso es poco probable, porque el gobierno de España ha accedido a buena parte de las demandas del presidente McKinley. Parece que en definitiva el asunto de Cuba se solucionará pacíficamente, —repuso él con seguridad.

Acoderada al embarcadero estaba una chalupa con varios pasajeros y marineros a bordo.

—Mister, ya debemos partir, es casi la hora de salida del vapor, —dijo uno de los marineros desde la chalupa.

Al escuchar esto, ambos jóvenes se dieron un fuerte abrazo, como queriendo atrapar entre ambos la felicidad de amarse, porque el viento del destino parecía querer arrebatársela.

Cuando se separaron, ella tenía los ojos llenos de lágrimas, las que no dejaban de surcar por sus rosadas y tersas mejillas. Sin dejar de mirarla, él tomó una de sus manos y suavemente la llevó a sus labios, luego volvió a abrazarla, para finalmente sellar su despedida con un apasionado y tierno beso.

En la tarde del 15 de febrero de 1898, el mar de la bahía de La Habana estaba bastante calmo; había ventolina, ésta refrescaba los rostros de los curtidos marineros que trabajaban sobre la cubierta del acorazado de segunda clase *Maine*, navío norteamericano que ya llevaba tres semanas en el lugar. Supuestamente, había llegado para garantizar la seguridad de los norteamericanos en Cuba, aunque no se podía ocultar los afanes intervensionistas de la potencia norteña en aquel conflictivo lugar. Su imponente casco blanco y su desafiante silueta guerrera se divisaban desde los diques y muelles del puerto. No muy lejos estaba su potencial rival, el *Alfonso XII*, la contraparte naval española, que poco podría hacer ante el manifiesto poderío de su adversario.

El oficial Carter estaba apoyado sobre la borda del buque, leía en silencio una carta de varias páginas. Por momentos sonreía ligeramente, motivado por las líneas escritas por una fina y delicada mano. Cuando hacía una pausa en su lectura, levantaba su mirada para fijarla en el horizonte, tal vez pensando en otro puerto, en otra traviesa ventolina que quería llevarse un bello sombrero de color crema. De pronto, se acerca donde él otro oficial, ya mayor, de frondosos bigotes canos.

—Carter, por qué no baja a tierra con los otros oficiales, —le dijo el recién llegado—. Aproveche que sólo los oficiales tienen permiso para bajar, usted sabe que la marinería no puede hacerlo por la alerta que he dado, hay que estar prevenidos, estamos en un estado de guerra no declarada, —concluyó el alto oficial, cuya petición denotaba la autoridad de su mayor jerarquía.

—Agradezco su invitación, Capitán Sigsbee, pero preferiría quedarme a bordo, —respondió el muchacho.

—Ya veo que tiene motivos para hacerlo, me imagino que su contestación va a ser muy larga, —repuso el alto oficial sin dejar de sonreír.

—Así es señor, —corroboró el subalterno.

—Cambiando un poco de tema, —siguió hablando el capitán del buque—, ¿cómo van sus labores de inteligencia con los independentistas cubanos, ya le proporcionaron la información que necesitamos?

—Esa información la debo recibir mañana por la noche, señor, —afirmó el joven oficial—, he quedado en reunirme con nuestro enlace, un tal Pedro Hurtado, después de la medianoche, en una cantina de la Plaza de San Francisco.

—Suerte Carter, —le deseó el capitán—, por favor cuídese. En estas misiones cualquier precaución es poca. Además, aunque usted no figure de manera oficial como miembro de mi tripulación, lo considero como tal, como uno de los míos, usted es un oficial muy capaz y no me gustaría perderlo.

—Gracias señor, —respondió el oficial—, sorprendido por los halagos, al mismo tiempo que levantaba su mano para el típico saludo castrense. Pierda cuidado que seguiré sus recomendaciones.

Esa misma noche, poco antes de las diez, se dio el mejor pretexto para que Estados Unidos declarase la guerra a España, la que de una u otra manera, había estado tratando de provocar desde varios años antes. En ese instante, la oscuridad de la noche fue desgarrada violentamente por un espontáneo resplandor, provocado por enormes llamas que lanzaban densas columnas de humo, que se confundían con fuertes emanaciones de gases de colores. Era la notoria evidencia de una terrible explosión, que sacudió esa noche a toda la población de La Habana. Por el fuerte estallido habían volado, debido a la onda expansiva, todos los cristales, ventanas y puertas de las viviendas cercanas a los muelles. La gente salió de sus casas espantada y desconcertada, muchos, en una mezcla de susto y curiosidad, corrieron en dirección al puerto, desde donde provenía la inesperada catástrofe. Desde los muelles, la población observaba en silencio el dantesco espectáculo: el acorazado *Maine* había estallado.

Las explosiones se sucedían conforme avanzaban las llamas, el imponente navío se hundía lentamente por la proa, herido de muerte. En los mismos muelles, la mayor parte de la oficialidad del navío siniestrado, observaba, enmudecida y mustia, cómo las tranquilas aguas de la bahía devoraban a su poderoso buque, envuelto en llamas.

Desde uno de los botes salvavidas, en el mismo lugar del siniestro, el propio Capitán Sigsbee conducía el rescate de los demás supervivientes, que llenaban la noche con sus lamentos y gritos de auxilio; a pesar de su febril actividad no dejaba de observar con profundo dolor la trágica escena. Entre sus muchos y confusos pensamientos, recordó por un momento, que había una carta que nunca iba a ser contestada.

—Yo también me divierto con las extravagancias y disparates de la tía María, —nos comentó papá, luego de narrarnos tan triste historia—, pero eso no significa que ella deba ser objeto de burlas, porque nunca sabemos cuánto dolor o qué terribles verdades se esconden detrás de las actitudes de una persona, sean éstas positivas o negativas, las que, inclusive, muchas veces nos parecen incomprensibles o irracionales. Hijos, es fácil juzgar o condenar a alguien, especialmente cuando desconocemos su realidad pasada o presente.

—Tienes razón papá, —le contestamos Alejandro y yo al unísono, sintiendo una profunda vergüenza por todas nuestras burlas pasadas.

—Con esta lección, continuó papá, en adelante aprenderán a ser más comprensivos con las personas en general, sin importar su manera de ser o su comportamiento, especialmente si les falta alguna tuerca, como a la tía, —nos terminó de decir, sonriendo y extendiendo sus brazos para estrecharnos contra su pecho.

Al día siguiente, después de un generoso desayuno con nuestros tamales domingueros, fuimos con mamá a la azotea. Mi hermano y yo estábamos entre emocionados y nerviosos. ¡Hoy sacaríamos a Marcelo de su jaula!, iba a ser la primera vez que lo haríamos, desde que el mono llegó a la casa. Mamá había comprado una pequeña correa de cuero para ponérsela a la cintura, que tenía una cadena larga de metal para poder pasearlo como cualquier mascota. ¡Al fin lo sacaríamos a la calle! Cuánto tiempo habíamos estado esperando este momento.

—Si va a salir a la calle, tiene que estar elegante, —nos dijo mamá—, al mismo tiempo que le ponía al mono el chalequito de corduroy azul marino que le había cosido.

Alejandro parecía que él era el mono que iba a salir a pasear, no hacía más que dar de saltos y saltos de felicidad, mientras sostenía la cadena del otro extremo, al mismo tiempo que mamá le colocaba a Marcelo, con suma delicadeza, la correa de cuero alrededor de su pequeña cintura. Cuando terminó, le dijo a mi hermano que llamara al pequeño primate para que salga de su jaula, pero nada. El mono terco se negaba a salir, peor aún, en contra de nuestros deseos, se metió en su caja donde dormía y nos miraba con expresión de indiferencia. Entonces recordé que los entrenadores de los circos, siempre les daban un caramelo a estos animales cuando hacían su número. Al instante, saqué de mi bolsillo uno de limón, el preferido de este mono. Marcelo, en el segundo que escuchó el sonido de la envoltura del caramelo, salió de su jaula a la velocidad del rayo, impulsado como si se hubiera sentado encima de una tachuela, se prendió de mi pierna y me estiró su pequeña mano.

Después de la misa del mediodía, volvimos a sacar al mono de su jaula, esta vez salió dócil y obedientemente. Lo llevamos al Campo de Marte, el parque donde siempre jugábamos con los amigos. Marcelo daba de saltos, a veces caminaba erguido en dos patas, se subía a cuanto matorral o arbusto encontraba. Era evidente que se sentía feliz en un ambiente abierto, fuera de su jaula con un espacio tan limitado. Nos hizo mucha gracia verlo cómo se metía al hueco del tronco del viejo árbol, aquél que era nuestro lugar preferido de juegos; entraba y salía constantemente del hueco, como queriendo jugar a las escondidas con nosotros. Mamá también se reía, disfrutaba con nosotros de las ocurrencias del mono y de las muecas que hacía a cada rato. En un momento determinado, el pequeño primate nos sorprendió a todos. De pronto, salió del hueco del árbol y se encaminó a un grupo de flores que había al costado, tomó una margarita, la olió primero, luego la mordisqueó un poco y finalmente la botó. Hasta ahí todo era normal, como cualquier mono, pero después tomó otra margarita, volvió a olerla y en el momento que pensábamos que la iba a mordisquear, sorpresivamente comenzó a caminar con la flor en la mano. Se dirigió donde mamá, se trepó a su pierna y le estiró el brazo con la flor en su manita.

Los tres nos quedamos mudos, nos miramos sin atinar a decir nada. Marcelo, después de que mamá anonadada recibió la flor, se bajó de su pierna y se dirigió de nuevo, tan campante, al hueco del árbol, para seguir jugando. El hechizo del momento fue roto por el súbito sonido del claxon de un auto. Era el taxi de la tía María, que llegaba del velorio de su amiga. Acababa de parar frente a nuestra casa, que estaba ubicada justo frente al parque.

—Chicos, volvamos a la casa, ya llegó la tía y yo debo poner la mesa para el almuerzo, —nos dijo mamá un tanto presurosa.

Mientras mamá llevaba a Marcelo a la casa, sujetándolo de su cadena, Alejandro y yo nos adelantamos y corrimos donde la tía María. Ella acababa de bajar del taxi. Llevaba puesto un tenebroso vestido negro, con sombrero incluido, como aquellos que se ven en las películas de terror, que resaltaba aún más su palidez. Traía consigo su enorme canasta de paja de junco tejida, la que llevaba a todos lados, porque cada vez que venía a Lima, aprovechaba para hacer sus compras de rutina. Era fácil imaginarnos la cara de los deudos del velorio, cuando la vieron aparecer con semejante canasta y vestido, seguramente habrían pensado que era una de las parcas, que venía a reclamar el cuerpo de la difunta. Nosotros siempre nos preguntábamos, cómo hacía la tía para cargar esa enorme canasta, cuando estaba llena. Ese era otro de sus misterios.

—¡Santísima reverberación del Espíritu Santo!, —exclamó ella al vernos llegar presurosos a su lado. —Estos muchachuelos bellacos nunca antes me han recibido así, —concluyó bastante emocionada, al momento que la abrazamos para besarla.

—¡Hola, tía María!, —la saludamos los dos con expresa sinceridad, demostrando un repentino y radical cambio de actitud hacia ella.

Para ambos, antes era nuestra tía chiflada, pero desde que papá nos contó la historia de su vida, se convirtió en nuestra heroína. Había sufrido tanto, o tal vez seguía haciéndolo, nunca lo sabremos; sin embargo, seguía siendo muy amorosa y caritativa con todos. En adelante podía decir todos los disparates que quisiera, pero, sin que ella lo supiera, igual se había ganado todo nuestro respeto y admiración.

—¡Aaay, Elizabeth, ¿y ese gorila de quién es?!, —preguntó cuando vio llegar a mamá con Marcelo, asido de su cadena.

Alejandro y yo nos reímos de su ocurrencia, pero esta fue la primera vez que no había ningún rastro de burla en nuestra risa.

—Tía, no es ningún gorila, es sólo un pequeño mono machín, —repuse, tratando de explicarle.

—Ah no, tendré que comprar unos plátanos para mantener alejado de mí a este peludo orangután, —respondió ella—, no vaya a ser que se me suba a la cabeza y me desbarate el peinado, terminó diciendo, a pesar de no haber vuelto a una peluquería desde hacía más de treinta años.

Al entrar a la casa, mamá autorizó a Alejandro para que ponga a Marcelo en el patio, mientras almorzábamos, pero debía asegurar la cadena en algún lado. Él, siempre cuidadoso de su mono, le puso un envase pequeño con agua y, por si tuviera hambre, unos trozos de papaya. El pequeño primate dio inmediata cuenta del agua y, principalmente, de la papaya. Era evidente que su primer paseo al parque le había abierto el apetito, seguro que apenas terminara descansaría un poco. Aunque nunca hay que estar tan seguros, especialmente con este mono.

—No se imaginan familia, a la Josefa la habían maquillado horrible, —nos comentó la tía en pleno almuerzo. Resulta que no le pudieron disimular las manchas de su cara y, lo peor de todo, un ojo le quedó abierto, siguió contando muy fresca y muy suelta de huesos.

—¿Ella no es tu amiga del centro, de la que siempre hablas?, —le preguntó Alejandro ingenuamente.

—No hijo, no es mi amiga, más bien "era" mi amiga, —le respondió ella con mucha naturalidad. Me estoy refiriendo a la difunta del velorio de hoy, —agregó al notar la cara de confusión de mi hermano.

Demás está decir por qué no pudimos terminar el plato de fondo, que era a base de carne.

Cuando estábamos en el café, papá disimuladamente le cambió de tema a la tía. Ella no se había percatado que hablar de difuntos, no era el tema de conversación ideal para un domingo en familia, menos con niños presentes. Fue una buena idea, porque inmediatamente comenzamos a deleitarnos con sus graciosas anécdotas y ocurrencias diarias.

—¡Aaaay, Santas Ánimas del Purgatorio!, —gritó ella brusca y repentinamente, ¡Es la Josefa, es la Josefa!, siguió gritando mientras se paraba de un brinco y retrocedía de espaldas hacia la pared del fondo del comedor.

Todos dimos un salto del susto, Alejandro hasta se cayó de la silla. Inmediatamente, volteamos a mirar, en la misma dirección que miraba aterrada la tía María. Desde el otro extremo, venía flotando en el aire, casi a ras del suelo, el enorme sombrero negro de la tía. Se acercaba directo hacia nosotros en forma lenta y pausada, pero de pronto se desvió ligeramente y chocó contra el sólido aparador de madera. En el instante del choque, escuchamos un estridente chillido, entonces me paré de un salto y corrí a levantar el sombrero, debajo de éste estaba nada menos que ¡Marcelo! Este mono sinvergüenza había soltado, él mismo, la correa de cuero para liberarse. Para todos fue una sorpresa, menos para mí, porque yo era el único de la familia que sabía de lo que era capaz este pequeño primate inteligente.

—Elizabeth, Elizabeth, por favor, tráeme urgente un poco de agua de azahar, porque de tantas palpitaciones se me va a salir el corazón del pecho, —exclamó agitada la tía—, sentada en el piso y apoyada en la pared del fondo del comedor.

La tía María estaba más pálida de lo usual...

CAPÍTULO V

EL TERREMOTO

Cuando sonó el despertador a las 6:45 a.m., como todos los días, abrí los ojos y medio dormido me quedé mirando el techo de mi habitación, pero como después de apagarlo continuó el silencio y la quietud de la madrugada, mis párpados comenzaron a deslizarse de nuevo por mis pupilas. Los cercanos cantos de los gorriones, tórtolas y cuculíes que venían del Campo de Marte actuaban como un somnífero letal, que de nuevo me sumergió en las brumas del sueño. Además, nuestro gallo Jacinto finalmente había aprendido a no cacarear en las madrugadas, gracias a las didácticas lecciones de Marcelo, que prácticamente le había dejado la cola sin plumas. Entonces, con esas condiciones tan favorables, mi pelea de ese día, como de todos los días, era poder levantarme para ir al colegio.

—¡Andrés, despierta!, —me gritó Alejandro desde su cama.

—¿Quééééé?, sólo atiné a responderle adormecido.

—¡Despiértate rápido hermano!, —me insistió—, ¡que en un ratito sube papá con un vaso de agua helada!

Cuando escuché lo del vaso de agua helada, un timbre de alarma sonó en mi subconsciente y me hizo dar un brinco en mi cama. Prefería los cacareos madrugadores de Jacinto –que yo odiaba– en lugar del vaso de agua helada de papá, que siempre utilizaba cuando no nos queríamos despertar. Sentir el agua helada en la tibia piel del rostro, era como accionar un resorte que nos lanzaba rápida y bruscamente desde las profundidades del sueño hacia el mundo consciente, para luego encontrarse uno con la cara del Yeti, el abominable Hombre de las Nieves, que se reía a carcajadas por los efectos de su infalible remedio contra los dormilones. Indudablemente, no era una experiencia que provocaba repetirla.

Puse mis pies sobre el tapete al pie de mi cama y me froté los ojos para despercudirme los últimos vestigios de sueño y de pereza, antes de ir a lavarme la cara en el baño. Cuando Alejandro abrió la cortina, lo primero que vi fue el calendario de la Botica Francesa –donde se tomaban los mejores helados de Lima–, colocado en la pared del frente, encima de donde estaban nuestros escritorios de madera.

—Vaya, felizmente es viernes, me dije a mí mismo en voz alta, a manera de atenuar la tortura de tener que levantarme tan temprano todos los días.

—Así es, es viernes 24 de mayo de 1940, precisó mi hermano, buscando ser solidario con mi desgracia de todos los días, porque en realidad él no tenía ningún problema en levantarse temprano.

—Quién como tú que no tienes problema para levantarte, —le comenté, envidiando esa cualidad que no era usual en el común de los niños.

—Debe ser porque todos los días me acuesto y duermo más temprano que tú, —me respondió Alejandro mirándome con sabia actitud.

—Es que son las tareas las que me obligan a quedarme despierto hasta más tarde, —atiné a explicarle inconscientemente como excusa...

—Si vinieras más temprano del parque o de la calle, como siempre nos dice mamá, no tendrías ese problema, —me replicó como si fuera mi hermano mayor. Sin embargo, después del lonche vuelves a salir a la calle mientras yo me quedo haciendo mis tareas. Ese es tu problema.

—Lo que pasa es que tú eres medio marciano, —le revelé en tono de burla queriendo justificarme. Seguro que Orson Welles te hubiera tomado como actor principal, si hubiera hecho una película sobre la invasión marciana que narró hace dos años en la radio de los Estados Unidos y que causó tanto pánico.

—Tú y tus chistes sin gracia, —comentó mientras se amarraba los pasadores de los zapatos.

—Tú y tus estúpidos aires de adulto sabelotodo que siempre busca corregir los defectos de los demás, —le contesté desafiante y con ira—, a pesar de saber que llevaba las de perder. No te quedan tus aires de chico revejido y que se jura perfecto, le espeté orgulloso como último recurso, pareces un badulaque.

—El badulaque eres tú, que no sabes aceptar un consejo y que te dejas llevar por tu orgullo, —concluyó Alejandro, moviendo la cabeza a los lados a manera de negación, mientras salía del dormitorio para bajar a tomar desayuno, con su maletín escolar en la mano.

—Ay hermanito, tal vez eres más maduro de lo que creo, —me susurré a mí mismo—, sin dejar de sentir un sabor amargo en la boca, por la lección que -a sus nueve años- me acababa de

109

dar mi hermano menor, aquel que era tierno y sensible, casi indefenso.

Me costó aceptar que mi hermano tenía toda la razón, pero desgraciadamente mi mezquino orgullo infantil me impidió, en ese momento, decírselo o reconocerlo frente a él. Es curioso, pero a veces recibimos las mejores lecciones de quien menos esperamos y cuando menos esperamos. En adelante tuve que tener más respeto hacia mi hermano, porque definitivamente estaba madurando a pasos agigantados. Era claro que a pesar de ser dos años menor, era más intuitivo para darse cuenta de algo, así como para ver o captar las cosas. Ya estaba dejando de ser mi hermanito menor, para ser el hermano y el amigo para toda la vida. Sin embargo, a pesar de su madurez no dejó de ser el niño que aun era, con la sensibilidad y la ternura que lo caracterizaban, especialmente en todo lo referente a Marcelo, nuestra mascota, más bien dicho su mascota, porque en realidad el tío Antonio se la trajo de Iquitos a él. Justamente, esa ternura fue la que le permitió arrancar a su mono de las garras de la muerte.

Durante el desayuno hicimos las paces del altercado que tuvimos en el dormitorio. No hubo necesidad de pedirnos disculpas, porque Alejandro tenía una manera muy peculiar de superar ese tipo de problemas y de hacer que siempre impere la armonía entre ambos. Cosa que en ese entonces yo debía aprender, porque su manera de ser fue para mí una de las más grandes lecciones de vida, aunque necesité de mayor madurez para asimilarla del todo.

Nos sentamos en el comedor de diario y rápidamente –ya eran casi las 7:30 a.m.– Eulogia nos sirvió a cada uno un plato de avena con manzanas y canela que tanto nos gustaba. Sin percatarse, la cocinera le entregó a Alejandro el plato que tenía más manzanas, cuando usualmente me lo daba a mí, porque en casa todos sabían que mientras más gajos de manzana tuviera mi avena, tanto mejor. Pero no necesité reclamar ni protestar.

—Hermano, creo que Eulogia se equivocó, este plato es tuyo, —me comentó al mismo tiempo que me alcanzaba el plato de avena que le habían entregado.

—Gracias Alejandro, —le manifesté con un nudo en la garganta, porque después de las tonterías que le acababa de decir en el dormitorio, él me estaba respondiendo con una nobleza y un desprendimiento que haría avergonzar a cualquiera, más aun porque yo sabía que a él también le gustaban las manzanas tanto como a mí.

A un hermano así cómo no iba a abrazarlo mientras salíamos presurosos de la casa con rumbo al colegio, porque eran casi las 8:00 a.m. y los platos de avena tan caliente nos habían demorado más de lo normal. Tuvimos que cruzar raudamente el Campo de Marte, para luego bordear el Club Lawn Tennis de la Exposición, cruzar después la Avenida Arequipa y luego de una cuadra, llegar a nuestro colegio, el Colegio Anglo Peruano –de estricta educación inglesa y laica–, ubicado en la primera cuadra de la Avenida Petit Thouars, casi en esquina con la Avenida 28 de Julio. En la puerta del colegio, alcancé a darle un fuerte abrazo a Alejandro antes de ir a nuestras respectivas clases.

—Gracias por ser cómo eres Alejandro, por eso te quiero mucho, —atiné a decirle con una alta dosis de emoción, desprovisto de mi usual orgullo.

—Yo también te quiero mucho hermano, —me respondió él con su inocente y bella sonrisa—, hasta más que a Marcelo.

—Lo sé, lo sé, —asentí sonriente mientras me alejaba a mi salón de clases.

Curiosamente, fue la primera vez que salimos de casa sin despedirnos de Marcelo. Siempre tomábamos desayuno rápidamente para tener

112

tiempo de subir a la azotea y despedirnos del pequeño mono, el cual normalmente sólo atinaba a mirarnos medio somnoliento desde la caja dentro de su jaula, donde siempre se acurrucaba para dormir, porque el frío de madrugada de Lima lo obligaba a no salir de esa caja —al menos hasta que nos íbamos al colegio—, sin importar que tuviéramos alguna golosina en las manos. Obviamente no podía forzar a su pequeño cuerpo acostumbrado a climas tropicales. Inclusive, si algún día de este húmedo invierno resultaba demasiado frío, era capaz de no salir de su caja durante todo el día, a no ser que Eulogia o mamá lo llevaran al patio del primer piso, donde estaba más protegido. Este día en particular era uno de esos días fríos y, justamente, el hecho de estar acurrucado en su caja le salvó la vida.

Nuestro horario normal de colegio era lo que se conocía como "horario partido", porque el día escolar comenzaba a las 8:00 a.m. y duraba hasta las 12:00 m., hora en que salíamos a almorzar a casa. En realidad todos vivíamos cerca o teníamos cerca la casa de un pariente. Luego regresábamos de 2:00 p.m. a 4:00 p.m., hora en que terminaba nuestro día. Pero este día no íbamos a cumplir con ese horario.

Yo estaba en quinto año de primaria; mi profesor de aula era el señor Minauro. Ese mismo viernes, justo antes de la hora de salida del mediodía, nos tocaba la clase de matemáticas. El profesor Minauro terminó de escribir en la pizarra varios problemas de aritmética que debíamos resolver como tarea en la casa, por lo que nos ordenó que los copiáramos en nuestros cuadernos. El aula estaba en silencio ya que todos los alumnos estábamos copiando la tarea, y porque el profesor estaba en su pupitre corrigiendo nuestras tareas del día anterior. En realidad no había día que no nos dejaran tareas para la casa.

Cuando sólo me faltaba copiar los dos últimos problemas, de pronto sentimos un fuerte ruido, seguido de un violento sacudón. El reloj del aula marcaba las 11:35 a.m. Desconcertados, nos apoyamos y aferramos firmemente a nuestras carpetas. Inmediatamente después del sacudón, el piso comenzó a temblar fuertemente; las paredes también temblaban y se sacudían por esta violencia inusitada. Las ventanas del aula temblaban de la misma manera, pero haciendo mucho ruido, al igual que la pizarra y los mapas colgados en la clase, que golpeteaban las paredes donde estaban colocados. El profesor Minauro se paró rápidamente y se dirigió casi tambaleándose hacia el centro de la clase, porque muchos gritaban de miedo.

—¡No se muevan!, ¡no se muevan!, —comenzó a gritar el profesor nerviosamente, con los brazos extendidos hacia delante, tratando de infundir la calma que no reflejaba su rostro.

En ese instante, asido todavía a mi carpeta, volteé la cabeza hacia un lado y vi a Tello, Burga, Panizo, Giulfo, Ackerman y otros, con los ojos bien abiertos y muy pálidos. Algunos gritaban, otros rezaban con los ojos cerrados y más de uno llamó a su mamá. Lo mismo sucedió cuando miré hacia el otro lado y vi a Delucchi, Oldrich, Pinto, Diez Canseco, Mariátegui, Groppo, entre otros. Estaban todos aferrados a sus carpetas, sin atinar a nada, menos a desobedecer al profesor. En el caso particular de Delucchi y Tello, y creo que también de algún otro, comenzaron a mirar a todos lados fijándose en la cara de cada uno y cuidando de que no miren hacia abajo, porque estaban preocupados por la aureola húmeda de sus pantalones.

Increíble, pero cuando volví la vista hacia delante, resultó que el profesor Minauro se había hecho humo, desapareció en fracciones de segundo, a pesar de habernos insistido hacía unos instantes que no nos moviéramos. Pero parece que el continuo movimiento del sismo lo hizo cambiar instantáneamente de opinión y salió despavorido. Cosa que también aprovechamos de hacer todos los alumnos al mismo tiempo, saliendo del aula en tropel. Algunos tropezaron y cayeron al suelo, otros

115

fueron empujados contra las carpetas, pero felizmente todos logramos salir y no paramos de correr hasta la calle. Cuando llegamos afuera ya había parado el sismo, aunque se siguieron sintiendo pequeñas réplicas. El único daño material que pudimos ver en esos momentos, fueron unas cornisas que se habían desprendido de la fachada del edificio del colegio, lo demás estaba todo normal. Sin embargo, después supimos que en otras partes de la ciudad el sismo había causado estragos.

Cuando escuché los múltiples llantos nerviosos de los niños en la calle, agrupados ordenadamente de acuerdo a sus aulas y con sus profesores, los padres comenzaban a aparecer, yo me puse nervioso porque no veía a mi hermano Alejandro.

—¡Andrés!, ¡hermano!, ¡aquí estoy!, —escuché de repente su voz a mis espaldas.

Me volví aliviado inmediatamente y lo abracé tan fuerte como pude, con una mezcla de miedo, susto, nervios y preocupación, por la reciente experiencia vivida. Así nos encontraron mamá y Eulogia, quienes se aparecieron a los pocos minutos, como muchos de los padres que vivían cerca.

—¡Mamá!, —gritamos ambos al mismo tiempo cuando la vimos aparecer y corrimos a abrazarnos con ella.

—¡Qué tal terremoto!, —le dijo Alejandro todavía asustado. —Mamá, nunca en mi vida había sentido algo igual, ¿viste si Marcelo está bien?

—Ay hijo, no sé, lo primero que hice fue venir corriendo con Eulogia para ver cómo estaban ustedes, cómo se te ocurre que voy a preocuparme primero del mono antes que de mis propios hijos.

—No te preocupes Alejandro, —le comenté tratando de calmarlo—, ¿qué le puede pasar dentro de una jaula de madera?

—Ya sé, pero no te olvides que la jaula no está asegurada, amarrada o clavada al corral de las gallinas, —me replicó muy seguro—, igual se puede haber caído la jaula, no sé.

—Tampoco es para que te pongas tan trágico, —le respondí tratando de restarle importancia al asunto.

Sin embargo, una vez más, su intuición le daría la razón.

Felizmente nuestra casa y todas las del vecindario no sufrieron daño visible alguno, porque todas eran construcciones nuevas y muy sólidas, ni siquiera se veían grietas o rajaduras. Los pocos daños se dieron dentro de nuestra misma casa. Solamente se habían roto algunos adornos y unos cuantos utensilios de la cocina, que salieron disparados por la fuerte sacudida. De la araña de cristal del comedor se habían desprendido algunos prismas, que terminaron desparramados en la mesa. Las cerámicas de mamá de la cultura Mochica —incluidos algunos huacos retratos— estaban intactas en su mayoría, salvo unas tres que se desprendieron de su base y rodaron hasta el piso, debido a su forma ovalada, del estante donde estaban colocadas. Lo curioso es que en el lugar donde cayeron no quedaron fragmentos de cerámica, sino unos pequeños montículos de arena fina, porque debido a su antigüedad, prácticamente se habían desintegrado. Casi lo mismo sucedió con la damajuana de pisco de papá, que también rodó desde el carrito de bar y terminó rota en el piso, con todo el pisco derramado en la sala, despidiendo su delicioso y penetrante aroma característico.

Alejandro, ni bien llegó a la casa, subió raudamente a la azotea. En ese mismo momento llegó papá de la oficina y entró presurosamente a la casa.

—¡Elizabeth, Elizabeth!, ¿están todos bien?, ¿y los chicos?, —preguntó inmediatamente muy preocupado.

—Sí, Arístides, —le contestó ella—, estamos todos bien. Acabamos de llegar del colegio con los chicos, los fui a recoger con Eulogia.

—¡Qué alivio!, —expresó papá suspirando—, me preocupé muchísimo cuando en el auto escuché las noticias de Radio Nacional, que decían que varias partes de la ciudad habían quedado destruidas por el terremoto y que los mayores daños se habían producido en Chorrillos y en el Callao. Inclusive comentaron que los baños de Chorrillos y el funicular de Barranco, prácticamente habían desaparecido.

—Hace muchos años que en Lima no había un terremoto de esta magnitud, —comentó mamá. Siempre tuvimos los temblores de costumbre, pero no algo así de terrible.

Mientras tanto Eulogia ya había comenzado a barrer las cosas que se habían roto y a trapear todo el pisco derramado.

—¡Mamá!, ¡mamá!, entró, como un vendaval, gritando Alejandro, después de bajar corriendo desde la azotea.

—¿Qué pasa hijo?, —le preguntó ella intrigada.

—¡Marcelo!, ¡Marcelo!, ¡Marcelo!, ¡Marcelo!, —repitió mientras saltaba sobre su sitio y señalaba con su mano derecho hacia arriba, en dirección a la azotea, en un evidente estado de desesperación y con el corazón que parecía que se le iba a salir del pecho.

—¿Qué le ha pasado a Marcelo?, —preguntó papá un tanto alarmado.

—¡Su jaula!, ¡su jaula!, ¡su jaula!, ¡su jaula!, —siguió repitiendo entre sollozos que hacía que a intervalos se quedara sin aire.

Papá posó ambas manos sobre sus hombros y se puso de cuclillas para hablar con él mirándole a los ojos.

—Hijo, si no nos explicas bien qué sucede no podremos ayudarte, —le advirtió—, será mejor que te calmes y tomes un poco de aire antes de hablar.

—Es que..., es que..., ¡la jaula se ha caído y ha aplastado a Marcelo!, ¡lo ha matado!, —expresó desesperado mi hermano—, ¡lo ha matado!, volvió a decir gimiendo, tapándose el rostro con ambas manos, para comenzar a llorar desconsoladamente.

—¡Te dije hermano que se había caído la jaula!, —hizo una pausa para reprocharme con furia.

Inmediatamente papá y yo subimos corriendo a la azotea. Cuando llegamos vimos que efectivamente la jaula de Marcelo se había caído. Ésta estaba superpuesta sobre el gallinero de Jacinto y sus gallinas, es decir, nunca llegamos a sujetarla, porque jamás nos imaginamos que un terremoto de tal magnitud la iba a hacer caer.

—Lo que ha pasado es que el tronco que pusimos dentro de la jaula cayó hacia un lado y con su peso hizo caer la jaula, —me explicó papá con tono de pena mientras revisaba la jaula caída.

—¿Dónde está Marcelo?, —le pregunté nervioso y un tanto asustado por si me confirmaba la muerte del monito.

Papá comenzó a revisar el tronco y vio que la caja de madera donde siempre dormía y se acurrucaba Marcelo estaba prácticamente bajo el tronco, Papá levantó el tronco, pero igual le resultaba pesado, peor aun las maderas y la malla de la jaula le incomodaban la labor.

—Hijo ayúdame, —me pidió mientras trataba de levantar el pesado y voluminoso tronco—, empuja la jaula hacia atrás para poder mover y separar este tronco.

Cuando movimos el tronco y la jaula, la caja de madera del mono quedó quieta en el piso, al menos nada se movía en su interior. Estaba aplastada en uno de los extremos, pero la mayor parte estaba intacta. Papá la levantó con cuidado y, al moverla, la cola de Marcelo salió y cayó inerte por la abertura que hacía de puerta. Marcelo no se movía ni hacía el menor ruido.

—¿Está muerto?, —pregunté con un nudo en la garganta y con lágrimas que me brotaban de los ojos.

Papá no me contestó, porque puso la caja sobre el gallinero de las gallinas alborotadas todavía por el trance y comenzó a sacar el cuerpecito de Marcelo. Cuando lo tuvo consigo, sus manitas y piernitas cayeron inertes hacia los costados de las manos de papá. Sus ojitos estaban cerrados y su boquita entreabierta, parecía que estuviera con sopor o dormido en un sueño profundo.

—¿Papá, está muerto?, —volví a preguntar temeroso de una afirmación.

—No hijo, todavía respira, —me contestó—, lo que pasa es que está inconsciente por el tremendo golpe que se ha dado. Voy a ponerlo sobre esa caja de cartón para poder revisarlo minuciosamente, para ver si tiene algún tipo de lesión, porque al menos heridas no tiene.

Lo puso sobre una caja grande de cartón que había en la azotea y comenzó a revisarlo tanteando su cuerpecito y sus extremidades.

—Este mono ha tenido suerte, —me explicó—, porque si hubiera estado echado en posición contraria, es decir con la cabecita hacia el otro extremo de la caja de madera, hubiera terminado con la cabeza aplastada y a estas alturas sólo nos hubiera quedado enterrarlo.

—¡Que bueno!, —le dije sintiendo un profundo alivio y un desborde de alegría.

Papá prosiguió con su revisión, tanteándole de nuevo todo su cuerpecito.

—Aparentemente en la cabeza, las costillas, la columna y la cadera no tiene nada, —continuó explicándome—, solamente siento algo raro en su patita izquierda, pareciera que tuviera una fractura. Mejor lo llevamos abajo y esperamos a que vuelva en sí, porque con sus movimientos y reacciones sabremos o confirmaremos alguna lesión.

Al entrar en la sala, Alejandro, al ver el cuerpecito inerte y los miembros caídos del monito, abrió enormes los ojos y casi le da un soponcio, pero sólo atinó a abrazar a mamá.

—Te dije, mamá, que había muerto, —dijo sollozando.

—Hijo, tu mono no ha muerto, —le aclaró papá mientras ponía al mono sobre una mantita en la mesa del comedor, que ya había limpiado Eulogia sacando todos los prismas de la araña de cristal—, solamente está dormido por el golpe. Esperemos a que se despierte para ver si está lesionado, al menos no tiene ninguna herida visible. Realmente tuvo suerte, —prosiguió—, porque le faltó muy poco para morir aplastado por el tronco de su jaula.

Alejandro se acercó tímidamente al mono recostado en la mesa, comenzó a acariciarlo cuidadosamente por todo su cuerpecito, a manera de darle calor. Se sentó en una de las sillas del comedor, puso su brazo izquierdo sobre la mesa, paralelo a su pecho, para apoyar su mentón en éste, mientras que con la mano derecha seguía acariciando a su pequeña mascota echada boca arriba. De pronto sintió que algo se le metía por el orificio de su oreja izquierda. Pensando que era un bicho, intentó espantarlo con su única mano libre, que era la derecha, pero al llevar su mano hacia a la oreja afectada, sintió una manita peluda que se movía y que traviesamente le estaba metiendo su dedito índice en la oreja. Mi hermanó levantó la cabeza bruscamente, lanzando una exclamación casi muda, mientras volteaba a mirar sorprendido la carita del pequeño primate.

—¡Marcelo despertó!, —gritó de alegría—, ¡Marcelo despertó!

Inmediatamente, papá, mamá y yo nos acercamos a verlo. Todavía estaba medio atontado por el golpe, pero movía su cabecita a todos lados, mirando curiosamente este otro ambiente de la casa al que no estaba acostumbrado. Alejandro comenzó a levantarlo despacio para que se pare, pero al momento de apoyar su piernita izquierda, lanzó un estridente chillido de dolor, por lo que solamente pudo sentarse, mas no pararse.

—Tienes razón papá, —le indiqué—, lo que le duele es la fractura que me explicaste en la azotea.

—Si es una fractura, yo lo puedo curar con un pequeño entablillado, —comentó mamá. Cuando aprendí primeros auxilios en el colegio, en las prácticas justamente tuve que entablillar a varios animalitos.

—Está bien, Elizabeth, pero de todas maneras no dejes de llevarlo mañana al veterinario, —le sugirió papá. Además una buena revisión del especialista nos ayudará a despejar cualquier otra duda sobre el estado de salud del animalito.

—Papá, mamá, ¿ustedes creen que puedo tener a Marcelo en mi cuarto mientras se recupera?, —preguntó Alejandro. Así lo podré cuidar mejor.

—Ya sabes que no nos gustan los animales en los dormitorios, —le contestó papá.

—Pero Arístides, —le indicó mamá—, el animalito está sumamente delicado, si no está bien cuidado, igual se nos puede morir.

—Está bien, —asintió papá—, pero apenas el mono se recupere, no lo quiero dentro de la casa. Voy a pedir una llamada a Chosica para averiguar cómo se encuentra la tía María, —prosiguió papá mientras se iba al escritorio a hacer su llamada telefónica

—Eso sí hijos, tienen que buscarle una buena caja de cartón para tenerlo dentro, —nos advirtió mamá—, con periódicos que los cambiarán todos los días cada vez que haga sus necesidades, la comida se la tienen que dar dentro de la misma caja para que no ensucie su cuarto.

—¡Por supuesto!, —ambos contestamos al unísono, sin poder ocultar nuestra felicidad de tener a Marcelo en nuestra habitación por varios días, que era lo que siempre habíamos soñado desde que llegó a la casa.

Mamá le hizo un pequeño entablillado en su piernita izquierda, que resultó perfecto, tanto que el veterinario no necesitó reemplazarlo. Sólo le recetó unas pastillas para el dolor, porque eso sí, el monito estaba todo magullado por los golpes recibidos durante la caída de la jaula, felizmente amortiguados en parte por la caja de madera donde dormía.

Lo que no pudimos evitar, es que Marcelo comenzara a perder peso a los pocos días del terremoto. El veterinario había advertido sobre esta posibilidad, porque al ser animalitos tan sensibles, el maltrato y los golpes tienden a deprimirlos de tal manera que pierden el apetito y pueden llegar a morir por inanición. Ante esta situación es que afloró la infinita ternura de mi hermano Alejandro.

—Voy a evitar que Marcelo se muera, lo haré comer aunque eso me tome horas, —me comentó muy seguro de sí mismo.

Vaya que si cumplió con su promesa. Durante varios días estuvo horas tratando de que el monito comiera, pero no a la fuerza, sino prodigándole un inmenso cariño a través de caricias y abrazos prolongados, acurrucándolo contra su pecho. Nunca antes vi tanto amor por un animal, no creo que el animalito haya sido ajeno a ese amor y cuidado. El único problema es que comía menos que un canario, por lo que estuvo muy débil varios días.

—Si se muere ese mono, lo pongo en la olla, —me comentó un día Eulogia—, porque aunque esté flaco debe dar un buen caldo.

Su comentario se debía a que ella detestaba a Marcelo.

—¡Qué cruel eres!, —le espeté—, hay que ser bien desalmada para siquiera pensar así.

Con ella y su terquedad cusqueña era inútil discutir, por lo que opté por retirarme de la cocina muy molesto.

La caja de cartón de Marcelo la pusimos entre nuestras camas, por eso antes de dormir o al despertarnos nos quedábamos echados en nuestras camas mirando al pequeño primate acurrucado dentro de su mantita. Si bien llegó a ponerse muy flaco, con los admirables cuidados de mi hermano comenzó a recuperarse lentamente. Evidentemente no tenía la misma vitalidad y energía de antes, porque silbaba o chillaba suavemente; además sus movimientos eran lentos, como laxados; sus ojitos los tenía entreabiertos, no eran vivaces como de costumbre.

Durante los días que la mascota estuvo convaleciente, entre papá, Alejandro y yo, aprovechamos para reparar la jaula y asegurarla firmemente, con tronco incluido, al gallinero de Jacinto y su harén. Papá aprovechó de ampliarla un poco más y le puso una nueva caja de madera, más gruesa y fuerte que la anterior, para que durmiera. Finalmente, la jaula quedó mucho más segura y linda que la anterior, porque papá también la pintó. Pero en el fondo, Alejandro y yo deseábamos que la recuperación de Marcelo fuera lo más larga posible, para tenerlo más tiempo en nuestro dormitorio, aunque eso nos obligase a tener que mentir.

—Esta jaula ha quedado muy bien, —dijo papá, mientras la miraba complacido—, creo que ya es hora que ese monito vuelva a su lugar.

—¡Noooo!, —exclamó Alejandro con poco disimulo, por supuesto que con mi aval y total respaldo.

—Papá, Marcelo todavía está muy débil, creo que va a necesitar por lo menos un par de semanas más de reposo, —le insistí—, a pesar de saber que el monito ya estaba casi recuperado.

—Eso está por verse, —concluyó papá.

Desgraciadamente, la traición vino del propio Marcelo, porque al siguiente fin de semana, específicamente el sábado en la mañana, papá entró a nuestro dormitorio de improviso para avisarnos que nos apuremos en vestirnos, porque se nos estaba haciendo tarde para ir a Chosica a visitar a la tía María. Sin que nos percatáramos, porque nos estábamos lavando en el baño, se asomó a la caja de cartón esperando encontrar a Marcelo todavía convaleciente y acurrucado en su mantita, pero... ¡no estaba! En eso él escuchó tras suyo un suave silbido, entonces elevó la mirada por encima de su hombro y lo vio subido en las cortinas, haciendo girar nuestras corbatas de colegio como si fueran los lazos de los vaqueros del oeste.

CAPÍTULO VI

MARCELO ESTUDIANTE

Con el transcurso de los meses, Marcelo ya se había integrado por completo a la familia, más aun después de su accidente durante el terremoto del mes de mayo. Los fines de semana era nuestro inseparable compañero de juegos en el Campo de Marte, tanto que todos los amigos del vecindario, apenas se enteraban que estábamos con el mono en aquel gran parque, venían a tropel donde nosotros. Teníamos que ser muy estrictos con ellos, porque ya varias veces el pobre animal había enfermado de los atracones de caramelos y otras golosinas que los chicos constantemente le daban, para que juegue con ellos o les hiciera gracias; ellos sabían perfectamente cómo sobornarlo. Inclusive, una vez casi se ahoga con un peligroso chicle que, inadvertidamente, le entregó nuestro amigo Alberto. Este mono se había vuelto un experto en abrir todo tipo de envolturas, especialmente las de las golosinas. Para esto usaba sus manitas o, cuando era necesario, sus dientes. Muy rara vez venía en auxilio donde nosotros, lo hacía solamente cuando se encontraba con una envoltura medio rebelde. En ese caso, se acercaba, haciendo sus muecas de costumbre y nos estiraba su bracito

132

para alcanzarnos la golosina que no podía desenvolver.

Para mamá también se había vuelto en un ameno compañero. Cada vez que ella subía a la azotea, ya sea para tender la ropa húmeda o recoger la que ya estaba seca, le abría la jaula al pequeño primate. Éste salía inmediatamente de su morada y se ponía a juguetear con todo lo que encontrara, siempre al lado de mamá. A ratos dejaba el ocasional juguete, se acercaba donde ella y, sin aparente motivo, se abrazaba a una de sus piernas por unos minutos. Mamá ya no le decía nada, sabía que ese abrazo era la cuota diaria de cariño que el mono necesitaba. Lo gracioso era que no se soltaba así ella tuviera que caminar, subirse a una pequeña banqueta para colgar las sábanas o bajar las escaleras al segundo piso. Un día, Eulogia se dio el susto de su vida cuando vio entrar a mamá a la cocina con el mono abrazado a su pierna. Inmediatamente fue a tratar de zafarlo, pero se encontró con unos amenazadores e intimidantes dientes que la hicieron desistir de su tarea. Este pequeño primate se consideraba un hijo más de la familia, o sea que nadie podía privarle ese derecho, que lo expresaba a la manera cómo lo hacen los de su especie.

Así como mamá se divertía con él en la azotea, a veces también la hacía pasar buenos

133

disgustos. En una oportunidad mamá estaba retirando la ropa seca de los colgadores, cada prenda que desprendía de los ganchos de colgar la echaba a una canasta grande, para luego llevarla directamente al cuarto de planchar. De pronto, se percató que Marcelo no estaba, comenzó a buscarlo por todos lados, no estaba en su jaula ni en la de las palomas, no estaba en el corral de Jacinto y sus gallinas. Por un momento pensó que se había escapado a las casas vecinas o en dirección al Campo de Marte, se puso a observar detenidamente desde la misma azotea, pero nada. Entonces, cuando ella ya estaba por desesperarse, vio que la gran canasta de ropa se movió ligeramente.

—¡Mono bellaco!, —bufó mamá entre enojada y contenta. ¡Ahora vas a ver!, terminó diciéndole mientras se dirigía rápidamente en dirección a la canasta.

El astuto mono, por la voz percibió al instante el enojo y fastidio de mamá, por lo que dio un salto desde el fondo de la canasta, desparramando al suelo sucio de la azotea toda la ropa limpia que tenía encima. Tal vez sin intención, se quedó en la mano con una de las prendas limpias: un calzoncillo de mi hermano Alejandro. Para entonces, mamá ya había tomado una escoba que encontró en el camino. Al ver semejante amenaza, Marcelo comenzó a

134

correr por toda la azotea; en el momento que quiso subirse al tendal para escapar más rápido, no tuvo mejor idea que ponerse el calzoncillo en la cabeza y así tener ambas manitas libres. Mamá lo persiguió por varios minutos con escoba en mano, hasta que no pudo más de la risa y se sentó a reírse a sus anchas. La escena no podía ser más divertida, el pequeño primate colgado del tendal con el calzoncillo de mi hermano, sólo que esta vez ya se le había bajado hasta el cuello, desde donde le pendía graciosamente la pequeña prenda. Las carcajadas de mamá se escucharon por toda la casa, por eso, Eulogia, Alejandro y yo –ambos dejamos de hacer nuestras tareas- subimos presurosos a la azotea. Encontramos a Marcelo abrazado a la pierna de mamá, aún con el calzoncillo colgando de su cuello, chillando y haciendo muecas y silbando como pajarito, como pidiéndole a nuestra madre que lo perdone, mientras ella le acariciaba la cabecita sin dejar de reírse.

Papá no podía ser ajeno a la compañía del mono. Los fines de semana, antes del desayuno, se iba caminando, con el mono a cuestas, a comprar el periódico al quiosco que quedaba a dos cuadras. Marcelo se sentaba muy cómodamente en el hombro de papá y se bamboleaba con cada paso. Lo curioso es que siempre que salía con papá, el mono se ponía muy serio, casi no hacía sus acostumbradas travesuras, actuaba como si supiera que estaba con la máxima autoridad de la familia. Sentado en el hombro de papá parecía un lord inglés en su clase de equitación, sólo miraba al frente con el rostro serio, muy quieto y callado y de cuando en cuando miraba a los costados, si es que algo llamaba su atención. Con esa actitud, solamente le faltaba poner la nariz respingada. Para colmo, cuando don Pedro, el dueño del quiosco, le regalaba el caramelo de costumbre después que papá compraba el periódico, este mono hipócrita estiraba lentamente su bracito, como dudando de recibir el presente. Sin embargo, a nosotros o a los amigos prácticamente nos arranchaba los caramelos de la mano. ¡Qué mono tan majadero!

Lo que más le gustaba a Marcelo era ir en el auto. Papá tenía un Ford Sedan nuevo del '40, era un auto del año que lo había comprado en enero, justamente pocos días antes de que llegara el mono a la casa. En varias oportunidades que papá salía, aprovechaba de llevar a la mascota consigo, especialmente si se trataba de tramos cortos y de destinos donde no tuviera que bajar casi del auto, como por ejemplo, la estación de gasolina. Cuando entraba al auto siempre ponía a Marcelo en el asiento del copiloto. Éste se quedaba muy quieto, pero cuando el auto comenzaba a avanzar, el mono se trepaba de un salto sobre el respaldar del asiento delantero. Desde ahí tenía una vista panorámica de los alrededores, las casas, las calles, los transeúntes, los tranvías y demás curiosidades para este animal venido de la selva amazónica. Miraba todo absorto y concentrado, siempre muy serio y comedido, a veces giraba bruscamente su cabecita en ciento ochenta grados, porque no estaba acostumbrado a fijar la mirada sobre algo y menos que esto pasara tan rápido, obviamente debido a la velocidad del auto. Inclusive, una de esas veces, volteó la cabeza tan vertiginosamente que se fue de espaldas a la parte trasera, porque al estar yendo papá a mayor velocidad de la acostumbrada, su punto de observación pasó más rápido y perdió el equilibrio.

Es evidente que un mono no tiene por qué saber las leyes de la física, de lo contrario Marcelo no se hubiera dado el encontronazo de su vida en el auto. Un sábado papá tenía que ir rápidamente al aeropuerto de Limatambo para entregarle unos documentos al tío Antonio, que él tenía que llevarle urgentemente a Arequipa. Ese día, después de comprar el periódico, papá tomó su desayuno calmadamente, pero poco antes de terminar su café sonó el teléfono. Era el tío Antonio para decirle que de improviso tenía que adelantar un día su viaje a Arequipa, que si quería que le llevara los documentos -favor que le había pedido días antes- tenía que entregárselos en el aeropuerto a más tardar en veinte minutos. Cuándo no el tío Antonio, el especialista en misterios.

Sin percatarse, al salir presuroso de la casa, papá agarró a Marcelo e involuntariamente se lo volvió a poner al hombro, tal como hizo un rato antes, al ir a comprar el periódico. Cuando entraron al auto, el pequeño primate se ubicó en su sitio de costumbre, sobre el espaldar del asiento delantero. Papá arrancó el auto y salió raudamente hacia el aeropuerto, para esto tomó la avenida Arequipa en dirección al sur. Como era relativamente temprano, felizmente no había mucho tránsito, por lo que papá aprovechó de acelerar para ganar tiempo y no perder el vuelo del tío. De pronto, de una de las calles transversales de la avenida, se cruzó intempestivamente otro auto, el conductor no se había percatado de la presencia, en vía preferencial, del auto de papá. Los buenos reflejos de mi progenitor permitieron que frenara a tiempo, lo que permitió que se evitara una desgracia, al menos para papá y su auto, pero no para su singular pasajero. La brusca parada hizo que el sorprendido mono saliera disparado directo hacia el parabrisas, sin darle opción ni tiempo de agarrarse del asiento, por lo que terminó dándose un fuerte golpe contra el vidrio. Ciertamente que lanzó un fuerte chillido de dolor, pero gracias a su instinto, con las justas pudo asirse del espejo retrovisor y quedó colgado de éste. En ese instante, papá recién se percató de que estaba acompañado.

La integración de Marcelo en la familia no fue del todo fácil, a veces tuvo serios tropiezos, principalmente de parte de Eulogia. En principio, ella no era muy adicta a los animales, sean mascotas o no, sean domésticos o salvajes, pues para ella solamente representaban problemas y más trabajo. Como buena cocinera, su sabia filosofía al respecto era muy simple: todo animal de cuatro patas solamente sirve para la olla, si no se le cría para ese fin, de nada sirve tenerlo. Por eso, desde que Marcelo llegó a la casa lo tuvo entre ceja y ceja.

—En la selva se comen a los monos, dicen que son muy sabrosos, —le respondió una vez a Alejandro, cuando éste le preguntó si le gustaba su mono que recién le había traído el tío Antonio.

Por supuesto que, ante esa respuesta mi hermano salió corriendo de la cocina y espantado vino a buscarme, diciéndome que la cocinera quería comerse a su mono. Yo le dije que era una broma de ella, que se tranquilizara, lo que pasaba es que a ella no le gustaban los animales. Sin embargo, yo sabía que sus

139

temores no eran infundados del todo. Todavía recordaba la misteriosa desaparición de mi gato el año anterior. Aún me quedaba la duda, si ese riquísimo estofado de conejo que comimos un domingo, era en realidad conejo. En ningún momento, nadie vio los despojos del supuesto roedor, ni su cola ni su piel o su cabeza. Pudo ser que las proteínas de mi gato me ayudaron a crecer unos centímetros de un año a otro. Eso nunca lo sabré.

Normalmente, cada vez que Marcelo veía acercarse a Eulogia daba un chillido y corría a esconderse. Mi hermano y yo no comprendíamos ese comportamiento, puesto que ella era la que, por lo general, le daba de comer a diario, salvo los fines de semana que lo hacíamos nosotros. Lo usual era que la mascota se encariñe más con quien le da de comer, pero en este caso no era así. Lo que sucedía era que el mono no podía hablar, para contarnos los escobazos o patadas que solapadamente le caían a menudo de parte de la cocinera. En consecuencia entre ambos personajes, el humano y el animal, se engendró una fuerte aversión matizada con rasgos de odio, sin que la evolución marcara diferencia entre ellos.

—Este mono sólo come y caga, —decía casi siempre a regañadientes, —solamente falta que nos traiga enfermedades.

Justamente una enfermedad fue la que le hizo cambiar de parecer a Eulogia. Un lunes, mientras mi hermano y yo nos estábamos cambiando para ir al colegio, mamá bajó a la cocina para verificar que el desayuno y las loncheras estuvieran listos. Se dio una gran sorpresa cuando descubrió que no había nadie en la cocina, por ende no se había preparado absolutamente nada. Inmediatamente, fue a la habitación de Eulogia para averiguar qué había pasado. La fiel cocinera nunca se había levantado tarde ni faltado a sus obligaciones, al menos así fue desde que mamá era niña y que ella recordara, por eso se sintió bastante intrigada y preocupada mientras se dirigía a la habitación de ella. Tocó la puerta una vez, pero nadie respondía, volvió a tocar otra vez, nada tampoco, cuando iba a tocar por tercera vez escuchó una voz débil que le decía que pase. En el acto mamá abrió asustada la puerta, esa no era la voz normal de Eulogia, definitivamente algo le pasaba. La encontró echada en su cama, tapada con varias frazadas, temblaba por los escalofríos y tenía un persistente sudor frío en la frente, casi no podía hablar, más bien deliraba por una evidente fiebre alta. Mamá no perdió ni un minuto y mandó llamar al Dr. Chávarri, el médico de la familia. Después de auscultar detenidamente a la cocinera, el galeno le diagnosticó una fuerte fiebre intestinal, al parecer producto de comer una fruta mal lavada o algo similar. Le recetó una dieta blanda y varios medicamentos. Según el galeno, en tres o cuatro días ya podría estar completamente restablecida.

Mamá, desde ese momento, se ocupó de todo lo de la casa. Incluso cuidó de Eulogia con el esmero de una hija, no en vano ella la había criado como una madre desde que llegó al mundo. Ese mismo día la indispuesta cocinera continuó con las fiebres altas. De acuerdo con las explicaciones del médico, la fiebre recién comenzaría a bajar al día siguiente de iniciado el tratamiento. Cuando llegamos del colegio de frente fuimos a saludar y visitar a Eulogia en su dormitorio. Ya no tenía escalofríos ni tampoco deliraba, pero por el brillo de sus ojos era notorio que la fiebre todavía no había bajado lo suficiente. Antes de almorzar, mamá nos pidió que bajáramos a Marcelo de la azotea y lo pusiéramos en el patio, porque así era más fácil darle de comer, sin necesidad de estar yendo hasta arriba. El patio se conectaba con la cocina por una puerta, o sea que mamá solamente tenía que cruzar el umbral para dar de comer al mono. Este mismo lugar se conectaba también con la habitación de Eulogia y su baño, así como con la lavandería y el cuarto de planchar. Pero no era lo suficientemente amplio como para colgar todas las prendas y la lencería recién lavada, por eso los cordeles de colgar ropa estaban en la azotea.

Durante la tarde, Alejandro y yo fuimos a nuestro dormitorio a hacer nuestras tareas. Mamá se quedó en la cocina a terminar de lavar todos los trastos. Mientras lavaba, a través de la ventana que estaba encima del lavadero y que daba al patio, vio que Marcelo se había acercado a la puerta del dormitorio de Eulogia. Se había sentado en el piso de cemento y trataba de mirar por la puerta entreabierta, hacia dentro de la habitación medio oscura. Era indudable que sospechaba que algo pasaba con su acérrima enemiga, por eso su instintiva curiosidad lo hizo acercarse a la puerta. Al menos así estuvo por un buen rato. Cuando mamá volvió al lavadero de la cocina, después de terminar con la limpieza, miró de nuevo por la ventana y ya no divisó al mono sentado frente a la puerta. Se empinó un poco para observar mejor todos los costados del patio y tampoco lo encontró. Tomó uno de los secadores de tela, se secó las manos y salió a buscar al mono, pero no lo encontró por ningún lado. La única opción que quedaba era que hubiera entrado a la habitación de la convaleciente cocinera.

Mamá abrió la puerta de Eulogia con sumo cuidado, procurando no hacer el menor ruido, seguramente porque ella podría estar durmiendo. En efecto, la enferma estaba durmiendo, echada boca arriba con uno de sus brazos caído al costado de la cama. Como la cortina estaba cerrada, la habitación continuaba medio oscura, por eso al tratar de poner nuevamente el brazo sobre la cama, percibió que algo se movió en el piso al costado de la cama. Cuando se inclinó para observar mejor, se dio con la sorpresa de encontrar a Marcelo sentado en el piso, cerca de la pata de la cabecera de la cama. Tenía su bracito extendido hacia la mano de Eulogia, con su manita se aferraba al dedo meñique de la enferma. A eso se debió el movimiento que mamá percibió al tratar de poner el brazo de la enferma sobre la cama, el pequeño primate se resistió a soltar la áspera mano de la cocinera. Todos los días de convalecencia, Marcelo se quedó al costado de su cama y cada vez que ella ponía su mano al alcance, éste volvía a aferrarse de uno de sus dedos. Casi no comió esos días, solamente salía de la habitación para hacer sus necesidades en la caja con arena que le habíamos puesto en el patio. Desde esa vez, Eulogia y Marcelo se hicieron íntimos amigos.

Poco antes de la primavera, en el mes de septiembre, en nuestro Colegio Anglo Peruano, Alejandro y yo recibimos una gran sorpresa. Fue un día lunes, en el patio Sinclair de primaria, durante la formación, antes de entrar en las aulas. Mister Reanick, el director del colegio, nos anunció que para el día de la primavera -el veintitrés del mismo mes- sería el día de las mascotas, por lo tanto, todos los

144

alumnos podrían traer sus mascotas, sólo una, para mostrarlas a los demás. Para eso, como trabajo, cada alumno debía hacer una composición sobre el animal, es decir, aparte de mostrarla, debíamos explicar sus características, hábitos y clasificación dentro del reino animal. Los que tuvieran hermanos -como en mi caso- solo podían traer una mascota; de ser así, la composición se haría en conjunto aunque fueran alumnos de diferentes años. El requisito principal era que todas las mascotas debían traerse amarradas con correas o cadenas, en jaulas o en lo que corresponda, dependiendo de la especie, pero no deberían venir sueltas ni libres.

Apenas se hizo tan sorprendente anuncio, ya que nunca antes se había dado una ocasión similar en toda la historia del colegio, en las filas de los diferentes grados de primaria se originó un murmullo que fue en aumento. De tal magnitud fue el impacto de la noticia, que durante todo el día no se hizo otra cosa que hablar de lo mismo, tanto así, que durante el recreo casi nadie hizo deporte o participó en los juegos de costumbre; la mayoría formó grupos para intercambiar sus opiniones al respecto. Inclusive, a más de uno se le castigó en las diferentes aulas por seguir cuchicheando sobre la gran noticia en plena hora de clases.

—Por fin podremos conocer al famoso Marcelo, —me dijeron varios compañeros que no vivían en mi barrio.

—Ya verán que es el mono más inteligente que hayan visto, —les respondí con un tono tal vez demasiado orgulloso y vanidoso.

—No vaya a ser que termine ocupando tu lugar en la clase, —me dijo riéndose el flaco Delucchi, el más bromista de mi salón.

—Más bien, no vaya a ser que tú termines ladrando más que tu propio perro, —le contesté aludiendo a su apodo de "Perro".

Las risas fueron en aumento, porque los comentarios jocosos y las bromas comenzaron a generalizarse entre todos los del grupo.

—Al final, será mejor que nadie traiga a su mascota vestida o sino no se sabrá cuál es el animal, porque hay cada bestia en este colegio, —terminó diciendo entre carcajadas el mismo Delucchi, al mismo tiempo que se enjuagaba las lágrimas de la risa.

Cuando sonó el timbre de salida, todos en la clase guardaron presurosamente sus útiles, todos querían ir lo más rápido posible a sus casas con la gran noticia. No había uno que no estuviera entusiasmado con el hecho. En la puerta del colegio, se me acercó de forma precipitada mi hermano Alejandro, estaba todo atolondrado y agitado. Lo curioso era que por primera vez no tendría que ir yo a buscarlo, para luego irnos caminando a la casa.

—¿¡Escuchaste hermano lo que dijo Mister Reanick en la formación!?, —me preguntó apenas me vio.

—Claro que sí, —le respondí sonriéndole.

—¿¡Te imaginas a Marcelo en el colegio!?, —volvió a interrogarme. —¡Esto es una maravilla!, ¡Por fin todos mis amigos de mi clase van a conocerlo!, —exclamó, mientras sus ojos brillaban de felicidad.

—Lo mismo pensé yo, —agregué—, mis amigos también están entusiasmados por conocer a Marcelo, muchos de ellos ni siquiera han visto un mono antes.

—¡Claro!, —afirmó mi hermano—, todos van a traer sus perros, sus gatos, sus canarios o periquitos, pero nadie va a traer un mono, ¡Vamos a ser la envidia del colegio!

—Seguramente, —le contesté mientras caminábamos hacia la casa—, pero será mejor que no pienses así, porque después de todo lo que hemos sufrido para tener y criar al mono, no estamos para ser la envidia de nadie. Al contrario, debemos estar contentos de esta oportunidad que se nos presenta para compartir a Marcelo con los demás; mientras sepamos compartir la misma alegría de tenerlo, no tenemos por qué ser la envidia de nadie.

—Tienes razón Andrés, —me indicó él—, yo lo decía porque no creo que alguien más en el colegio tenga un mono de mascota.

—Tampoco estés tan seguro, —le espeté—, nosotros no somos los únicos en todo Lima que tienen parientes que viajan a la selva, como el tío Antonio. Además, nuestro país no tiene solamente la selva de Iquitos, no te olvides que también hay selva en todo el nororiente, cerca de la frontera con el Ecuador; igualmente en las zonas de Pucallpa, Tingo María, Chanchamayo o Madre de Dios, aparte de otros lugares que no recuerdo, o sea que hay varios sitios de donde sacar un mono. Será mejor no cantar victoria antes de tiempo.

Felizmente que se me ocurrió decirle a Alejandro esto último, porque no me equivoqué.

Mamá se puso muy feliz con la noticia. En realidad su felicidad era por vernos tan felices a nosotros, por la sorpresiva oportunidad de llevar a Marcelo a nuestro propio colegio. Más de una vez, ambos le habíamos comentado lo mucho que nos gustaría llevar a nuestro mono al colegio, pero estábamos terminantemente prohibidos de llevar cualquier animal. La disciplina anglosajona del colegio se imponía por sobre todo, nadie podía osar siquiera en intentar violar las estrictas reglas que regían la vida escolar. Sin embargo, esta vez sería todo diferente. Tal vez, Mister Reanick se haya acriollado más de lo que él suponía, no en vano tenía varios años viviendo en el Perú, de otra manera no nos hubiéramos explicado su repentino cambio de parecer. ¡Mascotas en el colegio!, si me lo hubieran contado antes, nunca habría creído que algún día ocurriera algo así.

—En lugar de su chalequito, —nos dijo mamá—, mejor le voy a coser un pequeño saco para que ese día se vea más elegante. ¿De qué color les gustaría?

—¡Uno rojo!, —respondió Alejandro. ¡Cómo los de los monos del circo!

—No seas huachafo, —repuse—, Marcelo es un mono de familia y no tiene que vestirse con tanto colorinche.

—Ya no se peleen, —intercedió mamá—, mejor lo hago del mismo color de su chaleco, el azul marino siempre le queda muy bien.

—Mamá, mamá, entonces para que se vea más elegante también hazle una corbatita "michi", como la de mi profesor mister Clear, —agregó insistentemente Alejandro.

—Y dale con las huachaferías, —repuse—, ahora sólo falta que quieras que le pongan sombrero tipo "Sarita" y bastón con mango de plata, como Maurice Chevalier.

—¿Y por qué no?, —sentenció irremediablemente el inefable de mi hermano.

El lunes 23 de septiembre, nos despertamos más temprano de lo acostumbrado, razón no nos faltaba, era el Día de la Mascota en el colegio y, por primera vez, ¡Marcelo vendría con nosotros al colegio! Nos vestimos presurosos y tomamos el desayuno más rápido de lo usual, tanto así que no dejamos ni rastro de la avena en el plato, no porque Eulogia la hacía deliciosa con manzanas y canela, sino porque queríamos estar listos para ver a nuestro mono salir vestido del cuarto de costura de mamá. Ella tenía cerrada la puerta para que nuestra mascota no se inquiete con nuestra presencia y se deje vestir bien. De por sí no debía ser nada fácil vestir a un mono machín tan inquieto como Marcelo. La curiosidad y la ansiedad nos mataban.

—Mamá, ¿ya está listo Marcelo? —preguntaba Alejandro insistentemente cada medio minuto.

—Ya va, —respondía ella pacientemente, porque sabía lo impetuoso que era su hijo menor.

Mientras tanto papá esperaba en la sala, leyendo su periódico.

—Caramba, ese mono parece que se va a un matrimonio, —repuso él con sarcasmo. Se está demorando más que una novia cuarentona, comentó mientras se reía discretamente para sí.

—¡Tararán!, —exclamó mamá al momento que abría la puerta del cuarto de costura.

151

Marcelo salió caminando un tanto rígido, porque el saquito azul más parecía un corsé, ya que estaba un poco almidonado. De paso se rascaba continuamente el cuello porque el cuello de la camisita blanca, sumado al elástico de la corbatita "michi", le producía bastante escozor. Las prendas le incomodaban mucho más de lo que le incomodó la correa de cuero que llevaba a la cintura cuando estuvo nueva. Nuestra mascota en realidad parecía que se iba a un matrimonio, sólo que esta vez simulaba ser el galante novio. Mamá hasta lo había lavado con un paño húmedo y perfumado con la colonia de baño. Definitivamente estaba muy lejos de ser el mono malandrín de todos los días, hasta caminaba como uno de esos caballeros encopetados, que entraban y salían del Hotel Bolívar cuando había fiestas de gala. Sólo le faltaba el bastón con mango de plata.

—Chicos, si no cargan al novio cuanto antes, van a llegar tarde al colegio y se tendrán que olvidar del Día de la Mascota, —advirtió impaciente papá.

Al escuchar esto, Alejandro tomó rápidamente la cadena de Marcelo y, sin darse cuenta, le dio un fuerte tirón al pequeño animal, que casi lo destartala por completo.

—Está bien que lleven a Marcelo con su correa y cadena, —nos comentó papá mientras nos llevaba al Colegio en el auto—, porque lo más probable es que se asuste con tanta gente y con tantos animales, especialmente con los perros —agregó—, por eso, tienen que tener mucho cuidado de que este travieso no se quite la correa, como suele hacerlo con tanta facilidad.

—Tienes razón papá, —le respondí un tanto inquieto—, porque no había pensado en eso.

Ese detalle fue la causa de un gran sobresalto y de un buen susto que luego hizo historia.

El Patio Sinclair de primaria parecía sacado de otro planeta. El característico cielo gris de Lima, contrastaba con la gran pancarta azul de letras amarillas que decía: "Día de la Mascota" y con las variadas mascotas multicolores de todos los tipos y tamaños. El bullicio era tal -proveniente de los niños y de los animales-, que el siempre impecable patio, donde todos los días reinaba la disciplina, más parecía ser una calle del Mercado Central; sólo faltaban los chinos de la Calle Capón, con sus típicas viandas y mercaderías, para completar la escenografía mercaderil. Los que más abundaban eran los perros de todas las razas -la clásica mascota-; así como también los diferentes tipos de gatos -todos nerviosos por la sinfonía de ladridos-.

153

Igualmente, había una gran variedad de aves, como canarios, periquitos australianos, santa rositas, loros verdes y de cabeza roja, amarilla o azul; también había uno que otro guacamayo. Estos últimos y los diferentes loros se esmeraban en imitar, en coro, el ladrido de los perros, lo que hacía que el bullicio sea aun mayor. Seguro que mister Reanick estaba en su oficina maldiciendo el momento en que se le ocurrió esto del Día de la Mascota, y eso que todavía no apreciaba los "recuerdos" que comenzaban a dejar los ilustres visitantes.

Por supuesto, que no faltaban los sádicos de costumbre, con sus mascotas raras, atípicas y algunas hasta repulsivas, que entre divertidas carcajadas asustaban a los demás. Tenían tarántulas, lagartijas, iguanas verdes, sapos grandes -los típicos de las acequias-, ratas blancas, cernícalos, lechuzas, entre otras mascotas, e, inclusive, una boa pequeña. Por supuesto que el inefable Delucchi no podía dejar de ser la excepción, llevó un enorme ganso que no hacía más que graznar estridentemente como condenado, al mismo tiempo que, el muy liso, amenazaba a todos con su pico inclinado hacia delante. A la mínima oportunidad daba picotazos a cualquiera que tuviera a su alcance, inclusive a los perros grandes, los que sorprendentemente se asustaban con tal osadía. Está demás comentar las carcajadas y las lágrimas de risa del propietario, por tanta prepotencia plumífera.

Mi hermano y yo nos quedamos paralizados con la escena, absortos y con la boca abierta mirábamos ese increíble aquelarre de niños y animales. Para nosotros era como estar en el paraíso. El Zoológico de Barranco -todavía incipiente- era una minucia comparado con la cantidad de animales que había frente a nosotros. Ambos estábamos tan turulatos, que nos olvidamos un instante de Marcelo. El pobre mono estaba tan aterrado, que perdió su inicial compostura de sibarita, y se aferró a mi pierna con sus bracitos y piernitas, y su cola la prensó a la altura de mi tobillo. Era un atado de nervios, hacía todo tipo de muecas, subía y bajaba su ceño constantemente, chillaba o silbaba cada vez que miraba el espectáculo y, a ratos, escondía su cabecita tapándose con mi pantalón. Justamente, los constantes ladridos de los perros eran los que más lo asustaban.

—Hermano, por favor cárgalo, —me pidió preocupado Alejandro.

—Está bien, —le respondí, preocupado también por no saber cómo podría reaccionar el pequeño animal.

Al momento, lo tomé entre mis brazos y lo llevé hacia mi pecho. Inmediatamente, el pequeño primate se aferró a mi cuello, si bien escondía la cabecita entre el ribete de mi chompa gris y el cuello de la camisa, no dejaba de mirar el caótico panorama mientras caminábamos entre todos, pues obviamente la curiosidad era más fuerte que sus temores y sus nervios.

A mister Clear le correspondió hacer de maestro de ceremonias. Primero nos explicó que debíamos formar en grupos, de acuerdo con el tipo de mascota que habíamos traído, es decir un grupo de perros, otro de aves, otro de los gatos y así con cada categoría de mascota El único que desentonaba era el ganso. Los más orgullosos eran los niños que tenían mascotas únicas en su tipo, entre los que nos encontrábamos mi hermano y yo, al menos eso creíamos. Una vez que estábamos todos organizados, mister Reanick comenzó a dar su discurso de rigor, en el que resaltó la importancia de la naturaleza y sus criaturas, así como lo significativo que es -para su formación- que un niño sepa amar y cuidar a los animales. Por momentos, mientras hablaba se sobresaltaba, porque el ganso de Delucchi emitía un estrepitoso graznido cada vez que hacía una pausa, como si fuera un profesor de ortografía resaltando los signos de puntuación. Llegó a crisparle los nervios de tal manera a nuestro estricto Director, que terminó su discurso mirando y dirigiéndose al ganso, mientras que entre los alumnos comenzó a escucharse el murmullo de las risas asolapadas. El "Perro" Delucchi y su ganso irreverente fueron los héroes hasta ese momento.

Luego, mister Clear nos indicó que a continuación se haría un desfile de las mascotas por grupos, comenzando por los perros, porque eran los que más abundaban.

—¡Qué emoción!, —exclamó Alejandro—, vamos a ser los únicos que desfilaremos con un mono.

—Así parece, —le contesté disimulando la misma emoción.

Pero, cuando estaban desfilando los gatos, se apareció en la entrada del Patio Sinclair el "Flaco" Giulfo con una hermosa monita machín - de la misma raza que Marcelo-, ataviada con un coqueto vestidito rojo de campesina cusqueña y con adornos multicolores, hasta tenía el sombrerito típico. Alejandro y yo nos quedamos boquiabiertos. Mister Mackay le indicó que se colocara en la fila del desfile junto a nosotros.

—Esta es Ruperta, —nos dijo con tono presuroso al momento que se puso a nuestro costado—, es la monita de mi tía Delfina.

—¿Pero, y qué pasó con tu loro lisuriento? —le pregunté todavía absorto por tamaña sorpresa.

—Hace dos días se escapó al jardín y cuando comenzó a anochecer escuchamos sus gritos y fuertes gorjeos; un gato techero lo había atrapado y finalmente lo mató. Por eso, mi tía me ofreció prestarme su monita para hoy.

Alejandro estaba mudo, miraba a la inocente y graciosa monita con ojos de furia y odio. No se resignaba a perder el "prestigio" de ser los únicos en tener un mono. Más aun, si durante las dos últimas semanas no había hecho sino alardear con sus compañeros de clase, que él y su hermano serían los únicos en traer un mono. Para esto, ya todos sus amigos -también los míos- se habían acercado a conocer y admirar al elegante Marcelo. Él se los mostró henchido de orgullo, como un pavo real; hasta advertía que no lo toquen porque era un mono fino. No hay nada peor que un niño con el orgullo herido.

—Es bien graciosa, —le comenté—, hasta tiene personalidad, porque por lo que veo no está asustada con los perros ni con nada.

—Es que ya está curada del espanto, —me contestó Giulfo— porque mi tía, que es viuda, tiene además tres perrazos pastor alemán, varios canarios y periquitos australianos, todo un zoológico. A pesar de que los perros son bravos y ladran todo el día, a ella la tratan como a una reina.

—Con razón, —le dije— porque lo que es mi pobre Marcelo, todavía está hecho un atado de nervios.

—¿Éste es Marcelo? —me preguntó— ¿el famoso Marcelo? Vaya que por fin lo conozco, encima todo elegante. Sólo falta que corteje a Ruperta, aunque no sea de su condición social, afirmó sonriendo.

Lo curioso es que, en realidad, Marcelo ya no estaba tan asustado, por lo menos ya no escondía su cabecita. De pronto, se había sentado en mi hombro y comenzó a rascarse casi despreocupadamente, aunque a ratos volteaba inquieto por los ladridos. Muy gracioso subía y bajaba el ceño, hacía muecas como si sonriera y silbaba suavemente, pero se hacía el interesante, porque no miraba directamente a la monita, quien también hacía lo propio. Más de una vez ambos interrumpieron el cortejo primaveral, porque a Delucchi lo habían colocado justo delante de nosotros con su bullicioso ganso. Entonces, cada vez que el belicoso palmípedo graznaba, los dos pequeños primates se inquietaban o saltaban en su sitio, no por miedo al ave, sino por el estruendo de su graznido. A Ruperta le tocó romper el hielo, porque se acercó a Marcelo y comenzó a asirle del saquito azul. Este, al principio, se desconcertó porque en Lima era la primera vez que jugaba con otro de su especie. Pero tampoco se hizo de rogar porque inmediatamente respondió jalándole la faldita y sus polleritas. Por fin, Marcelo había vuelto a ser el mismo de antes.

Cuando Alejandro empezó a ver los juegos entre los dos monitos y que Marcelo ya no estaba asustado, su cara dejó de reflejar odio y comenzó a sonreír. En realidad, creo que se puso muy tenso cuando al principio vio a Marcelo tan asustado, pero al verlo jugando como siempre, se relajó e, inclusive, se puso a hacerle gracias a Ruperta.

Pero el que se excedió en las gracias con Ruperta fue el propio Marcelo. Los discretos jalones iniciales de la faldita y las polleritas de

160

la monita, pasaron poco a poco a mayores confianzas. Ruperta -siempre parada sobre el hombro del "Flaco" Giulfo- comenzó a espulgarle la cabeza a nuestra mascota -sentada en mi hombro-, mientras que este hacía lo propio con una de las piernitas de la mona. Repentinamente, Marcelo se pasó al hombro de Giulfo para seguir cómodamente con la espulgada de la hembra de su especie. De pronto, el muy sinvergüenza comenzó a avanzar por la piernita, subiendo sigilosamente hasta meter sus manitas bajo las polleritas, pero como éstas le incomodaban en su labor, con el mayor de los desparpajos, subió de golpe las polleritas, faldita incluida, para luego comenzar a hurgar y husmear -con toda naturalidad- en las partes íntimas de Ruperta.

—¡Ese mono es igual de mañoso que los Ojeda! —gritó el "Loco" Mariátegui desde la fila de mis compañeros, entre las risas y burlas de los demás, refiriéndose a los hermanos Ojeda, a quienes justamente les decíamos los "monos" Ojeda.

En ese momento, mister Mackay nos indicó que comenzáramos a avanzar, porque nos tocaba desfilar. Nos dijo que a ambos monos los deberíamos hacer desfilar caminando y no cargados, para que así se pudiera apreciar mejor sus graciosas vestimentas. No hubo problema, porque ambos seguían jugando entusiasmados el uno con el otro -felizmente ya sin mañoserías- y, además, caminando era cuando hacían más vivezas propias de su especie. Solo el ganso era el que los inquietaba. Delucchi lo tenía que mantener a distancia porque no cejaba en querer picotearlos. Los dos monos se convirtieron en la atracción del desfile. Todos los niños los señalaban cuando pasaban frente a ellos, reían y algunos aplaudían encantados. La verdad es que eran todo un espectáculo, hasta los profesores y profesoras también los aplaudían contentos y sonrientes. Además, el contraste con el ganso que iba delante era grande, por eso tal vez provocaban tanta ternura. Inclusive, mister Clear instintivamente se ajustó la corbata "michi", cuando vio pasar a Marcelo frente a él con la misma corbata, cosa que generó más de una risa y hasta una broma de parte de sus propios colegas.

De pronto, el desfile triunfal se vio interrumpido bruscamente. A un niño del kindergarten, se le soltó de las manos la cadena de su pequeño perro salchicha, el cual se echó a correr ladrando fuerte con dirección a los dos monos, atravesó el patio como una saeta y llegó rápidamente donde nosotros. Marcelo de un salto se trepó a mi pecho y se aferró a mi cuello fuertemente, dando estridentes chillidos de miedo. Ruperta también saltó donde Giulfo, pero -más acostumbrada- le chillaba y le mostraba desafiadamente los dientes al pequeño perro.

—¡No molestes a mi mono! —le gritó desesperado Alejandro al perro, al mismo tiempo que lo jalaba de la cadena.

Pero este histérico perro era lo suficientemente fuerte para no dejarse arrastrar por mi hermano. Incluso, hasta se paró y apoyó sus patas delanteras en mi pierna para seguir ladrándole a Marcelo, con serias intenciones de morderlo. Esto fue demasiado para el monito, porque se desesperó tanto, que inmediatamente se soltó la correa de cuero que llevaba ceñida a la cintura. Justo en ese momento, Delucchi vino al rescate con su ganso. Este palmípedo vino corriendo con la cabeza inclinada hacia delante y con las alas levantadas, en clara posición de ataque; además profería sus terribles graznidos como grito de batalla. El perro en segundos recibió varios picotazos, por lo que optó por una honrosa e inmediata retirada; además mister Mackay ya había conseguido asirlo de la cadena. Pero el incidente no acabó allí. En el momento que el ganso se disponía a perseguir al perro en su retirada, Marcelo se soltó de mis manos y de un salto se aupó al lomo del ganso, no sé si por seguridad o agradecimiento; pero el ganso, ya alterado y con la adrenalina al tope por su encuentro con el perro, también dio un salto aleteando y graznando fuertemente cuando sintió al mono en su espalda, seguramente por no saber qué sucedía, menos si era algo que desprevenidamente venía de la retaguardia.

El ganso comenzó a correr en círculos, porque no lograba zafarse a Marcelo del lomo, el cual se encontraba casi echado y abrazado al cuello del ave. La desesperación del ganso también era porque no podía picotearlo, ya que el mono esquivaba hábilmente todos los picotazos que lanzaba hacia atrás; no en vano se había entrenando varios meses esquivando los escobazos de Eulogia, antes de hacerse amigos. Entonces, Delucchi, al no poder resistir la risa por el incidente, soltó sin querer la soguilla que, al otro extremo, tenía amarrada el ganso a su pata, por lo que se puso a correr por todo el patio graznando, batiendo las alas y dando saltos alternados con el mono a cuestas. Esta vez, la algarabía fue general, los alumnos, los profesores, los padres de familia presentes y hasta nuestro serio Director, mister Reanick, no paraban de reír, algunos con lágrimas en los ojos y otros arqueados hacia delante abrazando sus estómagos.

—¡Qué gracioso! Algo así era lo que hacía la monita de Isabel con los patos, fue entre risas,

164

el comentario de mamá, en la tarde de ese mismo día, después de contarle al detalle el incidente de la mañana.

Ciertamente, desde ese día, Marcelo se convirtió en estudiante y compañero honorario de nuestro colegio. Su hazaña se comentó por meses. Inclusive, muchos alumnos de diferentes años o grados lo dibujaron sobre el ganso, ya sea en las clases de arte o en los concursos de pintura del colegio. Todos quisieron perennizar de alguna manera ese momento mágico e inolvidable.

CAPITULO VII

CICATRICES DE GUERRA

El relato de las hazañas de Marcelo en nuestro colegio, durante el Día de la Mascota, hizo revivir a mamá los más gratos momentos de su niñez con su amiga Isabel, cuando estuvo con los abuelos viviendo en Puerto Maldonado. Inclusive, ella misma nos contó varias anécdotas de aquella vez, sin saber que, en una ocasión, ya Eulogia nos había contado toda la historia de ese episodio de su vida. Igual, fue conmovedor escuchar a mamá narrar las mismas historias, pero con la carga emotiva del protagonista. Lo bueno de este asunto es que hizo que, en adelante, la mascota tuviera mayores prerrogativas dentro de nuestra casa. Antes sólo podía estar confinado en la azotea - donde estaba su jaula- o en el patio del primer piso. Desde entonces, mamá permitió que también acompañara a Eulogia en la cocina - con la condición de que no agarre nada- o que saliera de la mano de la cocinera a despedirnos todas las mañanas desde la ventana de la sala que daba a la calle, cada vez que nos íbamos al colegio.

—¡Adiós, Marcelo, adiós! —se mataba despidiéndose Alejandro, con la mano en alto.

166

Pero, el mono nada, solamente daba unos brincos silbando como pajarito y miraba a todos lados, haciendo sus muecas de costumbre. Únicamente nos miraba de casualidad, sin prestarnos mayor atención, la distracción de la calle podía más.

—No entiendo qué le pasa a Marcelo, no quiere despedirse de mí —decía Alejandro un tanto acongojado y desconcertado.

—Y qué quieres —le respondí—, si nadie le ha enseñado a despedirse, menos a levantar la mano con ese fin. Parece que a veces te olvidas que es solamente un mono —afirmé.

—¡Tienes razón! —me contestó entusiasta Alejandro como despertando de un letargo de pena, -desde esta tarde le voy a enseñar a despedirse como un caballero.

—¡Ay Dios mío! —le dije— sólo falta que también le enseñes a sentarse en la mesa a comer con nosotros, con cubiertos y todo.

—¿Y por qué no? —me contestó mi hermano levantando el mentón medio de costado, con pose de asumir un reto.

—No sería mala idea que te reemplace en la mesa —le repliqué— porque tú estás cada día más chiflado. Inclusive ahora estás peor que en enero, cuando estuviste esperando a que el tío Antonio te trajera la mascota. Ahora hasta te giran los ojos medio desorbitados cuando hablas de tus planes con Marcelo.

—¿Y a ti qué te importa? Igual el mono me lo trajo a mí, —me contestó desafiante—. Además, deberías verte la cara de loco que tú también pones cuando juegas con Marcelo.

—No puedo negar que esa es la locura de la felicidad —atiné a reconocer—, no en vano mis amigos siempre me repiten lo felices que serían con un mono como mascota.

—Lo que pasa, hermano, es que por querer y aprender a disimular como los adultos, estás dejando de ser sincero con tus propios sentimientos —sentenció Alejandro, sorprendiéndome con una filosofía muy madura para sus nueve años.

—Puede ser, concluí pensativo, sin salir de mi asombro por la madura manera de reflexionar de mi hermano menor.

Esa misma tarde, Alejandro se apresuró en hacer sus tareas y en tomar su lonche, para poder disponer del mayor tiempo posible con Marcelo. Después de terminar, subió a la azotea a buscarlo. El mono estaba en su jaula, acurrucado en su caja donde siempre dormía. Lo tomó en sus manos y lo llevó medio somnoliento al patio del primer piso.

—A ver Marcelo, ahora vas a aprender a saludar y despedirte como todo un caballero —le habló mientras se sentaba en el piso.

Pero el pequeño primate no atinaba a nada de lo que le indicaba mi hermano, solamente se echaba en el piso y se acurrucaba abrazando sus piernitas; definitivamente, lo único que este animalito quería hacer era dormir. No era para menos, porque durante la noche anterior Jacinto y su corte de gallinas se despertaron con sobresalto varias veces, haciendo ruido de alarma, por la presencia de unos gatos techeros que merodeaban su jaula de la azotea. Obviamente, este ruido hizo que Marcelo se despertara todas esas veces y no durmiera bien.

—Mira, tienes que levantar tu brazo y tu mano así, le indicaba Alejandro mientras le enseñaba cómo hacerlo levantando su brazo derecho.

169

Como el mono no reaccionaba, Alejandro mismo le levantaba su bracito derecho tomándolo de la muñeca con su mano izquierda, al mismo tiempo que él también levantaba el brazo derecho.

—Hola, Marcelo; hola, Marcelo; hola, Marcelo — le decía al mono mientras repetía la operación con los brazos de ambos en alto.

—Adiós Marcelo, adiós Marcelo, adiós Marcelo — continuaba una y otra vez haciendo los mismos ademanes con los brazos.

En ese plan estuvo toda la tarde. Repetía constantemente tanto el saludo como la despedida. Nadie podía dudar de la perseverancia de mi hermano, puesto que sólo él podía pasar horas queriendo entrenar a un mono travieso, para que salude como una persona. Lo gracioso es que cuando el pequeño primate se despabiló de su sueño, tomó el adiestramiento como un juego. Para levantar su bracito, Alejandro ya no lo tomaba de la muñeca, sino que le ponía su dedo índice izquierdo extendido, para que la mascota se aferrara a éste con su manita derecha y así poder hacer el ademán de subir el brazo más fácilmente. Pero, Marcelo, como siempre, lo tomaba a juego, porque apenas levantaba su bracito asido al dedo de mi hermano, juntaba sus manitas y de un salto se abrazaba a su brazo levantado, aferrándose inclusive con las piernitas y la cola. Para la noche, a la hora de la cena, mi hermano estaba exhausto.

—Felizmente mañana es sábado, sino nadie te levanta para ir al colegio, le dije.

—¿Cómo harán los de los circos para adiestrar a sus monos? —se preguntó así mismo Alejandro, como si no hubiera escuchado mi comentario. Encima les enseñan tantas cosas diferentes en un mismo número, siguió interrogándose un tanto mortificado.

—Que yo sepa, los adiestran con caramelos, usándolos como premio cada vez que aprenden a hacer algo bien —le comenté sin muchas esperanzas de que me escuchara o me preste atención.

—¡Eso es!, ¡claro!, ¡esa es la clave! —exclamó entusiasmado, dándome un susto mayúsculo. ¡Los caramelos!, ¡cómo no se me había ocurrido antes! —siguió diciendo al momento que se paraba de su silla.

Vino hacia mí con su sonrisa de triunfo y me abrazó.

—Gracias hermano, —me dijo emocionado—, tienes razón, los caramelos son la clave, con ellos Marcelo va a aprender rápidamente a saludar y despedirse.

Creo que más que emoción, lo que en realidad Alejandro sentía era un gran alivio, porque sabía que con los caramelos, el adiestramiento con seguridad no iba a ser tan largo ni a demandar tanto esfuerzo.

—Además, con lo que le gustan los caramelos a ese mono sinvergüenza, va a aprender más rápido que Flash Gordon —sentencié contento.

Efectivamente, después de dos semanas, gracias a la inteligencia del pequeño primate, cosa que me constaba más que a ninguno, a las propinas de mi hermano que se le fueron en caramelos y, también, gracias a su tenacidad y perseverancia, Marcelo aprendió a levantar su bracito derecho cada vez que Alejandro le decía: "Hola, Marcelo" o "Adiós, Marcelo". Lo curioso es que, como se acostumbró a levantar su bracito asido del dedo de mi hermano, se acostumbró a saludar y a despedirse con la manita extendida hacia delante, cosa que sería el motivo de una desgracia familiar.

Después de casi un año de construcción, por fin terminaron la casa en el terreno al lado de nuestra casa. Era grande, prácticamente una pequeña mansión. Era muy bonita, de color blanco, de dos pisos y de estilo colonial, también tenía vista al Campo de Marte. La gran incógnita de todo el vecindario, especialmente de las vecinas de esta nueva zona de Jesús María, era saber quiénes serían los vecinos. Por el estilo de la casa, casi todas coincidieron, dentro de sus múltiples especulaciones, que los nuevos vecinos debían ser extranjeros. Faltó poco para que corrieran las apuestas por adivinar si los de la nueva familia de vecinos serían ingleses, franceses, norteamericanos o españoles. Muy pocos apostaban por una familia sudamericana, ya sea argentina, brasileña, colombiana o chilena; menos por una de alemanes porque la guerra europea —la Segunda Guerra Mundial— les generó muchas antipatías y la mayoría de ellos fueron deportados a su país de origen; sólo muy pocos optaron por la nacionalidad peruana y pudieron permanecer en el país, pero siempre bajo estrecha vigilancia.

A mediados de octubre, un sábado por la mañana, mientras jugábamos fútbol con nuestros amigos en el Campo de Marte, vimos llegar dos camiones de mudanza y un automóvil Packard nuevo, de color verde petróleo, que se estacionaron frente a la casa nueva.

—Hey, miren, parece que llegaron los nuevos vecinos del barrio —dijo el chato Jorge pisando la pelota y deteniendo el juego.

Todos nos acercamos discretamente, para no delatar nuestra curiosidad, alimentada los últimos días por todos los comentarios de los vecinos adultos. No nos interesaban los bultos embalados que comenzaron a bajar varios cargadores de los camiones, sino los ocupantes del automóvil, los nuevos vecinos. Bajaron del auto primero la pareja de esposos, de casi la edad de mis padres; luego de la parte posterior bajó un niño delgado y pálido como de unos diez años y, finalmente, un hombre joven, también delgado, pero alto, de unos veinticuatro o veinticinco años. Inmediatamente, todos ellos se involucraron con el traslado de los bultos dentro de la casa, por lo que, una vez saciada nuestra curiosidad, volvimos a nuestro juego. El niño, a ratos se detenía con una caja o un bulto pequeño en sus brazos, para mirar en dirección hacia donde estábamos jugando.

Ese día, Eulogia había preparado una gran olla de su delicioso "sancochado", con carne de res, gallina y chancho, cocinadas muy suaves, con la típica guarnición de papas, camotes, yucas, choclos, col y zanahorias, todo sancochado en la misma olla. Por supuesto que no faltaban las diferentes salsas de acompañamiento, como la criolla: de cebolla, ají escabeche y perejil; la huancaína: con el mismo ají, queso fresco y leche; y, la "huchucuta": con rocoto, la salsa típica cusqueña que nos fascinaba a toda la familia. Todo un festín.

—¡Andrés, Alejandro! —nos llamó mamá desde la puerta de la casa— ¡vengan a almorzar!

—Bueno chicos —les dije a mis amigos— tenemos que parar el partido. ¿Qué les parece si lo continuamos después de almuerzo, a eso de las tres y media?

—Está bien —respondió Alberto a nombre del resto—, quedamos entonces a las tres y media.

—Así es, con mayor razón si vamos empatados —afirmé. Nos vemos más tarde.

—Nos vemos —respondieron todos mientras se dirigían a sus respectivas casas.

Cuando llegamos a la puerta de la casa, vimos que papá salió y se dirigió hacia la pareja de vecinos.

—¿Adónde va papá? —preguntó Alejandro a mamá.

—Va a saludar y presentarse a los nuevos vecinos —le explicó ella—. De paso va a invitarlos a almorzar, porque ya deben estar hambrientos de tanta mudanza. No han parado desde que llegaron.

Antes de entrar a la casa, vimos a papá acercarse a saludar a los nuevos vecinos, inclusive al niño y al joven. A los pocos minutos regresó sonriente.

—Elizabeth —se dirigió a mamá—, nuestros nuevos vecinos son españoles y se apellidan Martínez. Él se llama Rafael y ella Marcela, el hijo es Paco, de edad entre los chicos, y el joven se llama Miguel, hermano de Marcela. Han aceptado gustosos la invitación a almorzar. Habían pensado regresar al Centro de Lima para almorzar en un restaurante cerca al negocio de Rafael, que queda en el Pasaje Olaya.

—Entonces, entren rápido chicos a lavarse bien y peinarse —nos indicó mamá a mi hermano y a mí—, mientras yo arreglo la mesa para incluir a los invitados.

—¿Te has dado cuenta que papá y mamá siempre reciben a los nuevos vecinos y siempre son los primeros en invitarlos? —me comentó Alejandro mientras subíamos a nuestra habitación.

—Claro que sí —le respondí—. Ellos tienen esa costumbre y por eso son muy estimados en el vecindario, me parece bien que sean así y yo haré lo mismo cuando sea mayor.

—Yo también —afirmó mi hermano.

Como a los veinte minutos sonó el timbre de la casa. Papá se dirigió a la puerta a recibir a los Martínez, pues con toda seguridad eran ellos.

-Bienvenidos —les dijo mientras los saludaba—. Por favor pasen, ésta es su casa.

—Muchas gracias, don Arístides —le respondió el señor Rafael.

En ese momento, mamá y nosotros nos acercamos también a recibir a los invitados.

—Ella es mi esposa Elizabeth, mi hijo Andrés, el mayor y mi hijo Alejandro, el menor —nos presentó papá a los recién llegados.

177

—Muchachos, este es mi hijo Paco —nos presentó don Rafael a su hijo—, veo que es de vuestra edad y creo que seréis muy buenos amigos.

—No lo dudo —dijo mamá sonriente, mirando cómo le estrechábamos la mano a Paco.

—Hola qué tal —nos saludó tímidamente Paco—, a lo que le respondimos igual.

—Este es mi hermano Miguel —presentó después doña Marcela al joven. Ha llegado hace menos de un mes de Francia y estará un tiempo con nosotros.

—Hola, chavales —nos dijo sonriente a mi hermano y a mí—, después de saludar muy respetuosamente a mamá. Veo que sois como el Paco —agregó mirándonos fijamente con sus fríos ojos azules, mientras ponía sus manos sobre nuestras cabezas.

Inexplicablemente, en ese momento sentí un estremecimiento interior y un escalofrío me recorrió todo el cuerpo.

Una vez sentados a la mesa, después de un aperitivo para los mayores, mamá y Eulogia sirvieron las fuentes del sancochado con sus salsas.

—Este potaje es parecido al cocido que comemos en España —comentó Miguel mientras se servía.

—Así es —le respondió su cuñado, el señor Rafael—, sólo que aquí se conoce como sancochado.

—Mmmm, está delicioso —elogió la señora Marcela.

—Por eso es uno de nuestros platos preferidos —les confesó Alejandro con su pícara sonrisa.

En el transcurso del almuerzo, los Martínez nos contaron que tenían un negocio de perfumería y telas en el Pasaje Olaya. Antes de mudarse al lado, vivían en el Jirón de la Unión, a dos cuadras de la Plaza de Armas, en un departamento en un segundo piso. Se mudaron a esta urbanización nueva porque buscaban un lugar más residencial, donde no hubiera tantos comercios, tantos autos, ni tanto transeúnte. El señor Rafael en realidad era hijo de españoles y había heredado el negocio de su padre ya fallecido. Conoció a la señora Marcela cuando ella vino a visitar a unos parientes aquí en Lima y desde entonces ya no regresó a España. En un momento en el que Miguel se paró para ir al baño, don Rafael comentó que su cuñado llegó de Francia, porque había estado casi un año en un campo de concentración de refugiados exiliado en ese país, a raíz del final de la Guerra Civil española. Tuvo que exiliarse porque luchó en el bando republicano pero, explicó, no le gusta casi hablar del tema, porque fue una experiencia muy dura para él. Cuando Miguel regresó, Alejandro y yo, sin darnos cuenta, nos quedamos con la boca abierta: teníamos al frente a un soldado, un combatiente real, de carne y hueso, venido nada menos que de la guerra.

—Chicos, cierren la boca que les va a entrar una mosca —nos advirtió en voz baja papá sonriendo.

Después de los postres, los adultos pasaron a la sala para tomar el café y un bajativo.

—Hijos —nos indicó mamá—, ¿por qué no llevan a Paco a mostrarle a Marcelo, que está en su jaula?

—Vamos Paco —le dije—, para luego subir presurosos a la azotea.

—¿Quién es Marcelo? —nos preguntó Paco intrigado cuando íbamos por las escaleras.

—Es nuestra mascota —le respondió Alejandro—, nuestro mono machín.

—¿Qué?, ¿tenéis un mono de mascota? —volvió a preguntar nuestro nuevo amigo.

—Así es —le contesté—, es el mono más inteligente y divertido que hayas visto.

Cuando estuvimos frente a la jaula de Marcelo, Paco se quedó embelesado observándolo.

—¿Y jugáis con él? —preguntó.

—Por supuesto y hasta lo llevamos al parque de en frente, al Campo de Marte —le explicó Alejandro—. Te vas a divertir como nunca con él, imagínate que hasta ya aprendió a saludar y despedirse.

Antes de continuar con la perorata sobre el mono, quería sacarme el clavo sobre su tío Miguel.

—¿Es cierto que tu tío Miguel estuvo en la guerra española? —le pregunté a boca de jarro.

—Pues claro, lo que comentó mi padre en la mesa es cierto. Además es un héroe de guerra —contestó con orgullo y con los ojos que le brillaban—. Fue piloto de avión caza y uno de los mejores, continuó, peleó en casi todas las batallas de la guerra y derribó muchos aviones fascistas; fue condecorado y aun conserva las medallas consigo.

Alejandro y yo nos quedamos atónitos y de nuevo con la boca abierta. No esperábamos una respuesta semejante y con tanta energía. Nos imaginamos que el tío había sido un simple soldado con casco, mochila y fusil —como en las películas—, pero resultó ser ¡un héroe de guerra, un as, un piloto de caza! Definitivamente no esperábamos tanto.

—¿Tan joven e hizo todo eso? —preguntó Alejandro ingenuamente—. ¿Y ganó la guerra?

—Pues no —respondió Paco—, la guerra la ganaron los fascistas el año pasado.

—¿Y quiénes son los fascistas? —volvió a preguntar intrigado Alejandro, al no tener idea del tema.

—Son los de derecha —contestó Paco con tono serio y con actitud de hombre mayor—, son los del bando nacional, la canallada fascista del general Franco como dice mi tío, aquellos que derrotaron al gobierno republicano español, al gobierno legítimo de España. Para colmo ahora los nacionales fascistas le dicen "generalísimo" a ese Franco.

—¿Son fascistas como el Mussolini de Italia y el Hitler ese de Alemania, los que están peleando ahora la guerra en Europa? —le pregunté dando muestras de estar un poco más enterado.

—Así es —me respondió—. Franco sólo pudo ganar la guerra gracias a ellos, le dieron todas sus armas, lo apoyaron en todo, le enviaron miles de fusiles, bombas, balas, tanques, cañones y aviones, también enviaron miles de soldados, legionarios les decían.

—¿Y a los republicanos quiénes los apoyaron? —preguntó Alejandro sumamente serio y muy concentrado en la conversación, evidenciando su lógica de niño.

—Principalmente los rusos comunistas, su país se llama ahora Unión Soviética. Además los partidos comunistas de otros países apoyaron con unos batallones llamados Brigadas Internacionales —explicó Paco.

—Entonces, ¿los republicanos son comunistas? —volvió a preguntar Alejandro tratando de que esta lección política y bélica encajara en su cerebro de niño.

—Bueno, comunistas puros no —respondió Paco—. Son de izquierda, agrupaban a muchos grupos de izquierdas, entre ellos a los comunistas, pero también a los socialistas, los anarquistas, los sindicalistas y otros más, no sé cuál es la diferencia entre ellos pero así me lo explicó el tío Miguel.

—Ahora entiendo —comenté como quien resuelve un acertijo—. Recuerdo que papá comentaba siempre de la guerra española con sus amigos y hablaban de los "rojos", me imagino que se referían así a los republicanos que tú dices, ¿o me equivoco?

—No hombre, estás en lo cierto —aclaró Paco—. Toda vez que el tío menciona lo de la guerra habla de la "zona roja", al referirse al territorio republicano. Inclusive, me explicó que a la aviación republicana la conocían con el sobrenombre de: "Alas Rojas". Sin que mi padre lo sepa, hasta me ha enseñado en secreto su propio himno, ¿lo queréis escuchar?

—¡Claro que sí! —le respondimos ambos al unísono.

—De acuerdo, pero estamos muy cerca de los adultos. Tenemos que salir de vuestra casa —nos dijo Paco en voz baja mirando de costado a manera de los espías y poniendo su mano extendida a la altura de la comisura de sus labios para no ser escuchado—. Vayamos mejor a un lugar más lejano, porque si mi padre me escucha me da una zurra de las buenas, no le gusta que me meta en estos temas.

—Podemos ir al Campo de Marte, ahí al frente —le mencioné como la solución más rápida, señalando el gran parque de nuestros juegos habituales.

Sin mediar más palabras, nos despedimos de Marcelo al vuelo, dejándolo desconcertado por tan repentina fuga masiva, bajamos las escaleras en dirección a la sala y después de pedir los permisos de rigor salimos presurosos hacia el parque. Mientras corríamos sentía unos escalofríos de emoción que me recorrían todo el cuerpo, no era la sensación común de mis juegos de siempre, era algo diferente, era una experiencia nueva: no era para menos, íbamos a escuchar un auténtico himno de guerra, un verdadero himno de batalla, no como el clásico: "Mambrú se fue a la guerra…" con que jugábamos desde más chicos.

—Necesito un lugar donde pararme —indicó Paco—. El tío Miguel dice que este himno se debe cantar siempre con respeto y devoción, poniendo el puño derecho sobre pecho y mirando firmemente hacia el cielo, porque así se hace homenaje a sus compañeros caídos y a "La Gloriosa", como también se le conocía a la aviación republicana.

—Recuerdo que hacia el otro extremo del parque hay un tronco seco cortado, que los jardineros lo usan cuando tienen que cortar leña —mencionó Alejandro.

—Pues qué esperamos, vamos para allá —dijo Paco un tanto acelerado.

-¡Es por aquí! —exclamó Alejandro señalándonos el camino, al momento de comenzar a correr en esa dirección.

—¡Oye, tampoco es una carrera! —le grité tratando inútilmente de que me escuche.

Cuando llegamos al tronco que nos indicó Alejandro, Paco se subió inmediatamente, juntó los talones de forma marcial, puso su puño derecho apoyado en el pecho, tomó una bocanada de aire y comenzó a cantar a viva voz mirando al cielo:

"Los cielos de España

llenáronse de alas

que luchan audaces por su redención.

Esas alas rojas

la vanguardia son

del antifascismo

que ahogará sin compasión

a la bestia negra de la reacción.

Alas, rojas alas

nervio y corazón".

Repitió la estrofa una y otra vez, con más emoción una que la otra, la última repetición hasta sonó a fanatismo. Cuando terminó el himno bajó del tronco transpirando y se sentó a tomar aire pausadamente para recuperar el aliento. Alejandro y yo lo mirábamos absortos, impresionados de ver algo así, algo que nunca habíamos tenido la experiencia de apreciar.

Mientras Paco cantaba, en nuestros cerebros sonaba el ruido de los motores y de las ametralladoras, veíamos las imágenes de un avión persiguiendo al otro mientras las balas le peñiscaban el fuselaje, nos imaginábamos al tío Miguel con el gorro de cuero y los lentes de aviador mirando hacia el costado para ver caer a su enemigo alcanzado, mientras la bufanda blanca de seda bailaba en el viento. Con cada entonación fuimos entrando en una especie de transe, por eso cuando acabó de cantar sólo atinamos a mirarlo con los ojos bien abiertos y completamente mudos, porque no salíamos de ese trance. Recién cuando él nos comenzó a hablar empezamos a reaccionar y a volver en nosotros.

—Es la única estrofa que conozco, —nos explicó Paco—. El tío Miguel me ha prometido enseñarme las otras dos, pero no ha habido la oportunidad.

Cuando regresamos a la casa, nuestros padres nos recibieron con cariño y muy sonrientes, igual el tío Miguel, a lo que nosotros atinamos solamente a mirarlo impresionados.

—¿Qué os pasa chavales? —preguntó el tío Miguel—, ¿habéis visto un fantasma? Miráis como asustados o impresionados por algo.

—Debe ser que han estado jugando mucho al fútbol —comentó papá— porque han venido sudorosos y transpirando.

Si papá supiera la verdadera causa de nuestra transpiración, seguro que nos confinaba en la misma jaula de Marcelo, después de una buena tunda de Padre y Señor mío a correazo limpio. Sin embargo, cuando mencionó la palabra "fútbol" recién recordé que habíamos quedado con los amigos para seguir con el partido de fútbol de la mañana, pero gracias a nuestra experiencia con Paco, simplemente los dejamos plantados.

Durante los días siguientes Paco nos siguió contando todas las aventuras del tío Miguel en la Guerra Civil Española. Nos daba curiosidad saber por qué siempre bajaba la voz para hablar del tema cuando los adultos estaban cerca o por qué nos teníamos que esconder o alejar de nuestra casa o de la suya. Este Paco era todo un misterio, aunque Alejandro y yo estuviéramos fascinados con todo los que nos contaba, porque no cualquier niño podía tener información casi de primera mano sobre una auténtica guerra, hasta nos olvidamos del cine y las seriales de vaqueros en la matinée de los domingos. Y, lo peor, por varios días hasta nos olvidamos de Marcelo, salvo las veces que nuestro nuevo amigo quería ir a la azotea a verlo.

Una tarde Paco nos develó el misterio —y secreto— de las historias de la guerra: el tío Miguel peleó en el bando republicano y con mucho orgullo, pero el padre de Paco, el señor Rafael, era del bando nacional, al menos lo era toda su familia en España, tanto así que varios parientes suyos pelearon del lado del general Franco. Entonces, cuando el tío Miguel llegó a Lima, ambos tuvieron una conversación muy larga —en privado— y parece que el acuerdo tácito entre ellos fue no volver a tocar el tema, ni discutir ni nada para poder conservar la armonía familiar mientras el tío estuviera con ellos. Efectivamente, recordé que el único comentario del señor Rafael sobre el tema fue el que hizo el día que los conocimos, desde entonces nunca más volvió a mencionarlo siquiera.

—¿En qué momento tu tío Miguel te ha contado todo lo que nos cuentas? —le preguntó Alejandro un día, un tanto intrigado y confundido, si es que existe tanto secreto y misterio.

—Bueno pues, el tío me lo ha contado todo a escondidas, cuando mi padre sale para el trabajo —contestó Paco.

—¿Y tu padre sabe de todo esto? Esta vez pregunté yo, presintiendo que estábamos entrando en un juego un tanto peligroso, en el que se estaba jugando la mutua confianza que debe existir en una relación entre padres e hijos, al menos así nos había enseñado siempre papá.

—Pues no, sería un chaval muerto —respondió enfáticamente este Paco.

—¿Sabéis que mi tío tiene una pistola, una verdadera, la que usó en la guerra? —nos preguntó inmediatamente a manera de distraer astutamente la conversación, que ya estaba incomodándolo por evidenciar serios problemas de lealtad y confianza hacia la autoridad e imagen paterna, sabiendo lo mucho que nos seducían estos temas de la guerra y las armas en nuestra impresionable mentalidad infantil.

—¿Quééé, una pistola de verdad, con balas y todo? —solté yo mismo la pregunta, en medio de mi estupor, porque ahora ya no se trataba solamente de meras historias.

—Pues sí, tiene una Astra 400, de 9 mm —mencionó Paco dándose ciertos aires de experto, aparentando querer restarle importancia a la noticia—. Esa pistola la usó mucho en la guerra, especialmente una vez cuando lo derribaron y lo quisieron tomar prisionero; y otra vez cuando tuvo que escapar para Francia, al terminar la guerra.

—¿Y dónde está la pistola ésa? —preguntó Alejandro con su innata curiosidad.

—El tío se la entregó a mi padre el día que llegó y tuvieron su conversación en privado —nos explicó Paco—, pero mi padre le pidió a mi madre que la guardara, porque en realidad era la pistola de su hermano y no quería hacerse responsable de ella, pero igual le recomendó que la escondiera bien, para evitar que el tío la encuentre en sus días de crisis y pudiera desatarse una desgracia.

—¿A qué tipo de crisis te refieres? —le pregunté un tanto extrañado y alerta al mismo tiempo.

—No estoy muy seguro, pero mis padres siempre se refieren a sus traumas de guerra —siguió explicándonos el españolito—. El asunto debe ser muy serio porque esos días el tío se encierra en su habitación sin siquiera salir a merendar, a lo más sale por un poco de agua. A veces escuchamos golpes y cierta violencia. Yo me asusto, aunque sé que el tío es muy majo y me quiere mucho.

Desde el momento en que Paco mencionó lo de las crisis del tío, me quedé un poco intranquilo, especialmente por el hecho de saber que se trataba de una persona violenta, aunque no lo fuera siempre ni lo aparentara. Mi intuición me demostró luego que no me equivocaba.

Cuando Paco ya no tuvo más historias de la guerra para contarnos, poco a poco volvimos a nuestra vida de siempre y él se integró muy bien al grupo del barrio desde que le presentamos a nuestros amigos, ayudado en parte por sus innatas habilidades y destrezas en el fútbol, pero las historias de la guerra quedaron como un secreto entre él y nosotros. Inclusive nuestros padres se hicieron cada vez más amigos y se frecuentaban más a menudo ya que hubo mucha empatía entre ellos desde el principio. Alejandro volvió a dedicarse a Marcelo, tal vez un tanto mortificado y con cierto complejo de culpa por haberlo olvidado varios días. Esta vez retomó las lecciones de saludo y despedida con más ahínco. A decir verdad, yo nunca supe diferenciar el saludo de la despedida, para mí el pequeño primate hacía el mismo gesto con el bracito en alto y la manita extendida hacia delante, por más que Alejandro insistía en que su mascota había a prendido a "saludar" y a "despedirse".

—Este mono parece de la gavilla de Luis A. Flores por la forma como saluda —comentó papá un día al ver el gesto de Marcelo, refiriéndose al que fuera unos años atrás el Ministro de Gobierno del fallecido presidente

Sánchez Cerro, conocido por sus poses, saludos y usos fascistas a la criolla.

—Papá —le espetó Alejandro un tanto molesto—, mi mascota no es un fascista.

En ese instante miré fijamente a mi hermano abriéndole los ojos y con una mueca facial de querer asesinarlo. Además, me puse alerta para que no revelara nuestro secreto con Paco.

—Por la forma cómo saluda parece que lo es... pero..., ¿de donde sabes tú eso mocoso? —volteó papá mirando intrigado a mi hermano.

—Yo se lo he explicado —me interpuse al instante entre ambos—, de lo que he visto en los diarios y de lo que se escucha en la radio.

—Puede ser, puede ser —comentó papá volviendo a su camino, seguro acordándose pensativo de que yo estaba muy próximo a cumplir los doce años.

Con quien fue un escándalo lo del saludo de Marcelo fue con Paco. El primer día que vio a la mascota con el bracito en alto y con la manita extendida hacia delante, se quedó con la boca abierta y no pudo decir palabra por varios minutos. Cuando comenzó a recuperar el habla sólo pudo hacer unos balbuceos.

—Pues será mejor que el tío Miguel no lo vea así, porque no sé que os pueda pasar.

Con el famoso tío Miguel sólo tuvimos una oportunidad de conversar directamente. Un sábado por la tarde, hacia finales de octubre, se acercó a nosotros en el Campo de Marte. Acabábamos de terminar un partido de fútbol con los amigos del barrio y Paco, Alejandro y yo estábamos dirigiéndonos a nuestras casas al igual que todos.

—¡Hola chavales!, ¿cómo estáis? —nos preguntó muy sonriente y con una simpatía desbordante—. ¿Cómo estuvo el partido?, ¿habéis ganado?

Inmediatamente Alejandro y yo le respondimos muy solícitos que sólo habíamos conseguido otra vez un empate. En ese momento tomó la pelota y comenzó a dominarla con mucha destreza y habilidad.

—Durante la guerra jugábamos mucho al fútbol —nos comentó—, especialmente cuando estábamos en los campos de aviación, esperando que se nos dieran las órdenes de despegue a alguna misión. ¿Paco ya os ha contado que fui piloto en la guerra?

—Claro, claro —le respondí—, tratando de disimular mi admiración, no todos los días se tiene a un héroe de guerra al frente y se puede conversar con él. ¿Aprendió a volar desde muy joven? —me atreví inclusive a preguntarle.

—Sí, aprendí de muy joven, comenzó a explicarnos. Cuando salí de la escuela lo único que me interesaba era aprender a volar, a los dieciséis años salí de casa —mi padre quería que fuera a la universidad— y aprendí con un agricultor a volar su biplano para la fumigación de los campos. A los dos años arrendé mi propio avión y me convertí en uno de los mejores pilotos fumigadores de mi provincia. Pocos años después estalló la guerra y los campesinos de las tierras donde fumigaba, luego de tomar las armas a favor de la República, vinieron a buscarme para pedirme que por favor me enrolara en la aviación republicana porque estaban urgidos de pilotos con experiencia, ya que muchos pilotos de guerra habían desertado al bando nacional.

—Así es como ingresó a "La Gloriosa" —interrumpió Alejandro como un buen alumno que había aprendido la lección.

—Veo que el Paco os ha instruido bien —comentó riéndose—. Pero sí, así comencé a formar parte del selecto grupo de audaces pilotos que comandaba el General Ignacio Hidalgo de Cisneros, el Jefe de las Fuerzas Aéreas Republicanas españolas.

—¿Qué tipo de aviones caza voló durante la guerra? —le pregunté con sumo respeto.

—Volé en varios tipos de aviones —explicó—. En el primero que volé fue el BREGUET XIX, un bombardero ligero, biplano, usado también como caza. Fue construido en España con licencia francesa, era el avión de línea de la Fuerza Aérea cuando estalló la guerra. Tenía como armamento una carga de unos 400 kilos de bombas y dos o tres ametralladores Vickers modelo K de 7,7 mm; una de ellas se llevaba atrás como defensa sobre un soporte móvil, manejada por un artillero ametrallador. Felizmente, durante toda mi campaña con este tipo de avión, tuve un excelente artillero que se llamaba Ramón, pero falleció el 20 de febrero del '37 cuando nos derribaron en Málaga. Luego pasé al Grupo 21 que era un grupo de combate formado exclusivamente por aviones caza, integrado por los nuevos aviones rusos Polikarpov I-16, más conocidos como "Moscas" por nosotros y como "Ratas" por los fascistas.

—¿Cuál de los dos era más poderoso? — preguntó Alejandro con mucha curiosidad, embelesado, como yo, por todo lo que nos estaba narrando el tío Miguel.

—El "Mosca" era mucho mejor y más moderno —le respondió el tío sonriendo mientras le ponía una mano en la cabeza—. Imaginaos que volaba a 454 kilómetros por hora, casi el doble que el anterior. Además, los del tipo 10 tenían cuatro ametralladoras ShKAS de 7,62 mm. Era el único que podía enfrentar a los poderosos cazas alemanes Bf-109 que llevó la Legión Cóndor y a los Fiat CR-32 italianos, usando ciertas tácticas especiales. Con este tipo de avión tuve la suerte de formar parte de la famosa 3ª Escuadrilla, que se formó al mando de un ruso llamado Boris Smirnov y, luego, tuvo como su más famoso Jefe de Escuadrilla al español don José María Bravo. Esta escuadrilla tuvo su bautismo de fuego en la famosa Batalla de Guadalajara y peleó en todas las batallas importantes hasta el final de la guerra. Fue conocida como la "Seis Doble" porque pintábamos como emblema una ficha de dominó de ese tipo en la cola del avión.

—¿Cuál de las batallas es la que más recuerda usted? —me tocó preguntar esta vez.

-Bueno, en realidad las recuerdo a todas — contestó un tanto pensativo—, pero una de las que más gratos recuerdos me trae es la Batalla de Guadalajara. Debe ser porque fue la primera con los "Moscas" y porque hasta ahora me hace gracia recordar cómo corrían como conejos los italianitos del General Roatta, cuando se atrevieron y quisieron cercar Madrid en un último intento por tomar la capital. Nunca voy a olvidar aquel jueves 18 de marzo de 1937, cuando lanzamos la ofensiva aérea contra los italianos atrincherados en un pueblo llamado Brihuega. A principios de la tarde los bombardeamos con todo, con la aviación y con la artillería. Los bombarderos les soltaron más de trescientas bombas y luego los cazas los ametrallamos a vuelo rasante. Los pobres fascistas caían como ratas, a pesar de que se escondían a ambos lados de la carretera. Para ellos fue una derrota vergonzosa, hasta el día de hoy le debe doler a Mussolini más que sus propias hemorroides.

Estuvimos más de una hora escuchando embelesados más historias de la guerra por su directo protagonista, sobre sus duelos en el aire; su segundo derribo en una de las últimas batallas de la guerra civil y sus múltiples heridas, que para él son mejores condecoraciones que las medallas que recibió en combate. También nos contó sus hazañas para escapar de España una vez acabada la guerra; su confinamiento en el campo de concentración para refugiados de Vernet de Arriège en Francia y su posterior escape hasta llegar a Lima donde vivía su hermana, después de un largo y penoso viaje.

El domingo por la mañana fuimos a misa como de costumbre, nos acompañaron los Martínez porque después íbamos a almorzar con ellos y con el tío Antonio, que ese día llegaba de viaje del Cusco. Días antes le había enviado un telegrama a papá pidiendo que lo esperáramos ese día para almorzar un suculento sancochado con todas sus salsas, uno de sus platos favoritos. Alejandro y yo estábamos emocionados de volver a ver al tío Antonio, perdido como de costumbre en sus infaltables viajes y aventuras.

—Se va a sorprender cuando vea que Marcelo ya sabe saludar y despedirse como todo un caballero —me comentó Alejandro antes de bajar a tomar desayuno esa misma mañana.

—Sólo falta que la próxima vez quieras sorprender al tío Antonio haciendo que Marcelo hable mejor que tú —le contesté en tono burlón.

Alejandro no me contestó porque estaba concentrado pensando en el momento en que le iba a mostrar su mascota al tío. Por su gesto adusto debí suponer que estaba tomando el asunto más en serio de lo que imaginaba. No en vano había hecho un derroche de paciencia para enseñarle al pequeño primate el bendito saludo; viéndolo así, realmente era una hazaña y tenía gran mérito haber adiestrado a un pequeño mono machín, siendo tan sólo un niño inexperto en esos menesteres.

Regresamos de la misa alrededor del mediodía. Normalmente nos gustaba escuchar la de la Iglesia de San Pedro, en pleno Centro de Lima. Papá estacionó el auto frente a la casa, más adelante los Martínez estacionaron el suyo frente a su casa. Ambas familias descendimos de nuestros respectivos autos, cuando al momento un taxi se estacionó detrás del nuestro. Apenas el taxi se detuvo, se abrió la puerta trasera del lado del chofer y asomó la cabeza más conocida, esperada y adorada por mi hermano y por mí.

—¿Dónde está ese par de mocosos malcriados y engreídos que no me vienen a saludar? —mencionó el personaje recién llegado.

—¡Tío Antonio! —gritamos Alejandro y yo al unísono, embargados de una inmensa emoción, mientras echamos a correr hasta terminar arrollados en sus brazos.

—Estabas haciéndote extrañar hermano —le dijo emocionado papá cuando el tío Antonio lo abrazó efusivo como siempre.

—Los chicos son los que más te extrañan tío ingrato, parecería que te gusta castigarlos con tus prolongadas ausencias —le comentó mamá sonriente a su único, díscolo y aventurero cuñado mientras lo saludaba, dejando entrever cierta emoción que se rebelaba a mantenerse del todo oculta.

Alejandro y yo no dejábamos de saltar de emoción en nuestro sitio y de rondar al tío Antonio cuáles moscardones alrededor de la miel.

—Ven Antonio —le dijo sonriente papá al mismo tiempo que lo tomaba del brazo—, te voy a presentar a los Martínez, nuestros nuevos vecinos y queridos amigos, que hoy nos van a acompañar en el almuerzo, porque se han vuelto como tú adictos al sancochado.

—Rafael y Marcela —les habló a los padres de Paco—, este es mi hermano Antonio, el aventurero de la familia de quien tanto les he comentado.

—Nos complace conocerle Antonio —le saludó don Rafael estrechándole la mano.

—Mucho gusto —mencionó la señora Marcela—, por fin conocemos al héroe de sus sobrinos.

—Antonio —le indicó papá—, él es Miguel, el hermano de Marcela recién llegado de España.

—Encantado —dijo sonriente el tío de Paco—, varias veces los chavales nos han hablado de usted, es un gusto conocerle en persona.

Paco se acercó disimuladamente donde estaba Alejandro mientras se daban los saludos y presentaciones correspondientes.

—¿Aquel es vuestro tío que os trajo de regalo a Marcelo? —le preguntó en voz baja.

—¡Síííí! —respondió Alejandro mientras tiraba del brazo del tío Antonio.

—¡Este es nuestro amigo Paco! —le indicó Alejandro al tío, mientras abrazaba al tímido chaval, como dicen los españoles.

-Hola, Paco —lo saludó el tío Antonio al momento que le ponía la mano sobre la cabeza—, veo que eres como estos malcriados.

—Así es —comentó mamá—, se ha hecho muy amigo de los chicos y del imprescindible Marcelo.

Estábamos ambas familias conversando animadamente en plena vereda, cuando de improviso Alejandro se separó del grupo dando un salto que sorprendió a todos, reaccionó así cuando escuchó el nombre de nuestra pequeña mascota.

—¡Te tengo una sorpresa que te va a dejar con la boca abierta! —le dijo mi hermano al tío Antonio, al momento que giraba sobre sus talones para pegar la carrera hacia la casa.

A mitad de camino se detuvo evidenciando haberse percatado de algo, volvió a girar para regresar corriendo donde papá.

—Papi, ¿me das la llave de la casa por favor?

—Vamos hijo —le dijo mamá—, yo te abro la puerta, porque pronto el hambre va a arreciar y todavía no he puesto la mesa para el almuerzo.

A los pocos minutos se apareció Alejandro jalando a Marcelo con su cadena. El pobre primate con las justas podía seguir el paso apresurado que llevaba mi atolondrado hermano. Se paró frente al tío Antonio, quien acababa de voltear para observar la sorpresa que le había prometido el sobrino.

—Vas a ver —le dijo Alejandro mientras se agachaba para ponerse de cuclillas al lado del mono.

—Hola Marcelo, hola Marcelo, hola... —le comenzó a decir insistentemente con el evidente ánimo de que el mono salude al tío como él le había enseñado con tanto esfuerzo, era su prueba de fuego.

Marcelo se sentó en la vereda, comenzó a mirar indiferente a otro lado haciendo sus muecas de siempre y silbando como acostumbraba hacer. Luego, ante la vista de todos nosotros, emprendió afanosamente su rutinaria sesión de rascadera. Huelga explicar cómo la desesperación comenzó a apoderarse de Alejandro, al ver que el monito no le hacía el más mínimo caso. Se estaba haciendo trizas su tan esperada ilusión de que el tío Antonio vea cómo Marcelo había aprendido a saludar.

—Hola Marcelo, hola Marcelo, hola... —seguía insistiendo mi hermano tocándole el bracito con el dedo índice extendido, pero la mascota nada.

En ese instante, recordé el truco de los caramelos y me acerqué sigilosamente a mi hermano.

—Alejandro...toma, esto te va a servir —le dije casi susurrándole al momento que le entregaba el caramelo.

Mi hermano miró primero el caramelo en su mano, luego levantó la mirada con ojos de asombro y triunfo, porque sabía que le había entregado la herramienta perfecta para que ese mono goloso reaccione.

—Hola Marcelo, hola Marcelo, hola..., —volvió a la carga, esta vez mostrándole el caramelo.

El pequeño primate reaccionó inmediatamente al ver la golosina, comenzó a extender su bracito derecho queriendo agarrarla, haciendo al mismo tiempo sus típicos sonidos y frunciendo el ceño permanentemente.

—No, no, no, así no Marcelo..., primero saluda, hola Marcelo, hola Marcelo, hola... —comenzó a insistir Alejandro ya dominando la situación, retrocediendo lentamente para marcar distancia con la mascota y de esa manera se pueda apreciar su gracia del saludo.

Marcelo inició la tan esperada habilidad aprendida de saludar con el bracito extendido, lo levantaba y lo dejaba extendido hacia delante por momentos, luego lo bajaba y lo volvía a levantar repetidamente.

—Bravo Marcelo, bravo —decía entre risas el tío Antonio, aplaudiendo en medio de las sonrisas de todos—. Eres un campeón sobrino, nunca imaginé ver a un mono saludar como lo está haciendo tu mascota, eres un genio.

Alejandro estaba más que feliz, estaba hinchado como un pavo real, con una sonrisa de oreja a oreja. Era el premio a su tenacidad y constancia. De pronto, con cierto presentimiento alcé la mirada hacia el tío de Paco. Miguel estaba sumamente serio y miraba concentrado al mono con ojos de furia. De pronto comenzó a dibujársele una mueca horrible en su cara y esta vez sus ojos comenzaron a ponerse rojos, las venas de las sienes las tenía sumamente hinchadas.

—Excelente Marcelo, bravo, bra... —seguía diciendo el tío Antonio pero fue interrumpido bruscamente.

—¡Qué coño! ¡Nada de bravo ni de excelente!, ¡no observáis que ese mono es un fascista! —comenzó a vociferar Miguel, el tío de Paco.

—Miguel, por favor tranquilízate —le habló calmadamente don Rafael—, es sólo una mascota, es sólo un animalito.

—¡Qué animalito ni qué demonios! —siguió vociferando rojo de furia e ira dirigiéndose a Marcelo, completamente fuera de sí—. ¡Maldito fascista, perro nacional!

—¡Cálmate Miguel!, ¡tranquilízate! —le gritó esta vez don Rafael, queriendo apaciguar a su cuñado.

Todos los presentes estábamos boquiabiertos y asustados ante tan inesperada, negativa y violenta reacción. Miguel seguía vociferando una serie de insultos e improperios, la mayor parte de los cuales no los entendía. De pronto se calló sin dejar de mirar al pobre mono, cerró los puños con los brazos extendidos hacia abajo y comenzó a dirigirse donde la mascota.

—¡Papá, papá!, ¡lo va a matar, lo va a matar! —gritó Alejandro al momento de abalanzarse sobre Marcelo para estrecharlo contra su pecho.

En ese instante papá, el tío Antonio y don Rafael saltaron a contener a Miguel; comenzaron a forcejear con él, pero no tuvieron mucho éxito porque a pesar de ser delgado era sumamente fuerte, lo que sumado a su experiencia de combate y a su desarrolladísimo instinto de supervivencia, hizo que se zafara de los tres. El tío Antonio, al ver que seguía avanzando hacia mi hermano y su mascota, sólo atinó a propinarle un fuerte puñetazo en la cara, que lo hizo caer hacia atrás. Una vez en el suelo, Miguel se incorporó parcialmente para sentarse en la vereda. Con el reverso de la mano derecha empezó a limpiarse la sangre que le manaba de la comisura de los labios.

—Malditos, mil veces malditos, me habéis seguido hasta aquí, cerdos reaccionarios... —comenzó a decir lentamente con voz rara—, ahora veréis con quién os habéis metido... ¡Yo soy un Alas Rojas! —dijo golpeando el puño cerrado contra su pecho.

Inmediatamente, se levantó con dificultad acusando todavía el golpe, medio encorvado giró hacia la casa de los Martínez y se dirigió rápidamente hacia la puerta principal con paso trastabillante. Cuando llegó a ésta, la abrió de una fuerte patada y corrió hacia adentro.

—¡Miguel!, ¡Miguelito!, ¡por favor regresa! —le gritó doña Marcela desesperada y en medio de un llanto amargo, quiso ir hacia la casa a detener a su hermano, pero don Rafael la detuvo del brazo.

—Déjalo mujer, es otra de sus crisis —le dijo don Rafael todavía agitado por la gresca—, ya se le pasará, déjalo tranquilo.

Seguramente nunca antes estuvo tan equivocado don Rafael. A los pocos minutos Miguel apareció con la pistola Astra 400, de 9 mm., empuñándola con la mano derecha y con el mismo brazo extendido hacia delante. Su mirada fría, como el hielo, estaba fija en la mira de la pistola y caminaba lentamente pero firme. Ya no era el afable y siempre sonriente tío Miguel; ahora era el guerrero curtido por años de guerra, el hábil y tenaz combatiente que supo sobrevivir a las condiciones más adversas de luchas y prisiones. Don Rafael se abalanzó por detrás y lo abrazó fuertemente tratando de detenerlo, pero recibió un fuerte codazo en el rostro que lo derribó. Mi padre se abalanzó por un costado y lo tomó de la cintura, pero también su intento fue vano porque recibió un fuerte golpe en la nuca con la cacha de la pistola, que lo hizo caer de rodillas medio aturdido y con la cabeza rota.

—No te atrevas, no te atrevas miserable —le decía el tío Antonio caminando de espaldas hacia donde estaba Alejandro abrazando a Marcelo, con el brazo y la mano extendida haciendo el ademán de detenerlo—, no le vas a hacer daño a mi sobrino, no se te ocurra...., detente desgraciado..., maldito loco.

Aprovechando que el cuerpo del tío Antonio la tapaba, mamá se acercó silenciosa y sigilosamente por detrás donde mi hermano y su mascota, lo tomó rápidamente en sus brazos, para huir al instante con él de la escena. Ella había escuchado aterrada los gritos de Miguel y había observado el forcejeo semioculta en nuestro jardín exterior, a lo que atinó valientemente a socorrer a su hijo menor a la primera oportunidad que se le presentó. En el preciso momento que mamá echó a correr con mi hermano en brazos, viendo que Miguel seguía avanzando, la desesperación hizo que el tío Antonio se abalanzara sobre él, con sus rápidos reflejos consiguió desviarle la mano y propinarle otra vez un fuerte puñetazo en el rostro. En ese instante sonó una detonación de la pistola. Para esto papá y don Rafael habían logrado incorporarse, medio aturdidos aun. En el acto volvieron a abalanzarse sobre Miguel, esta vez los dos juntos lo tomaron de ambos brazos y papá lo golpeó en la base de la nuca con una piedra, logrando reducirlo.

—¡Tío Antonio! —grité cuando lo vi de rodillas sobre un charco de sangre abrazándose el abdomen y con la cabeza inclinada hacia delante.

—¡Antonio, hermano! —se acercó papá desesperado—, ¡¿qué te ha sucedido Dios mío?! —le preguntó vanamente porque el tío sólo jadeaba con fuertes ronquidos y escupía sangre a borbotones, tenía la mirada perdida y los ojos vidriosos.

A los pocos minutos se acercaron corriendo los vigilantes del Club Lawn Tennis de la Exposición, quienes habían escuchado la fuerte detonación. Inmediatamente sujetaron al inconsciente Miguel por indicaciones de don Rafael, quien corrió a abrazar a su desmayada esposa. A lo lejos comenzaron a sonar unas sirenas, una era de un patrullero de la Guardia Civil y la otra era la ambulancia de la Clínica Maisón de Santé, ambas instituciones habían sido alertadas por mamá por teléfono desde la casa.

—No se preocupe señor —escuché aliviado decirle al paramédico a papá, mientras subían al tío Antonio en camilla a la ambulancia—. Su hermano se pondrá bien en unos días, por suerte parece que la bala le atravesó los intestinos de costado y no le ha comprometido ningún órgano vital, lo confirmaremos en la Clínica.

—Gracias a Dios, muchas gracias —balbuceó papá con los ojos cerrados y con gesto de dolor.

Luego papá se dirigió donde mamá, que estaba parada sollozando con los ojos llorosos y con mi hermano llorando abrazado a su cintura. Mientras caminaba se llevó la mano al bolsillo trasero de su pantalón, sacó su infaltable pañuelo, se lo llevó a la cabeza y lo puso sobre la herida por donde aun le manaba un poco de sangre.

—Mi hermano va a estar bien Elizabeth, felizmente va a estar bien —le dijo a mamá al abrazarla—. Por favor ayúdame a curar esta herida que no quiere dejar de sangrar.

—Sí, mi amor —le contestó mamá—, entremos en la casa.

—¿Los Martínez están bien? —preguntó papá antes de entrar en la casa.

—Sí, papá —le contesté al momento de abrazarme con él, con mamá y con mi hermano—. La señora Marcela ya recuperó el sentido y don Rafael la ha llevado a su casa.

—¿Y Miguel? —volvió a preguntar papá.

—Lo han llevado esposado a la Prefectura —le respondió mamá—, quieren revisar su pase migratorio, si no está en regla lo van a deportar a España o sino aquí le abrirán juicio.

Después de que la ambulancia se alejó ululando su sirena y que papá estaba siendo atendido por mamá, salí de la casa porque sentía que me asfixiaba, necesitaba aire. Una vez fuera, a lo lejos vi a Paco medio escondido entre los arbustos del Campo de Marte, aparentemente estaba llorando, sentado con la cabeza entre sus brazos cruzados, apoyados en las rodillas. Caminé apurado y preocupado donde él.

—Paco, ¿qué sucede? —atiné a preguntarle intrigado.

No me respondió, luego sólo escuché un profundo sollozo como respuesta.

—Paco, por favor, dime ¿qué sucede? —volví a insistir.

—Fue mi culpa, fue mi culpa, todo fue por mi culpa —respondió repitiendo entre sollozos.

—¿Cómo qué fue tu culpa?, ¿a qué te refieres amigo? —le pregunté intrigado.

—Cómo no va ser mi culpa, si hace dos días... —volvió a romper en llanto.

—¿Qué sucedió hace dos días? Esta vez le pregunté más intrigado aun.

—Hace dos días le dije..., a manera de juego... o de palomillada, no sé..., sólo le dije a mi tío Miguel donde tenía escondida mi padre su pistola, o mi madre, no sé... —me respondió mirándome con los ojos arrasados de lágrimas y el rostro demacrado.

Me quedé mudo ante tamaña confesión, por lo que sólo atiné a sentarme a su lado, abrazarlo y comenzar a llorar con él en silencio, mirando a lo lejos la vereda donde todo había ocurrido, donde un hombre maravilloso apostó por la vida con el riesgo de la suya propia y donde tres niños perdieron su inocencia por amor a una mascota.

CAPITULO VIII

EL CUMPLEAÑOS Y EL GRAN LOLO

En la sala de emergencias de la Clínica Maison de Santé, ubicada detrás del prácticamente recién inaugurado Palacio de Justicia, le pusieron cinco puntos de sutura a papá en su herida de la cabeza, previa limpieza y desinfección de la misma. Papá se levantó de la camilla y agradeció muy cortésmente al médico de guardia y a la enfermera que lo atendieron. Me sorprendió lo joven que era la enfermera, siempre con una sonrisa en los labios y con una discreta mirada coqueta. Sin querer comencé a bajar la mirada queriendo adivinar las sugerentes formas tras el impecable uniforme blanco.

—Cierra la boca que se te van a meter las moscas —dijo mamá muy discreta, al mirar hacia adelante haciendo como si no se hubiera dado cuenta de mi espontánea reacción preadolescente.

Luego de la curación de papá fuimos a buscar al Dr. Saravia, quien había atendido al tío Antonio ni bien lo bajaron de la ambulancia y luego se encargó de su operación.

—Dr. Saravia..., perdón, amigo Gustavo, muy buenos días —saludó papá al experimentado médico. Disculpe que lo moleste, pero quería preguntarle cómo está mi hermano Antonio — inquirió con tono de preocupación. Desde ayer que ingresó por emergencia no he tenido noticias de su estado de salud.

—Estimado Arístides, su hermano ha tenido mucha suerte en llegar a este nosocomio con vida —precisó el médico amigo de papá. Si no fuera por la oportuna intervención del personal paramédico de la ambulancia, hoy estaríamos contando otra historia.

—Pero, mi buen Gustavo, ¿está intentando decirnos que la vida de mi hermano todavía corre peligro? —preguntó papá alarmado.

—En estos momentos ya no —contestó muy seguro el médico. Él sufrió una herida perforante de abdomen producida por un proyectil de arma de fuego. Ese proyectil perforó no solamente el intestino grueso sino que, en su trayecto, llegó a comprometer también al estómago, razón por la cual fue encontrado en la acera eliminando sangre, tanto desde la cavidad abdominal como desde la boca —explicó muy serenamente el galeno. Felizmente, —continuó— luego de que su hermano fue traído a nuestra clínica, logramos controlar completamente la hemorragia, razón

217

por la cual en estos momentos su vida ya no corre peligro —subrayó.

—¡Gracias a Dios! —suspiró aliviado papá. ¿Cuándo lo podremos tener de regreso en casa? —preguntó.

—Bueno Arístides, todo a su tiempo —asintió el Dr. Saravia. En realidad su alta va a depender de la evolución que presente en los próximos días; sin embargo, estimamos que primero se quedará con nosotros los próximos cinco a siete días como mínimo, para luego poder darle de alta y enviarlo a su domicilio, pero con reposo absoluto.

—¿Cuándo podrá comenzar a hacer su vida normal? —preguntó mamá en esta ocasión.

—Si todo se desarrolla dentro de lo esperado, estimamos que en el lapso de tres semanas podría estar desarrollando sus actividades normales —respondió el médico.

En ese momento comencé a hacer mis cuentas de los días que tenía que guardar cama mi querido tío y de pronto me quedé helado, casi petrificado: —¡El tío Antonio no podrá estar para mi cumpleaños! —pensé con ansiedad.

—Hijo, ¿qué te pasa? —preguntó mamá mientras bajaba su cabeza buscando mirarme a los ojos, porque los tenía fijamente clavados en las frías losetas del suelo.

Hice un aparte a mi madre y le susurré al oído: "El tío Antonio no podrá estar para mi cumpleaños".

—Pero Andrés, seguramente estará con nosotros en casa —contestó mamá en voz baja.

—Sí, pero estará en cama, en el cuarto de huéspedes del segundo piso —le espeté. No podrá participar de los juegos como en otros cumpleaños, ni cantar con todos.

—¿Por qué te angustias? —me dijo mamá mirándome a los ojos. ¿Acaso él buscó esto?, ¿acaso él quiso estar en esta situación? Reaccionas como si él o nosotros quisiéramos que a propósito no te acompañe en tu cumpleaños.

Me miró luego con su dulzura de siempre y concluyó diciendo: "La vida, hijo, no se hace en función de caprichos, la realidad no es la que uno quiere sino la que nos toca vivir y por eso tenemos que madurar para aceptar las circunstancias como vienen, sean fáciles o difíciles, y luego saber afrontarlas". Tienes que aprender las lecciones de la vida y madurar gracias a ellas, no en vano ya vas a cumplir doce años en dos semanas... —finalizó.

La semana siguiente, mamá y Eulogia se sentaron en la mesa del comedor de diario de la cocina, para hacer la lista de todo lo que se iba a preparar el día de mi cumpleaños. Comenzaron con la lista de los sándwiches: butifarras, triples de palta, huevo y tomate, de pollo, mixtos de queso y jamón York, y las infaltables empanaditas de carne, que a Eulogia le salían de maravillas. En la lista de los dulces incluyeron: gelatinas en vasito, mazamorra morada, arroz con leche, alfajorcitos, cocadas, bolitas de zanahoria, melcochas, orejitas de chancho, los mazapanes del convento del Carmen, los alfajorcitos de miel y las chancaquitas de la tía Odelí de Barranca (había que llamarla a hacerle el pedido), y el exquisito turrón de Doña Pepa, que todavía se puede conseguir en las primeras semanas de noviembre, a pesar de ser típico del mes de octubre, el mes del Señor de los Milagros. Los dulces y la torta de cumpleaños estarían a cargo de mamá, que es una experta repostera.

—Mamá —le dije interrumpiéndola— por favor que la torta sea de bizcocho de vainilla rellena y cubierta de manjarblanco.

—Está bien, está bien —me respondió. Ya sé que a ti no te gusta la torta de chocolate, entonces voy a agregar a la lista de los dulces las bolitas de chocolate, que tanto les gusta a tu padre y a tu hermano.

—Gracias, mamá —le dije agradecido. Yo sabía que me ibas a engreír por mi cumpleaños —agregué en tono pícaro.

—Nada de engreimientos —me respondió poniéndose seria. Lo que sucede es que en esta casa a los del cumpleaños se les da la opción de que escojan lo que quieran almorzar ese día y de escoger el tipo de torta de cumpleaños que desean, y —puntualizó— tú no eres la excepción a la regla.

Yo sabía que detrás de esa aparente seriedad se escondía la madre más dulce del planeta, por eso ya no le respondí. Su forma de transmitirnos cariño no siempre era con caricias, pero sí dándonos gusto en las cosas que nos gustaban.

—Aprovechando que estamos hablando de tu cumpleaños —prosiguió mamá— quiero saber si ya tienes pensado a quiénes vas a invitar.

—Bueno, los de siempre... —le respondí.

—Cómo que los de siempre —me dijo ella. Necesito que hagamos una lista, para poder calcular todo lo que vamos a preparar y hacer las tarjetas de invitación.

—Bueno, están los del barrio —le contesté— me refiero a Alberto, Pepe, Jaime, Javier, Jorge, Hugo, Erick, Polo, Marco, Raúl, Alfonso y a Paco nuestro vecino.

—Van doce —indicó mamá. ¿Y los del colegio?

—Del colegio serían Tello, Burga, Panizo, el flaco Delucchi, Giulfo, Ackerman, Oldrich, Pinto, Diez Canseco, Mariátegui y Groppo —agregué.

—Con los del colegio serían veintitrés, número suficiente —hizo su cálculo mamá.

—Pero, mamá —le refuté. El año pasado éramos como treinta.

—Ya lo sé —me respondió mientras anotaba en el papel, pero resulta que para tu cumpleaños viene del Cusco la tía Sofía, con tus primas Sofía y Antonieta, ya les adelanté que contábamos con ellas ese día.

—¿¡Quééé!?, ¿¡mi cumpleaños con mujeres!? —alegué airadamente ante tamaña sorpresa. ¿Por qué me haces esto?, ¿acaso no es suficiente con que no pueda estar el tío Antonio? Además Sofía tiene catorce años y Antonieta... bueno, ella sí tiene doce.

—Andrés, hijo mío —mencionó mamá en tono reflexivo. ¿Cómo quieres que no considere a la tía y a las sobrinas si van a estar por Lima en esos días? Además, con ellas siempre has jugado de maravillas cuando hemos ido a Tiquiña, la hacienda del abuelo Andrés —agregó. ¿Te has olvidado que siempre me decías que te encantaban los ojos de Sofía?, —me preguntó— por lo que me han mencionado está hecha una niña preciosa y Antonieta no se queda atrás, le sigue los pasos. Serían tus únicos parientes cercanos de tu edad.

—Ay, mamá —le contesté mirando al techo y levantando las manos. Eso fue cuando tenía nueve años, hace un siglo.

—No seas exagerado —me respondió. Eso fue hace tres años, no hace mucho, ¿qué tanto pueden haber cambiado las cosas?

—Pero mamá —le insistí— nosotros no jugamos con niñas, mis amigos, los del barrio y los del colegio, se van a burlar de mí, va a ser el peor cumpleaños de mi vida.

—Si a Marcelo le tocó aprender a ser todo un caballerito, siendo un mono, una especie salvaje —precisó mamá— no veo por qué tus amigos no puedan aprender a serlo y dejen de lado sus salvajadas de costumbre. Además, te adelanto que para que tus primas no se sientan solas he invitado también a seis hijas de mis amigas, todas de las edades de ellas.

—¿¡Quééé!?, ¡esto es el colmo! —protesté. Ahora sí que me arruinaste el cumpleaños, ¡esto es un boicot!, cuando regrese papá voy a protestar ante él.

—Conociendo a tus amigos de los dos grupos —me dijo sonriente— yo no estaría tan segura de que se haya arruinado tu cumpleaños, ya veremos —completó su profecía mientras seguía garabateando el papel.

Su sabiduría de madre le iba a dar la razón y mis vaticinios apocalípticos no se cumplieron en lo más mínimo.

—Sra. Elizabeth —entró Eulogia. ¿Cuáles serían las bebidas?

—Como siempre pondremos chicha morada para los chicos, limonada para las damas, pisco para los varones y también algunas gaseosas, creo que con Kola Inglesa, Pasteurina y Coca Cola estará bien —respondió mamá. Eulogia, —añadió— el maíz morado para la chicha y los limones que usaremos para la limonada y el pisco, por favor me hacer acordar para incluirlos en la lista del mercado; las gaseosas en la lista de la bodega. Gracias.

En los días siguientes comencé a entregar las tarjetas de invitación de mi cumpleaños a los amigos del barrio y a los del colegio. Recibidas las tarjetas, automáticamente todos hacían planes para ese día. Los del barrio armaron un campeonato cuadrangular de fútbol en el Campo de Marte, incluyendo a los del colegio. Los del colegio querían armar un pequeño show con Marcelo, con escenografía y vestimenta especial, para esto incluyeron a Alejandro, mi hermano, porque sabían que sería un excelente y entusiasta colaborador, además él venía entrenando al pequeño primate desde hacía meses en todo tipo de piruetas y gracias. Lo que sí ya había obviado era ese nefasto saludo que nos costó una tragedia.

Cuando en diferentes momentos todos me consultaban sus planes, pidiéndome mi opinión o aprobación, yo simplemente asentía con la cabeza o respondía tímidamente: "Está bien, está bien". Por nada del mundo me atrevía a mencionar que habrían niñas en mi fiesta, ni aunque me torturasen, mi orgullo estaba de por medio. Mejor que sea una sorpresa para todos, que asimilen la realidad de los hechos consumados, no voy a arriesgarme antes de tiempo a ser el blanco de todas las burlas o mofas.

—Ay, mamá, ¡qué buena me la hiciste! —pensaba dentro de mí en todo momento.

Lo peor de todo es que cuando me fui a quejar con papá, él simplemente soltó la carcajada.

—¡Ja, ja, ja! no paraba de reírse –pero, hijo, no veo el motivo de que hagas una cuestión de estado por la presencia de tus primas y las otras amigas.

—¿Cómo que no? —le espeté. ¿Acaso no has tenido mi edad?, ¿te hubiera gustado tener a niñas en tu cumpleaños de los doce?

—No tengo muchos recuerdos de esa edad —me contestó— pero si de algo estoy seguro es que no te vas a arrepentir.

Para colmo de males, cuando subí a la habitación del tío Antonio, donde estaba en reposo absoluto desde que lo trajeron de la clínica, y le conté lo que sucedía, miró hacia arriba, se agarró el mentón a manera de reflexión y me dio una sola corta respuesta.

—Esto se pone interesante sobrino, muy interesante —comentó sin dejar de sonreír.

Definitivamente todos estaban en mi contra, hasta Alejandro se puso loco de contento cuando se enteró, ese pequeño traidor.

El día anterior a la gran fiesta, cuando llegamos del colegio, entramos a la cocina y vimos que tenía harina prácticamente hasta el techo, mamá con ayuda de Eulogia estaba avanzando con todos los dulces. En las hornillas de la cocina "Thorncliffe" estaban las ollas con la mazamorra morada, el arroz con leche y la chicha morada. El manjarblanco casero se había cocinado en una olla especial de cobre. Todos los dulces conforme se terminaban de preparar se iban guardando en latas. Mamá quería tener todo listo, para mañana sábado dedicarse solamente a los sándwiches y las empanadas, así como para terminar de arreglar y decorar todo con los globos, y, por supuesto, la infaltable piñata.

En casi todo el piso de la cocina se veían las inconfundibles huellas de Marcelo, marcadas donde había caído el polvo de la harina. Eulogia me explicó que todo el día se lo pasó dando vueltas para capturar cualquier dulce que cayera al piso, no importaba si todavía estaba crudo, igual se los tragaba todos.

—¿Y dónde está Marcelo? —preguntó Alejandro.

—Castigado en su jaula —respondió Eulogia.

—¿Qué pasó, qué hizo esta vez? —pregunté yo.

—En un momento que tu mamá y yo nos descuidamos por mover el manjarblanco para que no se pegue a la olla —explicó la cocinera— ese mono bribón de un salto se subió a la mesa y comenzó a atragantarse con los mazapanes recién llegados del convento, no contento con ello quiso seguir con los alfajorcitos de miel y ahí sí cayó en su propia trampa.

—¿Qué le pasó? —preguntamos los dos al unísono.

—La miel se le pegó en sus manitas y como no podía quitársela comenzó a chillar delatándose —explicó Eulogia entre risas. Lo más gracioso fue que al querer quitarse la miel de una manita con la otra, terminó con las dos bien pegadas, por eso chillaba desesperado, haciendo una especie de baile con sus manitas pegadas al querer despegarlas, mientras saltaba al mismo tiempo sobre la mesa.

Cuando subimos a la azotea para verlo, Marcelo estaba arropado en la caja de la jaula. Al sentir nuestra presencia, ni se movió, cuando siempre saltaba al vernos. Eulogia ya le había lavado las manitas. Nos miró con los ojos entreabiertos reflejando el sopor del sueño y un empacho mayúsculo de dulces.

Al día siguiente, mamá hizo que tomáramos desayuno temprano, para luego despejar la cocina y poder continuar con toda la preparación de los bocaditos salados. Papá se fue temprano a comprar morcilla, tamales y chicharrones, porque sabía que a mí me encantaban en el desayuno con un crocante pan francés, tipo de pan que tampoco faltaba. De pronto, desde el segundo piso comenzamos a escuchar las voces, mejor dicho las vociferaciones del tío Antonio.

—¡Ese olor me está matando! —gritaba desde su habitación.

—¡Les va a dar indigestión si comen solos! —siguió vociferando.

—Ya voy, ya voy —le respondió papá al momento de pararse de la mesa y dirigirse hacia el segundo piso.

Al poco rato aparecieron ambos bajo el dintel de la puerta de la cocina, papá empujando una silla de ruedas con el tío Antonio bien sentado sobre ella, con pijama y su bata de seda, con una mantita sobre las piernas.

—¡Ajá!, pensaron que se iban a librar de mí y comer solos —nos dijo con su habitual sonrisa— eso nunca.

—Pero Antonio, ¿y tu dieta blanda? —le preguntó mamá.

—Ay cuñadita —le respondió con su ironía de costumbre— ya llevo dos semanas con esa bendita dieta blanda, mi paladar se está atrofiando, mis dientes se me han aflojado y mi estómago debe estar colérico y ocioso de tener que procesar ese tipo de comida.

—Pero esa es tu prescripción médica... —quiso discutir mamá, pero no siguió porque sabía que era en vano, sin embargo volteó a mirar inquisitoriamente a papá.

—Arístides, ¿y esa silla de ruedas? —le preguntó casi sin abrir los labios.

—La traje ayer —respondió papá con tono de culpabilidad. Antonio me encargó que se la compre para no perderse el cumpleaños de Andrés.

Apenas escuché la confesión de papá, me levanté de un salto y corrí a abrazar al tío Antonio.

—Ya muchacho, ya —me dijo cuando tenía mis brazos alrededor de su cuello. ¿Acaso pensaste que me iba a perder tu fiesta?, no podré ir al parque con ustedes pero no me pierdo la piñata y todo el banquete, aunque después termine de nuevo en cuidados intensivos. Además habrá unas damitas que atender y yo te voy a enseñar cómo se hace, porque en eso todavía estás en la época de las cavernas.

En la mañana, antes del desayuno, papá y mamá se habían acercado a mi dormitorio todavía en pijama, para entregarme mi regalo de cumpleaños: una navaja toledana, tipo de cacería, con la hoja que se abría de costado.

Era el regalo que quería desde chico, pero nunca me lo daban porque decían que no tenía edad para portarla. Era evidente que ya no había ese impedimento, pero mamá igual me hizo todas las advertencias y recomendaciones de tener mucho cuidado en usarla, y que no se la preste a mi hermano si no estaba ninguno de ellos presente. Por su parte, el tío Antonio me llamó a su habitación y me entregó como regalo una fina colonia "Atkinson".

—Es para que la uses ahora que vienen tus invitadas —me explicó sarcásticamente—pero eso sí tienes que bañarte antes, porque la colonia no va a disimular el olor a chivato.

Después de un opíparo desayuno, en el que el tío Antonio se despachó con gusto los panes con chicharrón y con morcilla, y saboreó hasta el último bocado los tamales con salsa criolla, papá, Alejandro y yo comenzamos a ayudar con la decoración del jardín trasero, donde se celebraría mi fiesta de cumpleaños. Primero comenzamos con los globos, ubicando grupos de ellos en diferentes lugares estratégicos, para darle al jardín el ambiente de cumpleaños. Antes de colgar la piñata del árbol de costumbre, Alejandro y yo nos deleitamos llenándola de todo tipo de golosinas y de pequeños juguetes, mientras nos imaginamos a todos arrojándose al piso cuando cayera, para recoger la mayor cantidad de sorpresas esparcidas por el suelo.

Ni bien habíamos terminado de colgar la piñata, oímos unas carcajadas provenientes de la cocina. Con Alejandro corrimos hacia ese lugar, dejando a papá parado en la escalera haciendo el último nudo de la soguilla. Encontramos a mamá y a Eulogia sentadas sin poder contener la risa. Eulogia, como sabía que a Marcelo le encantaba el huevo duro, le había dado uno de los que recién había sancochado para hacer los sándwiches triples con el pan de miga. Pero se lo había dado con cáscara y todo para que él mismo lo pele, ya había aprendido antes, como el huevo todavía estaba caliente se lo pasaba de una manita a otra, con su boca hacía el ademán de soplar y de cuando en cuando lo golpeaba contra el piso para romper la cáscara y poder pelarlo con mayor facilidad. Cuando sacaba un trozo de cáscara caliente inmediatamente la arrojaba hacia atrás y hacia arriba, sacudiendo su manita para enfriarla.

—¡Achacao! —exclamaba Eulogia cada vez que Marcelo se quemaba las manitas, con la típica voz quechua para esa situación, sin dejar de reírse.

Inmediatamente que vimos el cuadro de Marcelo luchando con el huevo, nos unimos a las risas, papá hizo lo mismo apenas se unió al grupo. Pero, de pronto, a Alejandro le comenzó a cambiar el rostro, de la risa pasó a una mueca de cólera.

-—¡Esto es una tortura! —exclamó con furia. ¿No ven que el pobre animalito está sufriendo por querer comerse el huevo?

En ese momento le quitó el huevo a Marcelo, quien protestaba jalándole el pantalón, lo terminó de pelar, lo sacudió un rato para que se enfríe más rápido y luego se lo entregó. El pequeño primate dio cuenta del huevo en un santiamén. Hecho esto, Alejandro salió molesto de la cocina.

Mamá, mientras se enjuagaba las lágrimas de la risa, comentó que la sensibilidad de su hijo Alejandro no iba a cambiar, que eso era bueno en parte porque denotaba su buen corazón, pero al mismo tiempo afirmó que eso no era bueno porque iba a sufrir mucho mientras madurara y pudiera controlar ese tipo de reacciones y sentimientos.

Para las tres de la tarde, una hora antes que llegaran los invitados, ya estaba todo bien puesto, la mesa con todas las viandas saladas y dulces, otra mesa más pequeña para todas las bebidas, la piñata bamboleándose desde la rama del árbol. Cerca de la mampara de entrada al jardín, mamá había colocado una caja grande forrada con papel de regalo, para que todos los invitados colocaran ahí los regalos. Por supuesto que me prohibió que abriera alguno de ellos, fue muy enfática en indicarme que sólo los abriría una vez que se hubieran ido todos los invitados. Eso sí que era una tortura para cualquier niño de mi edad, pero la autoridad materna no se discute.

Cuando sonó el primer timbre, papá, mamá y el tío Antonio ya estaban en la sala para recibir a todos los invitados. Los mayores –la mayoría familiares o amigos cercanos- siempre preferían quedarse en la sala y hacían que los chicos fuesen al jardín, mientras ellos podían platicar lejos del típico bullicio infantil, pero antes salían a saludar al dueño del cumpleaños y luego regresaban con sus contemporáneos. Poco a poco comenzaron a llegar los de mi patota del barrio y uno que otro de mi colegio, todos bien aseados, bien peinados y bien vestidos, demás está decir que estaban irreconocibles, pero sabía que así no iban a estar hasta el final de la fiesta, porque iban a personificar el desastre hecho niño, después de tanta travesura, trompeadera y revolcada en el parque. Pero algo me tincaba que eso no iba suceder esta vez.

Mientras todos los facinerosos de mis amigos estaban conversando con un vaso de chicha o de gaseosa en la mano, de pronto aparecieron en el umbral de la mampara mi tía Sofía con sus dos hijas, debo reconocer que Sofía la prima estaba más guapa que nunca, con sus preciosos ojos que brillaban a la luz del atardecer, más alta que la última vez que la vi en el Cusco, con un cuerpo que ya mostraba formas de mujer. Antonieta su hermana no se quedaba atrás, si bien se le notaba menor que Sofía, tenía el mismo garbo y lucía la misma belleza que su hermana mayor. Se me hizo un nudo en la garganta, porque no esperaba que me causaran tanto impacto. A mi lado las voces de los amigos enmudecieron de repente, por el rabillo del ojo pude detectar más de una boca abierta y escuché un vaso de chicha que cayó al jardín, felizmente los vasos eran de plástico.

—Andresito —me llamó mamá— ven hijo que tu tía Sofía quiere saludarte y tus primas también.

Sonreí nerviosamente y me comencé a acercar a paso lento, era porque las piernas se me encaprichaban al enredarse la una con la otra. Cuando llegué frente a ellas, mi lengua se negaba a salir o moverse siquiera, era enmudecimiento total.

—Querido Andresito, que alto estás —me dijo amorosamente la tía Sofía, al mismo tiempo que puso su mano en mi mejilla. Feliz día, sobrino.

—Hola primo —me saludó Sofía hija. No nos vemos desde la última vez que estuviste en el Cusco, se te extraña por allá, tienes que ir más seguido —me comentó al darme un beso en la mejilla.

—Hola primo Andrés —también me saludó Antonieta, pero con voz más de niña y me dio un beso en la otra mejilla.

Mis traicioneras piernas se negaban a sostenerme en pie, mi cabeza no paraba de darme vueltas en el mismo sitio, hasta que sentí un fuerte palmazo en la espalda que me hizo volver en mí. Era el flaco Delucchi que se acercó tan fresco como una lechuga.

—Oye egoísta —me susurró al oído. ¿No me vas a presentar a tus primas?, menuda sorpresa nos tenías zamarro, ya entiendo por qué no querías decir nada.

Mientras hacía las presentaciones de rigor, fueron llegando una tras otra las hijas de las amigas de mamá, las había de doce, de trece y hasta de catorce años, la edad de Sofía. Todas con sus impecables vestidos claros y con sus lazos en los cabellos, al igual que mis primas. Conocía a la mayoría de ellas debido a las veces que acompañé a mamá de visita a sus casas, pero a muchas no las veía hacía tiempo, estaban cambiadas, más altas, más señoritas, casi sin rastro de las niñas que conocí antes.

Conforme transcurría el tiempo y se iban venciendo las barreras de la timidez por ambos lados, las voces comenzaron a cambiar en el ambiente, poco a poco empezaron a predominar las agudas voces femeninas; lo mismo sucedió con las risas, las risas casi vulgares de los amigos, se vieron gradualmente opacadas por las finas risas de las casi señoritas. Varios de los amigos estaban medio hipnotizados o medio idiotizados con la presencia de las damiselas, no sabría distinguir la diferencia. Algunos se mantenían aparte en sus habituales círculos de amigos, pero otros sí se acercaron a las damas a entablar conversaciones que comenzaron siendo banales y luego pasaron a temas interesantes propios de la edad, entre ellos estaba yo mismo. De las actividades planeadas con anticipación no se acordó nadie, todos obviaron el campeonato cuadrangular de fútbol y el show con Marcelo, era evidente que nadie se quería mover de este singular e inesperado ambiente de cumpleaños.

Curiosamente la caballerosidad comenzó a aflorar espontáneamente, unos ofrecían bebidas a las damiselas, otros acercaban las fuentes con sándwiches o con dulces, haciendo todos derroche de galantería y del otro lado derroche de coquetería. El asunto fue que cuando papá comenzó a pasar la voz para romper la piñata, rápidamente se acercaron a la cola los varones que se mantenían en sus círculos aparte, pero de los galantes nada, ni caso, hasta que Sofía indicó: "La piñata, vamos que el tío Arístides nos está llamando para que participemos". Desde ese momento no faltó nadie en la cola de ese juego.

Cuando le correspondió el turno a Sofía, le pusieron la venda en los ojos y le dieron el bastón para golpear la piñata, comenzó a dar golpes en el aire buscando de darle al muñeco relleno de dulces, pero no acertó una. En ese momento, audazmente se le acercó el flaco Delucchi, tomó sus manos entre las suyas y comenzó a ayudarla a ser más certera, curiosamente los golpes fueron tan eficaces que la piñata empezó a romperse y a caer las golosinas y juguetes al jardín. Todos se abalanzaron a recoger la mayor cantidad posible de tanto premio, para sorpresa de todos en la avalancha de manos las niñas no se distinguieron de los niños y hasta repartieron cuanto codazo fuera necesario para abrirse paso. Papá agarró el muñeco y lo volteó para que terminaran de caer las golosinas que había en sus entrañas, lo que incrementó el griterío y la algarabía.

—Muchas gracias —le dijo Sofía al flaco Delucchi— con tu ayuda es primera vez que me tocó romper una piñata.

—De nada —respondió el flaco— para eso está este humilde servidor, al mismo tiempo que hacía una reverencia cruzando el brazo derecho hacia el lado izquierdo.

Sofía soltó una risa coqueta y en ese momento sentí que las mejillas me hervían de la cólera, eran los celos que me impulsaban a saltarle al cuello al flaco Delucchi y querer asesinarlo donde cayera. Pero mis instintos asesinos no pudieron hacerse realidad, porque todos los mayores que estaban dentro de la casa comenzaron a salir al jardín, conminados por mamá.

—La torta, la torta —repetía mamá a todos. Pasemos a cantar el Feliz Cumpleaños para que Andresito sople las velas de la torta.

Adultos y menores se agolparon alrededor de la mesa, mientras que papá, mamá, Alejandro y yo nos ubicamos al otro lado de la mesa, frente a la gran torta que había preparado mamá según mis indicaciones.

—Un momento, un momento, que falto yo —reclamaba el tío Antonio mientras se acercaba en su silla de ruedas dando vueltas con las manos a las ruedas. Le abrieron paso y se ubicó justo frente a nosotros. Me guiñó el ojo sonriendo.

Como era de esperarse, el flaco Delucchi se ubicó rápidamente al costado de Sofía sin parar de hacerse el gracioso y ella de reírse con sus ridículas ocurrencias. Todos los presentes comenzaron a cantar, pero yo no les quitaba los ojos de encima a ese par.

—Andrés, ¿no vas a soplar las velitas? —me preguntó mamá después que todos terminaron de cantar.

—¿Ah?, sí, sí, claro —respondí medio desconcertado.

De un solo soplido apagué todas las velitas sobre la torta y todos los presentes aplaudieron, mamá y papá me dieron un beso en la mejilla y Alejandro me abrazó con mucho cariño. Lo mismo hicieron los adultos. Luego los de la patota del barrio se fueron acercando de a uno para abrazarme, siguieron los del colegio, las damiselas invitadas y al final Sofía con el flaco Delucchi se acercaron entre risas a saludarme.

—Felicitaciones, querido primo —me saludó Sofía al momento que me daba un beso en la mejilla y ponía sus manos en mis hombros –qué bonita está tu fiesta.

—Felicitaciones, zamarro —me saludó Delucchi con un abrazo que sentí como el que dio Judas en la última cena.

Después de los saludos, ambos se alejaron entre risas. Para calmarme opté por dirigirme adentro de la casa.

Cuando estaba cruzando la sala, el abuelo Andrés me pasó la voz, había llegado hacía poco y quería darme un abrazo por mi cumpleaños. Me acerqué al sillón donde se había sentado y me abrazó con el cariño de siempre. Antes había dejado su plato con torta en la mesa auxiliar del costado de su sillón.

—Feliz cumpleaños querido nieto —me dijo con el tono solemne con el que siempre hablaba. Veo que ya estás hecho un hombrecito.

El abuelo me pidió que me siente frente a él para conversar un rato, para que le comente sobre el colegio y mis actividades. La abuela Maximiliana estaba entretenida conversando con otras señoras en el otro extremo de la sala. Mientras le comentaba sobre mis cosas y él me comentaba las suyas, especialmente sobre la marcha de la hacienda Tiquiña del Cusco, pude ver una manita conocida que salía detrás de la lámpara de la mesa auxiliar, cogió un poco de la crema chantilly que adornaba el pedazo de torta del abuelo y volvió a esconderse. Al momento, de nuevo volvió a estirarse esa manita y tomó otro poco de la crema. La operación se repitió hasta que no quedó ni rastro de la crema chantilly. Yo ya no sabía cómo contener la risa ante semejante audacia de Marcelo, más aun cuando el abuelo Andrés se volteó para tomar su plato de torta.

—¿Qué pasó? —se preguntaba mientras miraba desconcertado el pedazo de torta en su plato. ¿Dónde está la crema? Elizabeth —llamó a mamá intrigado— ¿esta torta no tenía crema chantilly encima?

—Así es, don Andrés —le respondió mamá. ¡Qué raro! Pero no se preocupe que le traigo otro plato con torta —le dijo al mismo tiempo que recogía el que tenía en su mano.

Antes de que estallara de risa le pedí permiso al abuelo Andrés para retirarme y me dirigí hacia la cocina, pero primeramente y, de manera sutil, me paré al costado de la mesa auxiliar dando la espalda a la sala, solapadamente tomé al bribón de Marcelo y salí raudo. Entré en la cocina, cerré la puerta y solté la carcajada contenida, ante la sorpresa y el desconcierto de Eulogia que andaba muy atareada. Abracé, sin dejar de reírme, al pequeño mono con su boca todavía manchada de crema chantilly, de pronto me di cuenta de que me había desaparecido la cólera por los lances del flaco Delucchi con Sofía y por la coqueta forma de ella de corresponderle. Finalmente, el resto del cumpleaños lo disfruté como nunca, debido especialmente a las nuevas flores que esa tarde adornaban el jardín.

Cuando era casi de noche y ya habíamos despedido a todos los invitados, el tío Antonio me llamó con la mano desde su silla de ruedas.

—¿Interesante este cumpleaños como te dije? —me preguntó con su sonrisa pícara.

Mi sonrisa y el brillo de mis ojos fueron suficiente respuesta.

—A ver sobrino, quiero saber hincha de qué equipo de fútbol eres —me preguntó.

—De la "U", del Universitario de Deportes —le respondí un tanto intrigado.

—¿Alguna vez has visto un partido de la "U" en el estadio? —volvió a preguntarme.

—No, solamente los escucho por la radio cuando le toca jugar, porque papá siempre nos dijo que no teníamos edad para ir al estadio —le respondí más intrigado aun. No sabía a dónde quería llegar.

—¿Te gustaría ir al estadio a ver un partido de la "U" en vivo? —me preguntó esta vez con una amplia sonrisa en los labios.

—¡Claro que sí! —exclamé. ¡Por fin podré conocer en persona al gran Lolo Fernández!

Dicho esto, el tío Antonio me entregó tres entradas del Estadio Nacional para el partido de la "U" de mañana domingo.

—¡Papá!, ¡papá! —exclamé mientras me acercaba a donde mi padre.

—¡Mira, el tío Antonio me ha regalado tres entradas para ir mañana al estadio contigo y mi hermano a ver jugar a la "U" —le dije lleno de alborozo.

—Pero Antonio, los chicos son muy pequeños para ir al estadio —le comentó papá al tío Antonio cuando volteó a mirarlo.

—Ay, Arístides, no exageres, ya están bastante grandecitos —le respondió el tío Antonio. Además van a ir contigo y para eso estás, para que los cuides. Aprovecha de disfrutar el partido con tus hijos, lástima que no podré acompañarlos, pero vayan ustedes —concluyó.

Para esto, Alejandro, quien había escuchado toda la perorata del estadio, se puso a mi costado para convencer a papá en conjunto.

—Está bien, está bien —dijo papá un tanto resignado— pero eso sí, a la primera desobediencia de uno de ustedes, nos regresamos inmediatamente a la casa.

Al instante nos abalanzamos sobre él para abrazarlo y saltar al mismo tiempo. Luego hicimos lo propio con el tío Antonio, hasta que casi se va de espaldas con silla de ruedas y todo.

A la mañana siguiente, en el desayuno, mamá puso en la mesa casi todos los sándwiches y dulces que habían sobrado del cumpleaños, por lo que nos dimos un gran festín. Como de costumbre, papá se levantó un momento para prender la radio y escuchar las noticias de la mañana de Radio Nacional. Cuando estábamos por acabar el desayuno, en la radio pasaron el segmento de deportes. El locutor anunció que por la tarde era el partido de la "U" con el Sporting Tabaco, por una fecha más del Campeonato Amateur del fútbol peruano. De pronto, el locutor anunció que iban a entrevistar al nuevo arquero del equipo rival de la "U", un español recién contratado llamado Iñigo Gonzáles. Luego de preguntarle sobre sus antecedentes y experiencia futbolística, las preguntas fueron las que todos esperábamos para un arquero que tenía que enfrentar a la "U".

—Dígame, don Iñigo —preguntó el locutor— ¿teme usted a la poderosa delantera de la "U", con quien se enfrentará esta tarde?

—En mi carrera he tenido que enfrentar a delanteras feroces —respondió el arquero. No veo qué tenga ésta de diferente.

—¿No le amedrenta tener que hacerle frente a Lolo "el Cañonero" Fernández? —volvió a preguntar el locutor.

—Ah, el Lolo ese —comentó el arquero queriendo mostrar indiferencia. Ya me han "hablao" que rompe las redes de los arcos, pero eso me tiene sin cuidado, confío en que mis atajadas le cerrarán el paso.

—Buena suerte esta tarde —le respondió el locutor al arquero y concluyó la entrevista.

Papá estaba parado al costado de la radio, con la mano apoyada en el repostero. De pronto comenzó a menear la cabeza hacia los lados, mirando hacia el suelo.

—Lolo va a hacer que se trague sus palabras — comentó en voz alta pensando para sí.

Después del desayuno, Alejandro y yo subimos a la azotea llevándole la comida a Marcelo. Mientras Alejandro le colocaba la comida le iba contando que en la tarde iríamos al Estadio Nacional a ver un partido de la "U", recalcando que sería la primera vez que estaríamos en un estadio. Por supuesto que Marcelo no entendía ni jota. Por mi lado, yo no paraba de reírme a mis adentros, recordando la cara de Marcelo impregnada de crema chantilly. Si el abuelo Andrés tan solo hubiera sospechado que fue Marcelo quien se comió la crema de su pedazo de torta, lo hubiera perseguido por toda la casa con su bastón, lanzándole todas las maldiciones posibles. Seguramente muchas de ellas en quechua, el idioma con el que solía hablar en la hacienda con todos los trabajadores cusqueños. Felizmente que mamá tampoco se enteró de esta última travesura de Marcelo, de lo contrario lo hubiera encerrado castigado mínimo una semana entera, tal vez pensó que lo de la crema fue una senilidad del abuelo, mejor que quede todo así. Este será otro secreto más entre este pequeño primate y yo.

Estando en el auto de papá dirigiéndonos al Estadio Nacional, Alejandro y yo estábamos embargados de emoción, tanto que teníamos un poco de nervios, más aun cuando papá comenzó a darnos una serie de recomendaciones.

—En todo momento los quiero pegados a mí — nos comentó seriamente. Por nada del mundo se me separen, en caso eso sucediera producto de un tumulto de gente o algo parecido, se acercan al Guardia Civil más cercano y no se mueven de su lado, así yo sabré dónde buscarlos. Nada de pánico, nada de dejarse llevar por otras personas, por favor no confíen en nadie, si hacen lo que les digo no les sucederá absolutamente nada.

Cuando llegamos al estadio, papá estacionó el auto en una calle contigua, desde ahí caminamos al escenario deportivo. Entramos por la zona de occidente, que era donde estaban ubicados nuestros asientos, caminamos por los corredores y luego de subir unas gradas salimos a las tribunas. Por primera vez vimos en directo una cancha de fútbol de esa magnitud, totalmente verde con un gramado cortado perfectamente y las líneas rectas marcadas con cal. De todos lados nos llegaba el bullicio del público. Entre el bullicio se podía distinguir los cánticos de los hinchas coreando a sus equipos en barras improvisadas. Definitivamente esta emoción no se podía sospechar siquiera cuando uno escuchaba los partidos de fútbol por radio o veía los extractos de los partidos en los noticiarios de los cines antes de las matinales. Esto era sentir en vivo la emoción del fútbol, como bien lo precisó el tío Antonio. Cómo nos hubiera gustado que nos acompañara en esta primera gran experiencia de nuestras vidas, con mayor razón si gracias a él estábamos aquí.

Papá comenzó a buscar nuestros asientos numerados, las maderas de las tribunas crujían a nuestro paso, hasta que llegamos a nuestra posición. La ubicación era perfecta, estábamos al medio de la tribuna de occidente, poco más arriba de los palcos oficiales, ¡qué buen ojo del tío Antonio para escoger estos lugares!

Antes de comenzar el partido, los vendedores se paseaban de un lado a otro coreando los nombres de los productos que vendían, se podía detectar su acercamiento porque sus pasos se delataban con el crujir de las maderas. Papá nos preguntó qué nos provocaba, haciéndonos saber que era el momento de comprar, porque durante el partido no nos iba a comprar absolutamente nada, por lo menos hasta el medio tiempo. Los dos escogimos melcochas y de tomar una Pasteurina, él se compró el maní confitado que tanto le gustaba y una Inka Cola.

—Ojalá que la "U" vuelva a campeonar este año —nos comentó— espero que el cambio de técnico no sea impedimento para volver a salir campeones como el año pasado.

—¿Quién está de técnico este año? —le preguntó Alejandro que no estaba al tanto del mundo futbolístico.

—El técnico ahora es Arturo Fernández —le respondió. Hasta el año pasado él era uno de los jugadores del equipo que salió campeón y el técnico de la "U" era Jack Greenwell. Ese gringo aparte de hacer campeonar a la "U", también hizo campeonar a la Selección Peruana en el Campeonato Sudamericano jugado aquí en Lima el año pasado, fue técnico campeón por partida doble.

—¿Ese Arturo es pariente de Lolo? —continuó preguntando mi hermano.

—¡Claro que sí! —exclamó papá. Es su hermano mayor, él lo llevó y lo presentó al club. Lolo está en la "U" gracias a Arturo, por supuesto que el resto de su carrera es por su propio mérito.

—Estoy seguro que si Lolo logra hacer quince goles en el campeonato de este año, vuelve a ser el goleador absoluto, como lo fue el año pasado con ese mismo número de goles —siguió comentando papá, dándonos una cátedra de fútbol.

—Lo que sí, este campeonato de 1940 está siendo muy duro para la "U" —nos explicó papá. El equipo del Deportivo Municipal está haciendo una excelente campaña y tiene excelentes jugadores, como ese Tito Drago. Si siguen con esa viada es bastante probable que se lleven el título. Faltan pocas fechas para saber quién será el campeón.

De un momento a otro apareció la banda de música de la Guardia Civil, tocando y marchando al mismo tiempo se dirigió al centro de la cancha de fútbol y comenzó con una seguidilla de valses, tonderos, zamacuecas y marineras. En la tribuna norte se armó la jarana, varias parejas sacaron pañuelos y comenzaron a bailar sobre los tablones de madera, parecían equilibristas además de bailarines, porque había que tener mucho equilibrio para hacer los pasos de baile sobre esos tablones. Los espectadores cercanos aplaudían al son de la música y otros taconeaban sobre los tablones al mismo ritmo, especialmente los grupos de morenos que se notaba que eran de La Victoria, típicos por su alegría y su ritmo. Sin querer nosotros también taconeábamos los tablones de nuestro sitio, queriendo seguir ese ritmo prodigioso para sumergirnos en esa atmósfera mágica que se apoderó del estadio.

Tan pronto como llegó, la banda se retiró bajo los estruendosos aplausos de todo el público agradecido.

En poco rato de la algarabía musical pasamos casi instantáneamente a la algarabía futbolística, cuando los dos equipos salieron al mismo tiempo a la cancha de juego. A los del Sporting Tabaco ni los miramos siquiera. Estábamos absortos mirando a los jugadores de la "U" con sus camisetas y pantalonetas color crema, medias negras y el escudo rojo en el lado derecho del pecho: Una "U" encerrada en un círculo. Papá nos iba describiendo a los jugadores que salían al campo: Antonio Alegre, Alfredo Biffi, Orestes Jordán, Eduardo Martins, Olmedo Quiñónez, el gran Teodoro "Lolo" Fernández, Antonio Villavicencio, hasta ahí todos ellos campeones del '39. Los equipos se dirigieron al centro de campo y saludaron a las tribunas con los brazos en alto. Por los estribillos y coros que inundaban el estadio, era evidente que la gran mayoría eran hinchas de la "U", no cabía ninguna duda.

—Papá, mira, ahí está el arquero español que entrevistaron en la mañana por la radio — comentó Alejandro señalando al portero del Sporting Tabaco.

—Pobre muchacho —atinó a decir papá. Su poca humildad no le hace aceptar o ver a lo que se enfrenta.

Cuando los dos equipos se ubicaron en sus respectivas canchas después del sorteo del árbitro y éste se ubicó en el círculo central, en todo el estadio se hizo un silencio sepulcral, sólo un instante, hasta que se escuchó el fuerte y prolongado silbato del árbitro dando inicio al juego. Lo que siguió después, durante los noventa minutos de juego, quedaría grabado en nuestras retinas y en nuestros cerebros para siempre. El primer gol de la "U" llegó a los treinta minutos del primer tiempo, cuando Orestes Jordán le habilita un soberbio pase a Lolo y éste coloca la pelota en el ángulo superior izquierdo del arco contrario. La pelota atravesó las redes como un cuchillo atraviesa la mantequilla. El portero Iñigo Gonzáles y nosotros mismos vimos por primera vez y con nuestros propios ojos lo que siempre sabíamos de oídas: Lolo rompía las redes de los arcos casi todas las tardes que jugaba, con sus memorables "zapatazos", como calificaba la hinchada a sus potentes patadas. Los expertos tejedores salieron de la nada a coser la red en casi un santiamén, con Lolo seguro que se habían vuelto expertos en su oficio.

En el inicio del segundo tiempo, el estadio retumbaba por la algarabía de todos los asistentes, nosotros nos volvimos a pertrechar con melcochas y Pasteurinas, papá con su maní confitado y su Inka Cola. Por esos descuidos o descoordinaciones momentáneas, la "U" se dejó empatar a los diez minutos, la silbatina fue general y los insultos al árbitro llovían por doquier, pero la sentencia ya estaba dictada, con un potente silbato el hombre de negro señaló el círculo central. Tal vez ese gol inesperado desconcentró y descolocó a nuestro equipo, porque en el minuto veinticinco vino el segundo gol del Sporting Tabaco. Esta vez los minutos se sucedieron en una tensión creciente, casi todo el estadio no podía creer que su equipo merengue estuviera perdiendo. De pronto, Quiñónez hace una jugada audaz dentro del área rival y penetra directamente al arco. Al momento de patear un jugador contrario lo bloquea desde atrás haciéndolo caer. Todo el estadio se paró emitiendo una fuerte exclamación de asombro y cuando el árbitro hizo sonar el silbato señalando el pequeño círculo de penal, el estadio pareció venirse abajo. Nunca escuché que a alguien se le maldijera y luego se le santificara en tan corto tiempo, menuda profesión ésta la de los árbitros.

Como era de esperarse, el penal lo patearía Lolo Fernández, quién más. Los dos equipos se ubicaron a los costados, Lolo acomodó la bola en el punto indicado y comenzó a retroceder, en ese instante el portero español y varios jugadores del Sporting Tabaco se persignaron, nunca sabremos si lo hicieron por su portero o porque pidieron a Dios que se desviara el balón, o tal vez por ambos casos. Cuando sonó el silbato, Lolo corrió pausadamente hacia el balón y lo pateó con tal fuerza que el golpe retumbó en todo el estadio. La pelota marcó su trayectoria directamente hacia el cuerpo del arquero, atravesó sus brazos que inútilmente quisieron contenerla y lo golpeó en el estómago, entrando en el arco con arquero y todo. Todo el estadio se puso de pie de alegría y los hinchas, y nosotros, saltábamos en nuestro lugar haciendo traquetear las maderas al unísono. Pero poco a poco el ruido fue cesando cuando se iban percatando que el arquero rival seguía tendido de espaldas dentro del arco, sin moverse, todos comenzaron a pensar en lo peor. Luego que los camilleros lo sacaron a un costado del campo y el buen Iñigo comenzó a reaccionar, se escuchó un suspiro general. En ese momento Lolo se le acercó y le palmoteó la espalda. Cuando vio que se estaba recuperando volvió a la cancha, entre los aplausos en general que reconocían su nobleza característica.

De todas maneras el partido concluyó a los pocos minutos con el arquero suplente, el resultado fue un empate que, según nos explicó papá, no favorecía a la "U" en la tabla de posiciones del campeonato, en cambio si favorecía al Deportivo Municipal, que de esta manera seguía asegurando la punta de la tabla.

A la salida del estadio y en camino al auto, nos topamos con una carretilla que vendía las camisetas de la "U" de todas las tallas.

—Papá, por favor, cómpranos una —suplicamos mi hermano y yo al mismo tiempo—fíjate que hay de nuestra talla.

—Bueno, bueno —respondió papá mientras sacaba la billetera —escojan la que les quede.

Saltando de alegría, al mejor estilo de Marcelo, nos acercamos a escoger nuestras camisetas cremas. Después de un par de probadas encontramos la que mejor nos quedaba. Por supuesto que, inmediatamente, nos la pusimos encima de las camisas que llevábamos puestas. Cuando nos estábamos retirando, Alejandro se fijó que en el centro de la carretilla habían unos muñecos de plástico vestidos con el uniforme de la "U", se le abrieron los ojos cuando calculó que las pequeñas camisetas eran de la talla de Marcelo, pero inteligentemente no se lo hizo saber a nadie. Preguntó por el precio y la señora dueña de la carretilla, tomó uno de esos muñecos y se lo entregó a Alejandro.

—Este te lo puedes llevar de "yapa" por la compra de las dos camisetas —le dijo con una amplia y amable sonrisa.

Papá le agradeció a la señora por su inmensa amabilidad, lo mismo hicimos Alejandro y yo. Luego nuestro progenitor nos puso sus manos en el hombro de cada uno y así abrazados caminamos hasta el auto, dejando atrás el enorme Estadio Nacional, escenario de una de las tardes más inolvidables de nuestras vidas.

Durante el trayecto, papá nos comentó una de las anécdotas más características de Teodoro "Lolo" Fernández, en la cual se refleja no solamente la integridad del deportista sino también de la persona.

—Hace unos años —comenzó a explicarnos— Lolo fue pretendido por otros clubes de diferentes países, uno de ellos fue el Colo Colo de Chile. Su presidente de entonces, Arturo Crenovic, le ofreció un cheque en blanco para que Lolo pusiera la cifra, porque quería tenerlo en su equipo a como diera lugar, esa era la talla internacional de nuestro querido jugador.

—¿Y Lolo aceptó? —preguntó Alejandro.

—No lo aceptó —respondió papá. Creo que tampoco aceptó una oferta similar del Banfield de Argentina. Ese es el mejor ejemplo de la integridad de una persona sin importar a qué se dedique. Hasta el momento Lolo solamente ha vestido la camiseta de la "U" y seguramente lo seguirá haciendo hasta que se retire.

Sin pensarlo, Alejandro y yo bajamos la mirada para volver a mirar la camiseta crema que llevábamos puesta, seguramente nunca antes sentimos tanto orgullo de llevar una prenda.

Al llegar a la casa, Alejandro salió raudo del auto y corrió de frente hacia la azotea. Por mi lado corrí a la habitación del tío Antonio para contarle todas las incidencias del partido y las emocionantes anécdotas que nos tocó vivir, mostrando orgulloso desde todos los ángulos la camiseta crema que llevaba puesta. Al momento se acercaron papá y mamá para escuchar mis emocionados relatos. Estando todos reunidos en la habitación del convaleciente tío, Alejandro se apareció de repente con Marcelo en los brazos: ¡El pequeño mono también tenía puesta la camiseta de la "U"! y miraba a todos lados haciendo sus muecas de costumbre, seguro que no tenía idea de lo que pasaba, más aun cuando todos arrancamos con las carcajadas.

Sin percatarnos, el tío Antonio había sacado de su maletín su cámara de fotos alemana Woilander, que lo acompañaba siempre en todos sus viajes.

—A ver muchachos, pónganse contra la pared, con Marcelo al medio —nos indicó con cámara en mano.

Obedientes nos pusimos los tres orgullosos con nuestras camisetas de la "U" y el tío apretó el obturador de la cámara un par de veces. Luego indicó a papá y a mamá que se colocaran a nuestros costados para tomar un par de fotos más. Finalmente, el tío colocó la cámara sobre la cómoda frente a su cama y todos nos pusimos a su alrededor, posando para la foto que se tomó en automático.

Para una tarde inolvidable, fotos memorables, y Marcelo no podía faltar en ellas.

CAPITULO IX

DE BARCOS Y TOROS

El primer domingo de diciembre, durante el desayuno, papá nos hizo un anuncio inesperado para todos, incluida mamá.

—He recibido un telegrama del abuelo Andrés y nos pide que vayamos a pasar las navidades al Cusco —nos comentó sin ocultar su alegría—. ¿Qué piensan todos?, continuó, ¿les gusta la idea?

Mamá, Alejandro y yo nos miramos en silencio. Las diferentes emociones se reflejaban en cada rostro. Mamá estaba ensimismada, seguramente pensaba en la organización de la casa y en cómo haría para dejarla sola varios días, tal vez Eulogia se animaría a cuidar la casa, ya que a ella le tocaban sus vacaciones todavía dentro de dos meses y es de su total confianza. Alejandro tenía un brillo especial en los ojos, el cual delataba su gran entusiasmo por la noticia. Por mi lado, mi entusiasmo no era nada diferente al de Alejandro. A ambos siempre nos encantaba la idea de visitar a los parientes en Cusco ciudad y pasar varios días en la hacienda Tiquiña del abuelo, ubicada a unos 104 Km. al sur del Cusco, poco antes de llegar a Sicuani. La vida de campo de la hacienda era como estar en el paraíso para niños como nosotros, acostumbrados a la vida citadina de Lima.

—La idea sería viajar con Eulogia, —nos siguió explicando papá, —para que visite a sus parientes cusqueños, porque deben haber pasado casi tres años que no los ve.

Mamá abrió los ojos de repente, lo último dicho por papá no encajaba en sus silenciosos planes.

—¿Eulogia también? —preguntó mamá un tanto incrédula, pero sin querer delatar sus cavilaciones previas—. Los chicos ya están grandes y yo ya no necesitaría de su ayuda como antes.

—De acuerdo, mujer —respondió papá—, pero con el trabajo abnegado que ella tiene en esta casa, creo que se merece también unas pequeñas vacaciones anticipadas en su propia tierra, últimamente sus vacaciones las ha pasado solamente en Lima. Además he averiguado con tu hermano Elio y me comentó que el pasaje en barco para ella nos sale prácticamente gratis al comprar todos los nuestros.

—Entonces averigua con tus amigos de la Peruvian Corporation si el mismo caso puede darse con el pasaje de tren de Mollendo al Cusco y viceversa —respondió mamá aceptando la idea de viajar con Eulogia.

—Lo más probable es que sí se pueda. En otras oportunidades me han dado ese tipo de facilidades, de todas maneras los llamaré mañana lunes desde la oficina —contestó papá.

—En cuanto a la casa —prosiguió papá— hablemos con ella porque seguramente su primo Anastasio, que vive aquí en Lima, puede hacernos el favor de venir a cuidarnos la casa los días que estemos fuera y le pagaríamos por ello.

Mamá tuvo un gesto de alivio cuando escuchó que papá ya había pensado antes que ella sobre la manera de cuidar la casa durante nuestro viaje al Cusco.

—En ese caso —le respondió mamá— estoy de acuerdo contigo en que Eulogia venga con nosotros—. ¡Se va a poner muy feliz! Sería bueno que hoy en la noche, cuando regrese de su salida dominguera, tú mismo le des la noticia.

Mamá no se equivocó. Eulogia no pudo contener la emoción y entre lágrimas agradeció a papá repetidas veces que hubiera pensado en ella y que se hubiese preocupado en facilitarle los pasajes de ida y vuelta en barco y en tren hasta el Cusco, porque para ella era todo un presupuesto hacerlo por su cuenta; por eso sus últimas vacaciones las había pasado en Lima.

—A ver muchachos, —se dirigió papá hacia nosotros— quisiera saber cuál será su último día de colegio para poder comprar los pasajes.

—Justo el viernes nuestro director Mister Reanick nos entregó una circular para ustedes —comenté en tono de culpa—, pero me olvidé de entregárselas.

—Ay Andrés —me dijo papá mientras abría el sobre— parece que la cabeza sólo la tienes de adorno sobre los hombros.

—Aquí dice que el último día de clases es el viernes 13 de diciembre y que la entrega de notas será el lunes 16 —nos indicó papá—. Entonces sacaré los pasajes del barco para salir el martes 17 por la noche rumbo a Mollendo, así podremos llegar a tiempo a pasar las navidades con los abuelos.

—¿Podremos llevar a Marcelo? —preguntó Alejandro un tanto tímido.

—Pero, hijo —respondió mamá—, dale un poco de respiro al pobre mono. Además puede ser que la altura del Cusco le haga mal.

—¿Y si se muere de pena por no estar nosotros? —fue la contestación de Alejandro.

—Está bien, está bien —intervino papá de sólo imaginarse la tremenda tragedia que eso significaría para la familia—. ¡Lo llevaremos!

Alejandro fue el que saltó primero, luego seguí yo de forma instintiva. Ambos corrimos a abrazar a papá por tan inesperada y excelente decisión. Demás está decir que estábamos abrumados de felicidad de poder hacer este viaje con nuestra mascota.

—A mí siempre me toca ser la mala de la película —intervino mamá—, pero les advierto que ustedes serán los absolutamente responsables de su alimentación y de su aseo durante todo el viaje. Ni Eulogia ni yo nos vamos a preocupar de Marcelo.

Al día siguiente, después de salir del colegio fuimos con papá donde don Ramiro, el otro carpintero que conocemos de muchos años, para encargarle que le hiciera una jaula especial a Marcelo para el viaje. Papá le dio las indicaciones de que sea de tamaño mediano, ligera, fácil de transportar como si fuera una maleta, con una asa en la parte superior para poder cargarla como tal. En los costados debería tener un listón de madera pegado al suelo y el resto forrado con una malla de metal. A ambos extremos, a una altura media, colocaría por dentro dos recipientes de metal, una para los alimentos y el otro para el agua, que sean fácilmente removibles, de tal manera que permitan limpiarlos constantemente. En el suelo de madera pondríamos como siempre periódicos para sus necesidades, los que tendríamos que cambiar permanentemente para que la jaula se mantenga siempre limpia en la medida de lo posible.

Como siempre don Ramiro cumplió al pie de la letra todas las indicaciones y nos entregó la flamante jaula en la fecha prevista, hasta la pintó con barniz marino, según él, para cuando hagamos la travesía por mar desde el Callao hasta Mollendo y luego en sentido contrario.

El día de la entrega de notas, todos los alumnos fueron con sus padres para que les entreguen las libretas. De un lado al otro pasaban alumnos con todo tipo de expresiones: los alegres que habían pasado de año limpios; los no tan limpios que pasaron de año, pero debían llevar uno o más cursos en la vacacional del verano por haberlos desaprobado, lo que significaba que prácticamente se quedaban sin vacaciones; los "chancones" pasaban mostrando sus excelentes notas, sosteniendo la libreta en el pecho; los "jalados" de año pasaban con la cara sombría, gris y cadavérica, con sus padres al lado con cara de furiosos y decepcionados al mismo tiempo. Esos seguro que el próximo año se cambiaban de colegio. Mientras mis padres estaban en el salón de Alejandro recogiendo su libreta, se me acercó el flaco Delucchi, alegre y saltarín como siempre.

—Me dicen que vas al Cusco a pasar las fiestas navideñas —me comentó.

—Así es —le respondí.

—Entonces te pido un gran favor —me dijo demostrando un poco de timidez—. Quisiera que le lleves esta carta a tu prima Sofía y este peluche que ya está envuelto en papel de regalo.

—Claro que sí, mi querido amigo —le respondí sonriendo y palmoteándole la espalda—. Parece que te estás enamorando o ¿no?

—Bueno, bueno, algo así —me respondió sonrojado—. Lo que pasa es que el correo al Cusco demora una eternidad y pensé que sería mejor que tú le llevaras mi carta y mi regalo, así le llega más rápido y directo.

—No te preocupes que así lo haré —le dije—. Será la primera vez que haga de correo de amor, ja, ja, ja.

El pobre flaco se puso más rojo con mi broma, por lo que le pasé el brazo por los hombros para que se relaje y luego terminamos riendo juntos.

Como lo había previsto papá, al atardecer del martes 17 de diciembre tomamos el taxi que nos llevó al muelle del Terminal Marítimo del puerto del Callao. Cuando llegamos vimos el imponente vapor "Urubamba" de la Compañía Peruana de Vapores acoderado en el muelle, con todas sus luces prendidas. En nuestro anterior viaje al Cusco viajamos en el vapor "Mantaro"; por primera vez lo haríamos en el "Urubamba", barco de dos mil doscientas cincuenta toneladas de registro bruto, con capacidad para doscientos cincuenta pasajeros, que contaba con telegrafía inalámbrica. Para suerte nuestra, el tío Elio, hermano de mamá y médico de la compañía naviera, viajaría con nosotros tanto a la ida como a la vuelta. Seguramente él mismo arregló su servicio de esa manera para coincidir con nosotros en ambas travesías.

—Bienvenida familia, bienvenidos a bordo —nos recibió muy sonriente el tío Elio al pie de la escala de pasajeros por la que abordamos hasta la cubierta principal del barco.

Luego de los saludos y abrazos de rigor nos presentó al Capitán Manuel Torrico, un hombre mayor muy afable y cortés, quien también nos dio la bienvenida a bordo, con el típico saludo de los uniformados rozando la visera de su gorra con su mano derecha extendida. Varios marineros cargaron nuestro equipaje, incluyendo a Marcelo que guardaba un prudente silencio, y nos acompañaron a nuestros camarotes, conjuntamente con el tío Elio, que caminaba por la cubierta conversando animadamente con papá y mamá. Nos tocaron tres camarotes a estribor, en la primera cubierta de pasajeros. Como eran de dos camas cada uno, en uno estarían papá y mamá, en el siguiente Alejandro y yo, y en el tercero estarían Eulogia y Marcelo. El tío Elio hizo un pequeño giro y se dirigió a nosotros.

—Mis queridos sobrinos —nos dijo de cuclillas y poniendo sus manos en los hombros de cada uno—, lo normal es que las mascotas viajen en un compartimiento especial que tenemos en el barco para ellas, pero con un permiso especial me han autorizado a que viaje en uno de los camarotes que tienen asignados. Esto no lo debe saber el resto de los pasajeros porque sino comienzan las protestas y reclamos por las preferencias.

—Escucharon bien al tío —nos advirtió mamá—. Si a este pequeño bribón lo sacan del camarote o se escapa, o lo que fuera, terminará confinado en el compartimiento de mascotas. ¿Es así Elio?

—Así es —respondió el tío—. En ese caso de nada servirán mis influencias, el capitán es muy estricto con los que infringen las reglas, pero como ustedes van a cuidar muy bien a su mascota no tendremos de qué preocuparnos.

Una vez que estuvimos instalados, al poco rato comenzaron a sonar los pitos y sirenas del barco señalando el zarpe con destino a Mollendo, pero haciendo cabotaje en los puertos de Cerro Azul, Tambo de Mora, Pisco y Chala. Esos fuertes sonidos rompieron el silencio de la noche en el puerto, y, no sé por qué, en ese momento presentí una travesía un tanto azarosa para el pequeño primate. Y no me equivoqué.

Al día siguiente, como a media mañana, cuando estábamos arribando al puerto de Cerro Azul y después de nuestro recorrido por los angostos pasillos del barco, vimos a un tripulante entrado en años por las canas, apoyado fumando un puro en las barandas de proa de la cubierta principal. Tenía una mirada calma fijada en la franja de tierra de la costa. Vestía un mameluco azul oscuro y tenía amarrado un pañuelo amarillo al cuello. La primera impresión que daba era la de un experimentado hombre de mar, no como los jóvenes grumetes que a diario, desde la madrugada, "tiran pichana" baldeando descalzos todas las cubiertas del barco, con el pantalón arremangado hasta la rodilla, antes de que los pasajeros terminen el desayuno y salgan a tomar el fresco aire marino.

—Muchachos, buenos días —nos saludó muy afable y sonriente.

—Buenos días —respondimos al unísono.

—¿Es primera vez que viajan en el "Urubamba"? —nos preguntó.

—Así es —le respondí educadamente—. Anteriormente hemos viajado dos veces en el "Mantaro", por lo menos las veces que recordamos porque éramos muy pequeños. Nuestros padres siempre procuran coincidir con tío Elio.

—¿Ustedes son sobrinos del Dr. Elio? —nos volvió a preguntar un tanto sorprendido—. Qué honor conocerlos y saber que son sobrinos de un hombre tan bueno y respetable. Toda la tripulación le tiene mucho aprecio a su tío, comenzando por el Capitán Torrico.

Sin querer ni pensarlo, entablamos una animada conversación con el señor Donato Cáceres, el experimentado marino chalaco. Nos comentó que él ingresó a la Compañía Peruana de Vapores siendo muy joven, su carrera la comenzó desde 1917 y ha trabajado no solamente en el "Urubamba" sino también en el "Huallaga" y en el "Mantaro". Ahora es el Jefe de Máquinas del "Urubamba" y el responsable de que los dos motores a vapor del barco se encuentren operativos y que se mantenga la velocidad promedio de 10 a 12 nudos. Nos explicaba que esa era la ventaja de este barco, construido en 1911, es decir, tener dos motores operando en simultáneo, porque si uno fallaba, el otro seguía funcionando y no había necesidad de parar inmediatamente. El barco solamente pierde velocidad mientras los mecánicos reparan el motor averiado, hasta que vuelve a recuperar la velocidad promedio una vez terminada la reparación. Antes de volver al trabajo nos explicó cómo el barco se autoabastecía prácticamente de todo y era autónomo. Nos hizo un recorrido mostrándonos la cocina, las despensas, los talleres, los comedores, el consultorio médico, donde trabaja el tío Elio, la oficina de telégrafos y de radio, la zona de recreo y reposo. Parecía una ciudad, pero flotante.

—Este barco tiene sus propias historias —nos comentó antes de despedirse—. ¿Les gustaría conocer alguna de ellas? —nos preguntó.

—¡Claro que sí! —le respondimos—. Nos encantaría, porque estos viajes largos son un tanto aburridos.

—Si les parece, nos encontramos mañana a la misma hora —nos sugirió.

—¿Dónde? —le pregunté.

—En el mismo lugar donde nos conocimos —contestó—. En la cubierta principal de proa.

Luego del almuerzo, mamá nos dijo que Marcelo se estaba quedando sin comida. La que habíamos traído de la casa prácticamente se estaba acabando, por eso nos pidió que buscáramos al tío Elio, para que nos guiara a la cocina a pedir un poco de fruta para el pequeño primate. Encontramos al tío en su consultorio, estaba con una paciente. Tuvimos que esperar a que la atendiera, mientras nos reíamos discretamente porque la dama estaba medio pálida del mareo y tenía que andar todo el tiempo con un pequeño balde, para cuando le venían las náuseas. Cuando se desocupó, el tío Elio nos condujo hasta la cocina y nos presentó a don Pancho, el Jefe de Cocina, una persona robusta, con grandes bigotes tipo francés, de ojos alegres y sonrisa permanente, pero con una carcajada estentórea que hacía competencia al mismo Neptuno.

—¿Ustedes no son los muchachos que estuvieron por aquí en la mañana con el Donato? —nos preguntó con acento que denotaba su origen arequipeño.

—Sí, somos nosotros —le respondí.

—Entonces tienen doble motivo para tener la cocina a su disposición —nos dijo con voz de autoridad—. Ser sobrinos del Dr. Elio y amigos de Donato me basta y me sobra.

Cuando nos dirigíamos al camarote de Marcelo, con la canasta de frutas regalada por don Pancho, el tío Elio nos miraba con cara de sorpresa.

—¿De dónde conocen ustedes al Jefe de Máquinas? —nos preguntó el tío Elio intrigado.

—Lo conocimos esta mañana cuando Alejandro y yo hacíamos un paseo por el barco —le respondí dando inicio a toda la historia.

—En ese caso, se sacaron la lotería —nos explicó el tío—. Aparte de ser una buena persona es un excelente narrador de historias. Además, él es una historia viviente de este barco, la mayor parte de su carrera la ha hecho aquí en el "Urubamba", estamos hablando de más de veinte años.

Al entrar en el camarote de Eulogia, la encontramos sentada en la cama con cara de preocupada. Nos recibió las frutas y luego nos explicó que Marcelo estaba desesperado por estar encerrado. Ya llevaba casi veinticuatro horas sin salir del camarote.

—No puede estar en la jaula mucho tiempo porque comienza a chillar —nos explicó

Eulogia— y yo me muero de pánico que lo vayan a escuchar los pasajeros que caminan por los corredores, por eso le tengo que hacer jugar y entretenerlo como sea, hasta lo cargo para que vea hacia afuera por esa ventanita redonda.

—Se llama ojo de buey —le expliqué.

—¿Acaso aquí traen bueyes? —me preguntó Eulogia intrigada por mi explicación.

—Nooo, esa ventanita redonda se llama o le dicen así en todos los barcos —le respondí tratando de comprender su ignorancia en temas marineros.

—Ah bueno, ahora entiendo —me dijo—. Este animalito solamente se calma cuando mira por el ojo ese.

Después de la cena nos dirigimos a nuestro camarote. Papá y mamá se fueron con el tío Elio a la sala de juegos porque había un campeonato de póker, pero antes acompañamos a Eulogia al suyo para despedirnos de Marcelo. Cuando entramos el mono había puesto todo patas arriba: las camas estaban todas desarregladas, la ropa de Eulogia colgaba hasta de la lámpara de luz, en resumen todo era un caos. Eulogia inmediatamente lo metió en la jaula y lo reprendió en voz baja, le dijo que de castigo iba a dormir encerrado toda la noche en su jaula. Alejandro y yo nos miramos preocupados y un tanto acongojados por el castigo, pero sabíamos que no podíamos intervenir o interceder por nuestra mascota, por lo menos no con Eulogia, la máxima autoridad en la familia después de papá y mamá, y toda una institución en nuestra familia materna, desde que muy niña ingresó a trabajar en ella, como lo hizo su madre y su abuela por generaciones.

Durante la noche soñé con pulpos gigantes atrapando barcos, con sirenas que cantaban seductoramente sobre las olas, con monstruos marinos que perseguían a los barcos, con piratas entablando batallas por su botín, con submarinos fantásticos y con todo cuanto mi imaginación me permitiera, alimentada por los libros de Julio Verne, Emilio Salgari y otros que leíamos en el colegio. Pero las historias del señor Donato no tendrían nada de fantásticas como las que soñé, eran historias anecdóticas del "Urubamba" y más relacionadas con la historia de nuestro Perú.

—Alejandro, apúrate con tu desayuno —le dije a mi hermano, porque como siempre para él la mesa era más lugar de tertulia que de comida—

, que el señor Donato ya debe estar esperándonos.

—Ya, ya —me respondió mientras terminaba de darle trámite al crocante pan francés con mantequilla y mermelada de fresas, seguido de su vaso con leche.

Al salir del comedor nos dirigimos al corredor que conducía a la cubierta principal de proa. Desde antes de llegar sentimos el característico olor a tabaco puro, proveniente del habano del señor Donato. Estaba apoyado en la baranda de la cubierta, exactamente en el mismo lugar que lo encontramos el día anterior, tenía el mismo mameluco y el mismo pañuelo. En el mameluco había pequeñas manchas de grasa o de aceite, evidencia del trabajo diario en la sala de máquinas, donde además el vapor hace llover gotas de agua hirviendo, por eso los maquinistas deben colocar papel periódico dentro de sus gorras para no sancocharse la cabeza con esa lluvia caliente. Un chiste común entre los maquinistas era que si uno se moría e iba al infierno por sus pecados, no iba a sentir que su vida cambiaba, porque Satanás seguía siendo el Jefe de Máquinas y el maquinista el mejor acólito del infierno. Curiosamente, el señor Donato tenía las manos muy limpias, supusimos que era por los gruesos guantes de protección, y la cara bien lavada, como para la ocasión.

—Hola muchachos —nos saludó con su sonrisa amable.

—Buenos días, señor Donato —lo saludamos.

—Vengan, apóyense en la baranda, así veremos la franja de la costa mientras les voy contando las historias o anécdotas de este barco —nos dijo.

Su primera historia ocurrió a los pocos meses de haber ingresado a la Compañía Peruana de Vapores y justamente estaba de servicio en este barco. Era el 12 de octubre de 1917, el barco se encontraba en la bahía de Mollendo, él y unos pocos de sus compañeros eran los únicos que no habían bajado a puerto, estaban fumando un cigarrillo en la cubierta aprovechando sus horas de descanso después de la cena. De pronto, un poco después de las diez de la noche, se desató un terrible y voraz incendio en el puerto, seguramente por una vela encendida dentro de una casa de madera, como la mayoría de las del puerto, lo cual era una combinación fatal. El incendio se había iniciado en la calle Comercio, el fuego se propagó rápidamente y comenzó a ganar altura, las llamaradas pasaron de la calle Comercio a las calles Blondell, Aguirre y Zavala. Las campanas de la iglesia comenzaron a repicar incesantemente para alertar a la población.

—¡Jacinto! —le gritaron todos al encargado de los pitos y sirenas del barco cuando se oyeron a lo lejos las campanadas—, ¡haz sonar los pitos y sirenas para despertar a la población, tenemos que alertarlos antes de que el fuego los alcance dentro de sus propias casas!

En ese momento el "Urubamba" se unió al coro de alerta, sus pitos y las sirenas también sonaban incesantemente en toda la bahía. Sin embargo, el fuego comenzó a devorar a su paso las casas particulares, almacenes de aduanas, una botica, la peluquería y una sastrería, bares, restaurantes, oficinas portuarias y muchas construcciones más. De pronto se escuchó el estruendo de explosiones; se destruyeron con dinamita varios edificios y construcciones para detener el avance de las llamas. El señor Donato y todos los demás inmediatamente subieron a una de las lanchas de carga que había quedado amarrada al barco y se dirigieron al puerto para prestar ayuda a los bomberos y a todos los civiles que trataban de controlar los múltiples incendios. A las dos de la mañana ya todo había concluido, la situación estaba controlada, pero la desolación era el común denominador a cuanto lado se mirara, los bomberos y el personal de la Beneficencia comenzaron a empadronar a los damnificados, que llegaban a poco más de un centenar y tenían el mismo rostro de tragedia por haber perdido sus respectivas propiedades y enseres.

—Esta cicatriz —nos comentó arremangándose la manga del brazo derecho— es la marca que recibí de una columna de madera de una casa, totalmente encendida, que me cayó encima, mientras ayudaba a pasar los baldes de agua para apagar el incendio de esa misma casa. Solamente atiné a levantar el brazo para protegerme la cabeza, pero no pude evitar que algunas de las brasas encendidas me chamuscaran el cabello y gran parte de mi ropa. Me salvé de milagro porque logré desviar esa columna, pero me quemé gravemente el brazo.

Alejandro y yo estábamos absortos, en esta historia no mencionó a ningún pirata, ni a monstruos marinos, ni a las seductoras sirenas, pero igual nos había dejado anonadados. Era simplemente una historia de héroes anónimos, de solidaridad humana y de tragedias familiares, es decir, la cotidiana novela de la vida.

—La historia que sigue a continuación —nos dijo, mientras volvía a encender el puro—tiene que ver con la política, mejor dicho con un crimen político.

La segunda historia tenía como protagonistas a don Antonio Miró Quezada, el entonces director del diario "El Comercio", y un joven aprista llamado Carlos Steer Lafont, quien terminó siendo su homicida. El diario desde hacía un tiempo hacía fuertes campañas contra el Partido Aprista y su fundador Victor Raúl Haya de la Torre, por lo que parece que varios militantes fanáticos, jóvenes en su mayoría como el tal Steer, miembro de la FAJ (Federación Aprista Juvenil), planearon atentar contra la vida del señor Miró Quezada. Según se enteraron después, con las publicaciones sobre el proceso penal contra Steer, este muchacho tuvo su primer contacto visual y personal con el director periodístico en este barco. Según comentó la prensa, cuando en el "Urubamba" se celebró la fiesta de Año Nuevo del año 1935, a esta fiesta asistieron ambos protagonistas y siendo el señor Miró Quezada una figura pública, conocida y respetada, no le fue muy difícil al tal Steer reconocerlo y ubicarlo. En ese momento parece que le asaltó la idea de atentar contra su vida, pero seguramente no se animó a dar ese paso por haber tantas personas presentes. Sin embargo, lo terminó asesinando el 15 de mayo de 1935, frente al Cine Colón, en la Plaza San Martín, cuando el señor Miró Quezada se dirigía caminando con su esposa a almorzar al Club Nacional. La tragedia fue mayor porque Steer también terminó asesinando a balazos a la esposa, cuando ella trató de defender a su marido caído y herido mortalmente.

—Ustedes eran muy pequeños cuando sucedieron esos hechos —nos comentó dando una bocanada de humo de su puro—, pero ya se imaginan el revuelo y conmoción que causó a toda la tripulación el hecho de que tan sonado asesinato se pudo haber dado en este barco.

Alejandro y yo volvimos a quedar sorprendidos, pero también un tanto angustiados de historias tan trágicas. Parece que la tragedia es un común denominador no solamente de la prensa sino también de los marinos narradores de historias.

—¿Entre sus historias no habrá alguna que sea graciosa? —pregunté tímidamente.

—Ja, ja, ja —rió de buena gana el marino—, parece que se están asustando. Por supuesto que tengo una muy graciosa.

La tercera historia sucedió en el puerto menor de Chala, en la provincia de Camaná. Un puerto dedicado básicamente al embarque de ganado. Corría el mes de julio de 1939, hace poco más de un año. El "Urubamba" se había acercado al puerto para embarcar reses que debían llevarse a los camales de Lima. Las reses se embarcaban desde el muelle en grandes lanchones y las trasladaban al costado del barco para ser izadas y colocadas en las bodegas. Después de haber subido a bordo unas cuatro reses, el mar comenzó a ponerse picado cuando una de las reses estaba siendo izada por la grúa. Tenía los correones de cuero sosteniéndola por debajo del cuerpo y entonces comenzó a balancearse de un lado a otro, como un péndulo vacuno que no cesaba de mugir presa del pánico. Las reses que quedaban en el lanchón también comenzaron a bambolearse y a mugir asustadas. De pronto uno de los correones se rompe y la res que estaba en el aire cae al agua. Las reses del lanchón al ver a su compañera flotando y mugiendo desesperada, también se arrojaron al agua en estampida. Toda la tripulación que estaba en cubierta comenzó a soltar carcajadas por tan inesperado espectáculo. Lo más gracioso de todo fue cuando todos los lancheros se arrojaron igualmente al agua para tratar de sostener a las reses y poder izarlas desde el agua, pero de pronto todas las reses comenzaron a nadar hacia la playa, seguramente guiadas por su instinto, así en manada tomaron rumbo a la orilla y los lancheros nadando detrás de ellas; parecía una carrera olímpica de natación entre humanos y bestias, donde las bestias desde lejos llevaban la delantera. Aquí sí que la algarabía fue total, pero esas risas irresponsables enmudecieron cuando el capitán bajó del puente y comenzó a gritar a todos para que ayudemos a rescatar a las reses, porque esa situación tan graciosa significaba un serio retraso al itinerario del barco.

Mi hermano y yo no parábamos de reírnos de sólo imaginarnos a las reses nadando y a los lancheros detrás de ellas sin poder alcanzarlas.

—Como podrán imaginarse, no paramos de reírnos durante días, cada vez que nos acordábamos del hecho —nos comentó el señor Donato entre risas—. Ni siquiera la reprimenda del capitán impidió que siguiéramos riéndonos.

—A ver, parece que se hace tarde para mí —nos dijo mirando su reloj de bolsillo—, pero todavía me alcanza el tiempo para una historia más, una historia que nos llena de orgullo a todos los del "Urubamba".

—¡Claro que sí! —le respondió Alejandro— porque dice papá que mañana en la madrugada debemos estar llegando a Mollendo y ya no podremos volver a verlo.

—Muy bien, muy bien —nos dijo—. ¿Han escuchado ustedes hablar de Alejandro Granda?

—Sí —le respondí—, el tenor peruano de fama mundial—. Mi papá tiene un par de discos de él.

La cuarta historia es sobre Alejandro Granda, uno de los grandes de la lírica mundial, que de la sala de máquinas del vapor "Urubamba" y de los bares del Callao pasó a cantar en la Scala de Milán y en los más grandes escenarios de la ópera mundial. Él ingresó a la Compañía Peruana de Vapores y Dique del Callao en 1917, el mismo año que el señor Donato. Comenzó trabajando como "*donkey man*", es decir, a cargo de las grúas de los barcos, luego pasó por el "Huallaga", el "Mantaro" y sus últimos años de carrera los hizo en el "Urubamba" hasta alcanzar el grado de cuarto maquinista. Al señor Donato le tocó trabajar hombro con hombro con el tenor en varias oportunidades, por lo que se hicieron muy amigos entre el tizne del carbón, las manchas de aceite o grasa y el sofocante calor del vapor. Como don Alejandro no podía cantar en la sala de máquinas por el infernal ruido de los motores y de cuanta máquina había, en las horas de descanso subían a cubierta a respirar el aire puro de mar y a fumar el tabaco en cualquiera de sus formas, unos tenían pipas, otros puros y los demás cigarrillos; de estas épocas le viene la afición al señor Donato por el puro. Una vez en cubierta, después de los comentarios del día de trabajo y de unas cuantas bromas o chistes, todos le pedían a don Alejandro que cantara. Su voz inundaba la quietud y el silencio de la noche, el mar parecía entrar en calma y las nubes abrían paso a la fulgurante luz de la luna llena. Los marinos en silencio recordaban a sus familias, otros evocaban el recuerdo de uno o más de sus amores de cada puerto, o simplemente escuchaban a su corazón que latía con más fuerza por la emoción del estímulo lírico.

—¿Cómo llegó a ser cantante de fama? —preguntó Alejandro interrumpiéndolo.

Nos siguió explicando que una de las tantas veces que cantaba en cubierta estando en puerto, el actual capitán del "Urubamba" lo escuchó y al haber quedado tan admirado le dijo que tenía una gran voz y que lo iba a ayudar. Fue entonces que lo llevó donde una señora que él conocía de años, que era amante de la lírica, doña Rosa Mercedes Ayarza de Morales, quien a su vez lo presentó al Presidente Augusto B. Leguía, presidente del Perú en ese entonces, quien después de escucharlo lo becó de inmediato a Italia. En 1924 inició sus estudios en el famoso Conservatorio Guiseppe Verdi de la ciudad de Milán; en 1927 debutó en el Teatro Sociale di Como con la ópera "Iris" de Mascagni; fue tal el éxito que se convirtió en el tenor favorito del gran director Arturo Toscanini. Después los teatros de Europa y América se rindieron a sus pies. En 1936 regresó al Perú y ofreció varias presentaciones. En una de ellas, en el Teatro Segura, nos invitó a todos los compañeros del "Urubamba", demostrando que su fama mundial no le hizo olvidarse de nosotros ni de sus orígenes chalacos y que seguía siendo la misma persona sencilla de siempre.

—Bueno, muchachos —nos dijo una vez terminada la última historia—. Espero que volvamos a vernos a su regreso, seguramente me toque estar de servicio cuando vuelvan a Lima.

Se despidió de nosotros con un ligero abrazo y se retiró dejando tras de sí una estela del humo de su infaltable puro.

Do, do, re, re, mi, mi, fa, fa... comentó a cantar Alejandro impostando la voz, apoyado en la baranda de la cubierta de proa, mirando a las gaviotas que se arremolinaban alrededor del barco.

—¡Ay contigo! —le dije a manera de regaño—. Tú ni cantas en la ducha y ya quieres ser como el tenor Granda, por favor, no me hagas reír.

Durante el almuerzo, Eulogia nos comentó que Marcelo estaba mucho más inquieto que nunca, por ratos se desesperaba y hacía todo tipo de destrozos, pero eso era lo de menos, porque en sus momentos de crisis ha comenzado a morderse la cola de la desesperación y que ya tenía dos pequeñas heridas.

—No te preocupes que hoy en la tarde lo sacamos solapadamente para que tome un poco de aire —le dijo Alejandro al oído en voz baja.

—Pero no podemos —le respondió Eulogia también en voz baja—, está prohibido y si lo hacemos el diablo nos va a castigar.

—Ay, tú siempre tan miedosa, todo es el diablo, que diablo ni que nada, no va a pasar nada si somos cuidadosos —concluyó Alejandro cuidando de no levantar la voz.

Después del almuerzo, cuando la mayoría de los adultos dormía la siesta, hamacados por las olas, Alejandro, Eulogia y yo metimos a Marcelo en la jaula y nos dirigimos a la cubierta de proa donde solíamos encontrarnos con el señor Donato, llevando la jaula tapada con un gran pañuelo de nuestra compañera de travesura. Hacia el centro de la cubierta habían cuatro señoras recostadas en las sillas perezosas de mimbre, con grandes sombreros de grandes lazos o moños, seguro que para proteger sus cutis del sol de la tarde. Pusimos la jaula sobre la baranda y discretamente levantamos la tela por el lado que miraba hacia el mar, para que el pequeño primate respirara el aire marino, después de casi dos días de estar encerrado en el camarote. Por curiosidad me asomé a ver qué hacía Marcelo al mirar el mar y las gaviotas, pero ¡no estaba! La puerta de la jaula estaba en sentido contrario al lado descubierto y como estaba tapado por la tela ¡se había escabullido en un instante sin que nos diéramos cuenta. Seguro que por el apuro o los nervios no habíamos puesto el seguro a la pequeña puerta.

—¡Marcelo no está! —grité desesperado.

—¡Ahí está! —gritó Alejandro volteando y señalando hacia las perezosas donde estaban las señoras.

—¡Se los dije, se los dije! —gritaba Eulogia al mismo tiempo— ¡este es el castigo del diablo!

Pero Alejandro y yo no la escuchábamos porque corrimos inmediatamente tras el pequeño animalito. Al vernos, de un salto Marcelo se trepó a la cabeza de la primera señora, luego pasó a la cabeza de la siguiente y así sucesivamente hasta dar al lado de babor del barco. Las cuatro señoras medio somnolientas se despertaron repentinamente y cuando vieron al mono sobre sus cabezas y que les hacía volar los grandes sombreros, comenzaron a dar de alaridos que retumbaron en todo el barco. Nosotros simplemente saltamos sobre sus piernas, todavía estiradas, para tratar de atrapar a Marcelo antes de que se agravaran más las cosas, pero fue demasiado tarde, el caos se armó en cuestión de segundos. La escena parecía una película de Chaplin o de los hermanos Marx, porque nosotros, varios grumetes, marineros y hasta los mozos del comedor corríamos tras el mono por los corredores del buque. Los pasajeros se asomaban por los ojos de buey de sus camarotes, las señoras gritaban cuando veían pasar frente a ellas al animal corriendo por el corredor o sobre las barandas del mismo, seguido por todo el tropel de gente que iba tras él. De pronto, cuando volvimos a llegar a la cubierta de popa, después de correr casi dos vueltas al barco, Marcelo de un salto se trepó a los brazos de un fraile franciscano que estaba contemplando el atardecer.

—Esta mascota debe ser de ustedes —nos dijo sonriente cuando nos paramos frente a él sudorosos y jadeantes—. Tomen, cuiden que no vuelva a escaparse.

—Muchas gracias —le dijimos los dos al tomar a Marcelo.

—¿Por qué fue directo a sus brazos? —le preguntó Alejandro bastante intrigado y sorprendido, mientras volteaba a mirarlo.

—Será porque San Francisco de Asís era amante de los animales —nos respondió sonriente—. Soy fray Joaquín, justamente un fraile franciscano, ha sido un gusto conocerlos y más aun en estas circunstancias.

Lo que sucedió después no es difícil de imaginar, Marcelo fue llevado directamente al compartimiento de animales y mascotas; estuvo allí hasta el día siguiente que arribamos al puerto de Mollendo, nuestro destino final de la travesía. Alejandro y yo terminamos castigados en nuestro camarote sin poder salir también hasta el día siguiente, por supuesto que con una fuerte reprimenda de nuestros padres y del tío Elio, aunque notamos que él hacía denodados esfuerzos por contener la risa frente a sus dos sobrinos despeinados, sudorosos y con ojos de asustados, con su mascota en los brazos y con los mocos que sobresalían de las pequeñas fosas nasales. Sin que papá y mamá se dieran cuenta, nos sonrió discretamente y nos guiñó un ojo. Seguro que para él habíamos roto el tedio de esta travesía y pasaríamos a formar parte del rosario de historias del señor Donato.

Al día siguiente, en la madrugada del viernes 20 de diciembre, el "Urubamba" arribó al puerto de Mollendo. Se acercó un remolcador que comenzó a asesorar en las maniobras hasta que nuestro barco se ubicara en la zona de atraque.

293

Al rato se acercaron en otra embarcación, los representantes de las autoridades portuarias, los agentes navieros, los agentes de aduana, entre otros. Mientras tanto muchos de los pasajeros mirábamos todo el trajín desde las barandas de las cubiertas. Cuando se retiraron todos los personajes que vinieron del puerto, el mismo remolcador que había ayudado en el atraque regresó, pero esta vez trayendo tras de sí una hilera de enormes barcazas o lanchones de color negro, revestidas en los costados con llantas viejas que les servían para amortiguar los golpes contra los muros de los muelles o contra el costado del barco. Estos lanchones eran llevados al barco y luego regresados al puerto por el mismo remolcador, pero cargados de mercancías. Al igual que las mercancías, a los pasajeros se les trasladaba a los muelles en otro tipo de lanchas para que sean subidos al muelle con unas enormes grúas negras, a las cuales se amarraba una silla para izarlos a todos de a pocos.

—Hijos, por favor, bajen con cuidado —nos indicó mamá mientras comenzamos a bajar la escala de pasajeros hacia la lancha que esperaba en el agua, amarrada al costado del barco.

Antes de dar un paso más Alejandro y yo levantamos la mirada para volver a despedirnos del tío Elio y del señor Donato, quien con su infaltable puro, estaba apoyado en la baranda al lado de nuestro pariente, ambos sonrientes y haciendo adiós con la mano. Luego bajamos en fila a la lancha, primero papá, luego mamá, después Eulogia con la jaula de Marcelo, siguió Alejandro y finalmente yo. Cuando miré a todos los pasajeros que nos acompañaban, pude ver que en la proa se encontraba fray Joaquín, con su característico hábito franciscano, mirando el puerto donde los barcos grandes no podían acoderar en los muelles por ser el mar muy movido.

La lancha se acercó al muelle y se amarró a éste desde proa y popa, de inmediato una de las enormes grúas negras bajó una silla que estaba sujetada del garfio de la grúa por cuatro cuerdas gruesas amarradas, a su vez, a cada esquina de la silla. Primero subió y se sentó en la silla una señora con su hijo pequeño, luego tres personas se colgaron a los costados de la silla, al igual que dos lancheros que con sus musculosos brazos sostenían a los improvisados trapecistas. Los que iban colgados debían pisar los brazos de la silla o los listones que unían las patas y sujetarse muy fuerte a las cuerdas. Esta operación se repitió una y otra vez hasta que la lancha comenzó a quedar vacía. Cuando a mamá le tocó estar sentada en la silla, papá, Alejandro y yo nos colgamos de ella, siempre protegidos por los brazos de los lancheros.

—Esto sí que es emocionante —exclamó Alejandro cuando éramos izados hasta la parte superior del muelle.

En el último grupo estuvo fray Joaquín, quien ágilmente se trepó a uno de los costados de la silla, pero cuando uno de los musculosos lancheros quiso pasar su brazo alrededor de sus hombros, éste se rehusó alegando que podía sostenerse él sólo. Cuando la silla estaba en el aire, vino un repentino viento que comenzó a bambolear al racimo humano sostenido en las cuerdas de la silla, inmediatamente los lancheros con sus manos se asieron fuertemente a las cuerdas protegiendo a los pasajeros, pero de pronto fray Joaquín cayó al agua al no poder asirse fuertemente. Su hábito flotaba abierto sobre el agua y seguro que más de uno trataba de comprobar si llevaba ropa interior. El maquinista de la grúa bajó la silla y el lanchero que había estado al costado del religioso lo cogió de la capucha del hábito y lo levantó como si fuera un costal de legumbres; así colgado, la grúa depositó a todos sobre el muelle. Las carcajadas se oían de todos lados, pero poco a poco fueron bajando el tono para no seguir ofendiendo al religioso, que estaba empapado de pies a cabeza. Lo más gracioso fue cuando sus sandalias comenzaron a chirriar mientras caminaba, seguramente por toda el agua que habían acumulado entre los cueros.

Después de más de una hora de haber desembarcado, ya estábamos todos en el tren rumbo a Arequipa, ciudad a la que llegamos poco antes del mediodía. De la estación del tren tomamos un taxi que nos llevó al Hotel de Turistas de Arequipa. El chofer del taxi resultó ser un tipo muy locuaz –como casi todos los taxistas-. Mi hermano y yo nos sonreíamos por su marcado acento arequipeño, pero fue muy interesante escucharlo.

—El hotel al que van está casi recién inaugurado —comenzó a explicar—. Se inauguró al mismo tiempo que muchos edificios que se construyeron con motivo del IV centenario de fundación de nuestra ciudad blanca, como el Teatro Municipal, el Estadio Melgar, el parque Selva Alegre, la Biblioteca Municipal, el campus de la Universidad San Agustín y otros más.

—¿Cuándo celebran su aniversario? —preguntó Alejandro siempre curioso.

—El 15 de agosto —respondió el taxista demostrando mucho orgullo.

—Su hotel queda en un lado del parque Selva Alegre y es prácticamente el mejor que hay en la ciudad y con la mejor ubicación —nos explicó.

A los pocos minutos llegamos al hermoso hotel de arquitectura tipo colonial. Mamá quedó encantada con el edificio, inclusive con toda su mueblería que también era de tipo colonial y con los hermosos cuadros de dicha época, todos auténticos. En realidad no íbamos a pasar la noche porque nuestro tren al Cusco, vía Juliaca y Puno, salía esa misma noche, la idea de papá era tener un lugar donde descansar hasta la noche y donde almorzar la riquísima comida arequipeña.

—Aparte de conocer el centro de la ciudad —nos comentó el taxista, cuyo nombre era Juan—, les recomiendo que vayan a ver una pelea de toros en la campiña.

—¿Pelea de toros? —le pregunté—. Querrá decir corrida de toros o toreo.

—No —me respondió—, es pelea de toros, un toro peleando a cuerno limpio contra otro toro. Este tipo de pelea es típica de Arequipa.

—Qué le parece si nos recoge a las tres de la tarde —le dijo papá—, así visitamos algunos lugares turísticos y luego vamos a la campiña a ver las peleas de toros que nos comenta.

—Cómo no señor —le respondió respetuosamente don Juan—, estoy a su servicio, no se van a arrepentir, aunque hoy viernes no hay peleas oficiales, sí las hay de entrenamiento y asiste un gran número de público y los infaltables apostadores. Además, una de esas peleas será del "Menelik".

—¿"Menelik"? —pregunté intrigado.

—El campeón de campeones —me respondió don Juan.

Durante el delicioso almuerzo, donde no faltó el rocoto relleno, la salsa de ocopa con papas, el adobo de chancho, el chupe de camarones y el costillar de cordero, le comenté a mi hermano que iríamos a ver una pelea de toros, por supuesto que él me hizo las mismas preguntas que yo le formulé a don Juan, y le expliqué de qué se trataba, como si fuera un gran entendido en la materia, hasta le comenté que en la tarde iba a pelear "Menelik", sin siquiera conocerlo.

—Seguramente que a Marcelo le gustará ver ese tipo de peleas —me dijo sonriente.

—Espero que no te hayas olvidado de traer su cinturón y la correa —le dije yo temiendo que se hubiera olvidado de ambas cosas.

—Por supuesto que no —me respondió mi hermano muy seguro de lo que decía—. Es lo primero que guardé en mi maleta.

Después del almuerzo, don Juan vino a buscarnos al hotel con su Ford Sedan de 1937 para nuestro paseo de la tarde. Primero fuimos a conocer la Catedral y la atractiva Plaza de Armas, luego al Convento de Santa Catalina. Antes de seguir con edificios y monumentos, Alejandro y yo comenzamos a protestar pidiendo ir a ver las peleas de toros; insistimos en que "Menelik" no nos iba a esperar y que lo que más nos interesaba era ver su pelea. Finalmente mamá y papá accedieron a que fuéramos a ver las peleas de toros. Al oír esto don Juan inmediatamente hizo un giro para cambiar de dirección y comenzamos a dirigirnos hacia las afueras de la ciudad, a la campiña y a Socabaya donde hay un campo de peleas de toros. Por la velocidad con que conducía era evidente que don Juan también había estado esperando el momento en que nuestros padres se decidieran a cambiar el itinerario turístico; por el espejo retrovisor pude ver que nuestro conductor tenía una amplia sonrisa.

—Hemos llegado a Socabaya —manifestó don Juan cuando paró el automóvil, el cual estaba cubierto de todo el polvo del camino—. Ahí al frente está el campo de pelea de toros, busquemos un sitio en las tribunas de madera, todavía no están llenas.

Para ser día laborable había bastante gente en la tribuna, pero también en los alrededores del campo de pelea. Había grupos rodeando a los toros que iban a pelear esa tarde; por encima de las cabezas y los sombreros se podían divisar los cachos de los toros que sobresalían por encima de la multitud. Otros grupos eran los apostadores, quienes apenas supieron cuáles eran las parejas de toros que pelearían, comenzaron a correr las apuestas. A lo lejos pudimos divisar a don Juan haciendo tratos discretamente con uno de ellos. A nosotros nos tocó sentarnos en la cuarta fila pero hacia uno de los extremos de la tribuna. Alejandro se sentó con Marcelo al borde de la fila y podía ver a toda la gente pasar, estaba a menos de un metro de altura de todas las testas. Marcelo miraba a todos lados, seguramente nunca antes había visto a tanta gente junta y escuchado tanto bullicio. De pronto vio a los vendedores de maní, de pop corn, de algodón dulce, de melcocha y otras golosinas que pasaban debajo suyo. Muchos de ellos ponían sus maderas o cajas con las viandas sobre su cabeza, para poder avanzar con mayor facilidad entre la multitud. Como este pequeño primate era muy inteligente, suavemente se escabulló entre las piernas de mi hermano y comenzó a hacer de las suyas, como nos enteramos más tarde.

De pronto todo el bullicio comenzó a calmarse, los que cruzaban el campo de pelea empezaron a correr hacia los costados. Por dos esquinas contrapuestas aparecieron dos enormes toros, como aquellos que trabajan en la yunta, llevados cada uno por dos o tres personas, seguro que por el dueño y los entrenadores de cada uno. Los pusieron al centro del campo y el vocero de la pelea anunció el inicio de la misma, anunciando los nombres de cada toro y sus méritos en este tipo de lid. Ninguno de los nombres era "Menelik", pero igual pusimos atención en la pelea para conocer cómo eran y luego poder apreciar mejor la que le tocara a nuestro toro favorito, que todavía no conocíamos. Al poco rato se generó una gran silbatina desde la tribuna, desde los costados del campo de pelea, desde los autos aparcados donde las personas se habían subido en ellos para apreciar mejor el campo, es decir, desde todos los lados; esto era porque los dos toros simplemente se miraban uno al otro, pero de pelear nada. En ese momento metieron rápidamente una vaca al campo, seguro que estaba en celo, porque apenas los dos toros la vieron se trenzaron en una dura pelea, podíamos escuchar los golpes de las cabezas al chocar una con la otra o el choque de los cuernos al golpearse entre sí. No pasaron más de veinte minutos y uno de los toros hizo un giro de ciento ochenta grados, comenzó a trotar y luego a correr fuera del campo, perseguido por el ganador. Esta vez el estruendo fue por los aplausos del público, que así premiaba la pelea.

—Esta pelea no se compara a las de "Menelik" —nos explicó don Juan—. Si bien no fue una mala pelea, las del campeón son mejores.

Antes del inicio de la segunda pelea, de casualidad bajé la vista para ver a Marcelo que seguía muy tranquilo entre los pies de mi hermano. Pude ver que comía frenéticamente unos maníes crudos y que las cáscaras estaban regadas entre los zapatos de Alejandro. Lo único que atiné a pensar fue que mi hermano había comprado una bolsita de ese maní y le había convidado a la mascota, no pensé más porque los dos toros de la segunda pelea ya se estaban acercando al centro del campo. Por la algarabía general supe que uno de ellos era "Menelik", el campeón de campeones.

—¡Ése es "Menelik"! —gritó don Juan entusiasmado mientras señalaba al enorme toro que entraba pausadamente al campo.

Por sus manchas, "Menelik" de lejos parecía una vaca, pero el musculoso y fornido cuerpo de mil doscientos kilos acercándose delataba a un toro aguerrido, con un cuello bastante grueso. Desde la cabeza hasta las piernas delanteras tenía una gran mancha oscura y el resto del cuerpo era moteado sobre un fondo blanco, en la frente de la cabeza tenía una mancha blanca que bajaba desde los cuernos hasta poco más abajo de los ojos. Este era el campeón de campeones, tal como lo demostró unos minutos después. El toro rival era similar al campeón, se llamaba "Tigre" y había ganado varias peleas, por lo tanto, no era un rival fácil, era un toro experimentado y mayor en edad que su contrincante. En las tribunas y en todos lados la gente se volvía frenética esperando el inicio de la pelea, especialmente los apostadores, porque con todo desparpajo pasaban frente a las tribunas agitando unos billetes con la mano alzada, preguntando quién más quería apostar. Por supuesto que no faltaba alguno que otro parroquiano que aceptaba al último minuto.

—Va a comenzar la pelea —dijo don Juan un tanto nervioso y ansioso.

Las personas que estaban en el centro del campo de pelea se retiraron y dejaron a los toros solos. Ambos se miraban atentamente y con sus pezuñas delanteras escarbaban el suelo, estaban estudiándose y comenzaron a girar levemente en círculos. Por un momento pensamos que iba a ser necesario traer a la vaca generadora de conflictos, pero no fue así porque "Menelik" bajó ligeramente la cabeza y arremetió fuertemente contra "Tigre", quien tuvo que retroceder un poco al recibir el fuerte impacto. "Tigre" también arremetió hacia adelante, se escuchó el fuerte golpe, pero el rival casi no se movió, los cuernos se entrelazaron y ambos toros comenzaron a girar sus cabezas a ambos lados queriendo forzar al rival a declinar. Los dos cuellos se tensaban en cada forcejeo. En un determinado momento "Menelik" le abrió una herida al rival con el cuerno izquierdo, por debajo de la oreja derecha, por lo que "Tigre" se separó, seguramente por el dolor de la herida, retrocedió unos pasos e hizo un leve giro hacia la derecha, dejando expuesto su lado izquierdo. En ese momento "Menelik" volvió a arremeter y esta vez le hendió las costillas a su rival, retrocedió y volvió a arremeter. Esta vez golpeó al rival en el cuello y le abrió una herida mucho mayor, por donde la sangre comenzó a emanar en grandes cantidades. "Tigre" emitió un fuerte mugido y volvió a ponerse en posición de pelea, los dos formidables animales volvieron a chocar de frente varias veces, pero se notaba que el bravo "Tigre" comenzó a retroceder de a pocos, debilitado por las heridas y los contundentes golpes de "Menelik". El final de la pelea llegó cuando "Tigre" dobló las dos patas delanteras y terminó arrodillado en el suelo, con el cuello cada vez más ensangrentado. Inmediatamente, las personas del equipo de "Menelik" ingresaron al campo y lo enlazaron para separarlo de su rival y evitar que la pelea se convirtiera en una carnicería. De todos lados del campo y de las tribunas comenzaron a aplaudir primero a "Tigre" por su bravura y valentía, luego aplaudieron frenéticamente a "Menelik", el campeón de campeones que seguía parado en el centro del campo con la cabeza erguida.

De todos lados la gente comenzó a correr hacia al campo, todos querían ver de cerca al campeón que todavía respiraba agitado, que estaba sudoroso y manchado de sangre, pero no de la suya. Algunos le tocaban las ancas o los costados, en una actitud reverencial y de profunda admiración. Cuando "Menelik" comenzó a ser retirado del campo, toda una procesión de personas lo seguía, tal como se sigue al ídolo.

La magia taurina de ese momento se rompió cuando dos personas gritaban desde el costado y debajo de la tribuna. Alejandro se asustó porque no sabía qué pasaba, papá tuvo que acercarse al sitio de mi hermano para preguntarles qué era lo que pasaba. Resultaron ser el vendedor de maní y el de algodón dulce, quienes reclamaban que Marcelo les había estado robando sus productos cada vez que pasaban por el costado de la tribuna y reclamaban que se les pague. Por supuesto que Alejandro ni ninguno de nosotros se había dado cuenta de nada, porque todos estábamos absortos por la pelea. Cuando Alejandro levantó a Marcelo con su correa, en la madera de la tribuna habían bastantes cáscaras de maní y una de las bolsitas de papel con que los venden. Sus manitas y toda su cara estaban manchadas del algodón dulce de color rosado, estaba todo pegajoso por el azúcar. Las evidencias lo delataban a todas luces. Todos comenzamos a reírnos, también todos los asistentes que estaban cerca, inclusive papá mientras sacó su billetera y le pagó a cada vendedor.

Nosotros disfrutamos de una tarde taurina arequipeña y Marcelo de un opíparo banquete con las exquisiteces que tanto le gustaban, nadie podrá decir que terminó descontento esta tarde.

CAPITULO X

VIAJE AL CUSCO

El viernes 20 de diciembre por la noche, don Juan vino a buscarnos al hotel en su taxi, para llevarnos a la estación del ferrocarril y de ahí tomar el tren que nos llevaría al Cusco, siguiendo la ruta de Juliaca, Puno y Sicuani. Después de despedirnos del taxista que nos hizo pasar a Alejandro y a mí una de las tardes más emocionantes de nuestras vidas, entramos en la estación y de frente fuimos al andén. Papá ya tenía los pasajes en la mano y la reserva era con asientos numerados en el vagón de primera clase. Yo estaba un poco preocupado por tener que llevar a Marcelo dentro del vagón, más aun después de la revoltosa experiencia que pasamos con este pequeño primate en el "Urubamba". Pero me calmé cuando comencé a ver que muchos de los pasajeros llevaban animales consigo, inclusive los de primera clase, claro que con jaulas apropiadas y muy limpias. Me daba pena ver que en los vagones de las siguientes clases, muchos llevaban a sus aves (patos, gallinas, pavos, etc.) en costales confeccionados con red de pescar, pero todas esas plumíferas estaban muy tranquilas, como si estuvieran acostumbradas.

—Mamá —preguntó Alejandro revelando su procedencia citadina—. ¿Todos esos animales también son mascotas?

—No, hijo —le respondió mamá—. La mayoría de esos animales son para sus ranchos o sus chacras, son para criarlos y luego comerlos o venderlos.

—¿Podríamos tener también algunos patos o pavos en Lima? —volvió a preguntar mi hermano.

—No, hijito, con Marcelo, las palomas, y Jacinto y sus gallinas nos basta y sobra —respondió mamá—. Además ya no tendríamos espacio en la azotea.

En ese momento sonó un pito que anunciaba que todos los pasajeros podían subir al tren, lo que comenzamos a hacer en el acto. Un acomodador nos indicó dónde estaban nuestros lugares y que podíamos poner la jaula de Marcelo debajo de uno de los asientos. Felizmente la jaula entraba perfectamente.

—Le voy a poner un poco de fruta y agua dentro de la jaula, por si nos quedamos dormidos —mencionó Eulogia tan precavida como siempre.

Al poco rato, cuando ya todos los pasajeros estaban en sus asientos, sonó el pito del tren que anunciaba la partida. A toda la familia y los demás pasajeros nos entregaron gruesas frazadas para cubrirnos cuando el tren comenzara a subir a la puna, porque a partir de ese lugar de la ruta el frío empezaba a arreciar. El tren se movía lentamente hasta que salió de la estación, luego poco a poco comenzó a incrementar la velocidad, más aun cuando ya salimos de la ciudad, hasta alcanzar su velocidad de travesía. El movimiento nos arrulló a todos, el primero en quedarse dormido fue Alejandro, luego Eulogia quien tiró la cabeza para atrás y al quedarse inmediatamente dormida se le descolgó la mandíbula, quedando con la boca abierta. Yo me reía para mis adentros pero no por mucho tiempo, porque también el sueño me ganó. Lo último que recuerdo fue que mamá nos cubrió con las frazadas, luego de darnos un beso en la frente.

No advertí el tiempo que habría transcurrido, pero un agudo chillido me despertó intempestivamente, lo mismo al resto de la familia y a algunos pasajeros que estaban cerca a nosotros. Se acercó uno de los tripulantes del tren y tuvo que encender las luces que daban a nuestros asientos, para saber qué pasaba.

—Marcelo, ¿qué pasa? —preguntó mi hermano cuando se agachó a verlo.

También me agaché yo y lo mismo hizo Eulogia.

—Está temblando de frío —indicó Eulogia —ya debemos estar en la puna, porque el frío parece agujas que te hincan.

—Será mejor que forren su jaula por dentro y por fuera con papel periódico —nos indicó una señora que estaba al lado de nosotros, mientras nos alcanzó unos periódicos de días pasados—. Yo siempre los llevo conmigo porque cuando hace mucho frío se los pongo a mis hijos en el pecho y la espalda, dentro de la ropa, porque es el mejor abrigo.

Mientras Eulogia cargaba a Marcelo, Alejandro y yo nos pusimos a forrar la jaula por dentro y por fuera como nos había indicado la señora, luego ubicamos al animal dentro y el efecto fue inmediato, porque se acurrucó en una esquina y se quedó muy quieto, ya no temblaba.

—Muchas gracias —le dijo mamá a la señora—. Disculpe que la hayamos despertado, pero con sus indicaciones ahora todos podremos dormir tranquilos.

—De nada, señora, no se preocupe, que para mí ha sido un gusto poder ayudarlos —respondió la señora—. Estas son las cosas que una aprende cuando viaja tanto cruzando la sierra andina.

Con las primeras luces del amanecer el tren con su habitual traqueteo hizo entrada a la estación de Juliaca, el frío era más intenso, por lo que apenas desperté me agaché para mirar a Marcelo. Moví una esquina del papel y lo pude ver plácidamente dormido, acurrucado en la misma esquina donde se acomodó a la medianoche después de que forráramos su jaula con el papel periódico. Bajaron los pasajeros que tenían este destino y también alguna carga, luego escuchamos el pitazo que anunciaba la partida y el tren continuó camino a Puno. En el trayecto los tripulantes nos sirvieron el desayuno, que incluía el pan arequipeño de tres puntas, queso Paria, mantequilla y mermelada de durazno; de beber uno podía escoger café o té bien calientes. Estas bebidas fueron una bendición para todos, porque inmediatamente calentamos el cuerpo y superamos el frío del altiplano andino.

—Marcelo ya se despertó —indicó Alejandro cuando comenzamos a escuchar el papel que era rasgado.

Eulogia se agachó, lo sacó de su jaula y por seguridad le colocó su correa. Lo acomodó dentro de su frazada, sacó un plátano, lo peló y le entregó la mitad de éste. El pequeño primate se lo devoró en un santiamén, luego se acurrucó en el pecho de Eulogia y desde ahí nos miraba de costado haciendo con las cejas sus muecas de costumbre y moviendo sus labios en posición de silbido, hasta que empezó a silbar suavemente a intervalos.

Faltando poco para llegar a la estación de Puno. Desde lejos pudimos apreciar la inmensidad del lago Titicaca, parecía una mar enclavado en los Andes, el sol todavía bajo se reflejaba fulgurante en sus aguas, brindando un paisaje sin igual. En la estación de Puno bajaron varios pasajeros pero también subieron otros, lo mismo fue con los equipajes y la carga. Luego el tren partió con regreso a Juliaca, para luego de una breve parada continuar en dirección al Cusco. De Juliaca en adelante el paisaje se hizo cada vez más hermoso, como las lluvias habían comenzado entre noviembre y diciembre, las explanadas y los cerros estaban verdes, matizados por los colores de las flores silvestres.

Luego de unas horas, llegamos a la estación de Juliaca, donde también bajaron y subieron pasajeros, pero esta vez se engancharon al tren varios vagones con ganado, seguramente para venderlo en el Cusco o en Sicuani.

313

—La siguiente estación es Combapata —nos comentó papá —que es la que está muy cerca a Tiquiña—. Podríamos bajar ahí, pero esta vez continuaremos hasta el Cusco, porque el abuelo Andrés está allá, me avisó que luego regresaríamos con él a Tiquiña en las dos camionetas de la hacienda.

—Qué bueno —pensé dentro de mí —porque entonces así podré entregarle antes a Sofía el encargo que tengo para ella.

El tren siguió camino y cuando pasó frente a Tiquiña todos nos pusimos en la ventanilla para ver la inmensa hacienda con los cerros Huaynapata y Maranpata que tenía encima.

—Miren chicos, ahí está Tiquiña—. Mañana debemos estar regresando con el abuelo —nos comentó papá al momento de señalarnos toda la hacienda.

Al final de la tarde el tren hizo su arribo a la estación de Huanchac en el Cusco y luego de una larga travesía por fin volvimos a pisar tierra firme. La estación más parecía una estación inglesa por su estilo arquitectónico; definitivamente a los ferrocarrileros ingleses de la Peruvian Corporation les gustaba marcar su propio estilo. A la salida de la estación nos esperaban las dos camionetas de la hacienda. Cuando subimos en ellas los choferes nos indicaron que tenían indicaciones del abuelo Andrés de llevarnos a la casa de la tía Sofía, ubicada en el Portal de Panes de la Plaza de Armas del Cusco. Una vez llegados a la casa, bajaron corriendo las escaleras las primas Sofía y Antonieta. Estaban muy contentas de vernos llegar pues nos dieron el alcance al pie de las camionetas.

—Hola, primo —me saludó Sofía hija—. ¡Qué bueno que estés de nuevo por aquí!

—Hola, prima —le contesté también entusiasmado—. Tengo un encargo especial para ti desde Lima, ¿te imaginas de quién será?

La guapa prima se sonrojó inmediatamente, temiendo verse delatada.

—No te preocupes —le dije susurrándole al oído—, este es un secreto entre tú y yo, cuando estemos arriba te entregaré los encarguitos.

Una vez arriba, después de los saludos de rigor a toda la parentela, Sofía y yo nos dirigimos al escritorio, donde le entregué la carta y el paquete que le enviaba el flaco Delucchi. Ella se sintió muy emocionada al recibirlos, lo que evidenció sus sentimientos hacia mi amigo de toda la vida.

—Avísame si quieres enviarle algo al flaco Delucchi —le dije—, con gusto se lo llevo.

—Por supuesto que sí —me contestó ella con la ilusión reflejada en el rostro—. Me encantaría que le lleves lo que le envíe, porque el correo es demasiado lento en estos días.

—Qué curioso —le respondí, —lo mismo me dijo él cuando me entregó sus encargos para ti, por lo que bromeándole le dije que no tenía problema de hacer de correo de amor.

—Ay, primo —me dijo ella—, mira las cosas que dices, me vas a hacer sonrojar.

—No creo que te sonrojes más que él —le contesté y nos pusimos a reír.

El abuelo Andrés llegó para la hora de la cena y nos saludó efusivamente a todos. Era claro que estaba muy contento de que toda la familia hubiera venido a pasar las navidades con él, tal como se lo había solicitado a papá. Después de la cena Sofía y Antonieta estuvieron muy entusiasmadas con Marcelo, una se lo arranchaba a la otra y viceversa. Alejandro miraba la escena un tanto inquieto porque no le gustaba que manosearan tanto a nuestra mascota. La verdad era que a mí tampoco, pero estábamos en casa de ellas y no podíamos ponernos tan exigentes.

—Este animalito debe tener frío —dijo Antonieta al momento que se paraba, —voy a traerle algo de abrigo.

Hasta ese momento, Alejandro y yo no vimos nada fuera de lo normal, hasta nos pareció de lo más natural que quisiera abrigar a nuestra mascota.

—Solamente pude encontrar esto —nos dijo mostrando un vestidito de lana, seguramente de una de sus muñecas, —pero lo va a abrigar muy bien.

—¡Ah no! —exclamó Alejandro al momento de pararse de un salto, —yo tengo su propia ropa, no tiene por qué usar ropa de mujeres.

Mi hermano fue corriendo a la habitación donde habían colocado su equipaje, sacó una chompita que mamá le había tejido a Marcelo y regresó corriendo para ponérsela en silencio.

—¡Ay, qué lindo! —exclamó Sofía buscando superar la situación tirante que se había generado entre Alejandro y Antonieta, —pero si parece todo un caballerito.

A la mañana siguiente después del desayuno colocamos las maletas en las camionetas y nos despedimos de la tía Sofía y de las primas.

—Cuando tenga listos mis encarguitos te aviso —me dijo Sofía en voz baja y con un tono un tanto pícaro.

—Por mi lado te voy a confirmar nuestra fecha de regreso —le respondí —porque si regresamos en el tren directamente desde Combapata, ya no vendríamos al Cusco y me los tendrías que enviar a la hacienda.

—Pero ayer en la noche escuché a los mayores hacer planes para que vengan a las festividades de la navidad aquí en el Cusco —me comentó Sofía, —seguro que quieren aprovechar de disfrutar las fiestas desde el segundo piso de mi casa, desde donde se ve toda la Plaza de Armas.

—En ese caso no habría necesidad de enviarme
nada —le respondí, —me los entregas cuando
venga.

A los pocos minutos estábamos todos sentados
en las camionetas y partimos rumbo a Tiquiña.
Momentos antes Eulogia se había despedido de
nosotros, tenía la cara radiante de felicidad
porque se había comunicado con sus parientes
y la estaban esperando ansiosos en su pueblo,
en las alturas de Calca. Seguramente su llegada
después de varios años iba a ser motivo de
fiestas de varios días, tal como se acostumbra
en los pueblos andinos. Abrazó emocionada a
papá y a mamá por la oportunidad que le
habían brindado de viajar con la familia para
visitar a sus parientes. A nosotros nos
recomendó que cuidemos mucho a Marcelo y
que no hagamos tantas travesuras, porque este
viaje era una especie de vacaciones para
nuestros progenitores y se merecían un
descanso.

Pasado el mediodía por fin llegamos a la
hacienda Tiquiña, después de cruzar por el
puente de Combapata, ya que la hacienda
quedaba al otro lado del río Vilcanota, viéndola
desde la carretera que venía del Cusco. Desde
el puente hasta la hacienda, veía asombrado lo
maravilloso del paisaje mientras avanzábamos
por el camino carrozable, pero para mí parecía

todo cambiado, todo estaba más verde. Le pregunté a papá el por qué de ese cambio.

—Lo que pasa, hijo, es que la última vez que vinimos fue por Fiestas Patrias —me explicó. Como fue en el mes de julio aquí es época de heladas y todo se pone amarillo, en cambio, diciembre es época de lluvias y por eso todo se pone verde.

—Creo que me gusta más venir en esta época. Se ve todo más hermoso, —le contesté.

—Veremos si piensas lo mismo cuando estés al aire libre y te agarre una de esas lluvias torrenciales —me respondió papá sonriendo—, peor es si te toca granizada al mismo tiempo.

—Como en Lima nunca llueve, sólo garúa —le comenté, —seguro que voy a disfrutar también de la lluvia. Para mi hermano y para mí venir aquí es como venir al paraíso.

Las camionetas pararon frente a la gran reja de ingreso a la hacienda. Al minuto dos peones abrieron las dos hojas de la reja e ingresamos avanzando despacio. Comenzamos a cruzar el patio de rancherías, a los costados veíamos las casas de empleados y peones, pasamos luego por la carpintería, las trojes o almacenes, los garajes y patio de máquinas; al frente estaban la fábrica de mantequilla con la sala de ordeño y, finalmente, nos detuvimos frente a la casa hacienda. Casi al frente de ésta se divisaban los corrales y comederos del ganado y al frente de éstos los molinos. En la puerta de la casa estaba la abuela Maximiliana, todavía con su mandil de cocina con el que se limpiaba las manos.

—Bienvenidos, bienvenidos —se acercó diciéndonos la abuela.

Ella era todo abrazos y besos. A Alejandro y a mí nos apachurró como si fuéramos terneros recién nacidos.

—Pasen, pasen, por favor —decía sin cesar, seguramente por la emoción que la embargaba. Seguramente deben estar muertos de hambre después de tan largo viaje, tengo una sopa "Chairo" bien caliente.

—No lo creo —dijo sarcásticamente el abuelo Andrés. A pesar de haber tomado un buen desayuno, estos muchachitos me hicieron parar en Saylla cuando sintieron el olor de los chicharrones y no dejaron ni los huesos, cada uno se comió una porción de adulto.

Mamá le indicó a la abuela que mejor dejara la sopa para la cena, porque sino sus nietos iban a reventar.

Antes de entrar en la casa, escuchamos la campana que había al costado derecho de la puerta, Alejandro no pudo resistir la tentación de tocarla cuando vio que podía alcanzar a la soguilla. Papá lo reprendió levemente para que no nos volviera locos con el incesante tañido. Al cruzar la puerta nos encontramos con el más hermoso jardín que había visto en años. Además de las flores, por un lado había eucaliptos y frondosos árboles de duraznos, manzanos y capulíes y, por otro, cercos de arrayanes. Definitivamente antes habíamos venido en otra época, como había explicado papá, porque yo no recordaba un jardín tan colorido como el actual.

—¿Qué tienen en esa jaula? —preguntó la abuela intrigada, debido a que todavía estaba forrada en gran parte con el papel periódico.

—Tenemos a Marcelo, abuela —contestó Alejandro levantando la jaula para que pudiera verlo.

—Conque este animalito es el famoso Marcelo —comentó la abuela. Cada vez que mi Antonio me escribe menciona siempre algo sobre él, sobre las cosas que hace y las cosas que ustedes le enseñan.

—Mejor sácalo de la jaula —indicó papá a mi hermano, —pero no dejes de ponerle la correa, porque aquí es muy fácil que se escape y no lo encuentres.

Después de guardar nuestros equipajes en las habitaciones, mi hermano y yo salimos corriendo presurosos al jardín halando a Marcelo con su correa. Comenzamos paseando por la huerta que estaba detrás de la casa, había todo tipo de hortalizas y legumbres que pueden crecer en altura; luego pasamos al gallinero que había detrás de la huerta. Jacinto nuestro gallo y sus gallinas eran la minoría comparándolos con la gran cantidad de aves que había, todas sueltas, salvo las gallinas que estaban empollando. Alejandro tuvo que cargar rápidamente a Marcelo porque un par de gallos se acercaron amenazadores al mono, de un picotazo le podían vaciar un ojo o de una patada doble podían dejarlo lesionado.

—Preguntémosle a la abuela si podemos venir a recoger huevos —le comenté a mi hermano, — seguro que todavía deben estar calientes porque las gallinas todavía están empollándolos.

—¡Buena idea! —exclamó mi hermano, —pero tendremos que dejar a Marcelo en la casa, no vaya a ser que termine siendo agarrado a picotazos.

Por supuesto que la abuela nos autorizó de inmediato, hasta nos dio una canasta tejida de caña donde colocar los huevos. Nos insistió, para nuestro regocijo, que trajéramos la canasta llena, porque ya se habían acabado los huevos en la cocina. Corrimos con entusiasmo hasta el gallinero.

—Tú comienza por los corrales de la derecha y yo por los de la izquierda —le indiqué a mi hermano, porque en realidad no sabíamos por dónde comenzar.

—Pero tú tienes la canasta —reclamó Alejandro. ¿Dónde coloco los huevos que voy recogiendo?

—Está bien, está bien, —le respondí ante su certera observación, —ni para ti ni para mí. Voy a colocar la canasta en el centro del gallinero y cada uno se acerca ahí con los huevos que va recogiendo.

Lo que sucedió después fue el mayor revuelo que debe haber tenido el gallinero.

Empujábamos a las gallinas para que dejaran al descubierto los huevos que estaban empollando y poderlos coger uno a uno. Por supuesto que las gallinas saltaban cacareando y batiendo las alas, para luego dar vueltas cerca protestando en tonos cada vez más altos por la afrenta recibida. Primero fue una, luego dos y finalmente unas veinte cacareando al mismo tiempo, el ruido se volvió cada vez más insoportable, porque parecía que competían entre ellas por el tono más estridente. Felizmente, la canasta se llenó de huevos en no más de quince minutos, por lo que pudimos salir rápidamente de esa batahola. Después supimos que no había que espantar a las gallinas para sacar los huevos, era suficiente con deslizar suavemente la mano debajo de cada una, tomar los huevos de a uno y así recolectarlos sin armar tanto bullicio. ¡Lo que es la inexperiencia de dos muchachos citadinos en los quehaceres del campo!

Al día siguiente, después del desayuno, Alejandro, Marcelo y yo salimos a explorar las instalaciones de la hacienda, famosa por sus quesos y mantequillas. Camino a los corrales y comederos, nos cruzamos con el abuelo Andrés quién venía con un muchacho de piel cobriza y rasgos indígenas, parecía de nuestra edad y se acercaba muy sonriente.

—Muchachos, les presento a Florencio —nos reveló el abuelo, —su edad está entre la de ustedes, debe estar por cumplir los once años, es hijo de uno de los peones de la hacienda y le pregunté si podía acompañarlos durante los días que estén aquí, me contestó que encantado, les puede servir de guía, de ayuda y de compañero de juegos.

—Pero, abuelo —le contesté, —¿no crees que él tiene que estudiar o tiene otras ocupaciones como para estar todo el tiempo con nosotros?

—No te preocupes que Florencio ya está de vacaciones como ustedes —nos explicó. Normalmente cuando no está estudiando ayuda a su padre en los trabajos del campo, pero cuando se enteró que ustedes venían se puso muy contento y ni qué decir cuando le propuse que los acompañe durante su estancia en la hacienda. Para mí él es una garantía después del estropicio que hicieron ayer en el gallinero.

—¿Habla castellano? —preguntó Alejandro — porque si sólo habla quechua va a ser muy difícil que nos entendamos.

—No habla mucho el castellano, pero sí lo entiende perfectamente —respondió el abuelo. Además no me sorprendería que ustedes terminen hablando algo de quechua antes de irse.

La compañía de Florencio nos sirvió para pasar unos días inolvidables, plenos de excursiones, exploraciones, investigaciones y de un aprendizaje acelerado de la vida del campo. Pero eso lo sabríamos después.

El resto del camino a los corrales lo hicimos con Florencio; en el trayecto comenzamos a formularle algunas preguntas, primero sobre él.

—Florencio, ¿tú naciste aquí en la hacienda? —le pregunté primero.

—Ari, curacc niñucha —me respondió muy solícito, sin que mi hermano y yo entendiéramos lo que decía. Después supimos que "curac niñucha" significaba "niño mayor", o sea yo. "Ari" era un sí.

—¿Todo el tiempo has vivido en la hacienda? —le preguntó Alejandro.

—Ari, sullcca niñucha —le respondió Florencio siempre sonriente. Como la respuesta fue para mi hermano, después supimos que "sullcca niñucha" significaba "niño menor", o sea Alejandro.

—¿Dónde estudias, dónde está tu colegio? —le volví a preguntar.

—Combapata, curacc niñucha —me respondió.

Así fueron todas sus respuestas en los días siguientes. Por más que le insistimos que yo me llamaba Andrés y que mi hermano se llamaba Alejandro, no hubo manera que pronunciara nuestros nombres. Por supuesto que a los dos días ya nos acostumbramos a nuestros apelativos quechuas, porque así era cómo respondía todas nuestras preguntas o cómo se dirigía permanentemente hacia nosotros.

Con Florencio conocimos todas las instalaciones de la hacienda. Primero fuimos a los corrales y comederos del ganado, donde a un costado estaban los toriles. Lo más interesante fue cuando fuimos a la sala de ordeño donde vimos cómo se ordeñaba a las vacas con unas ordeñadoras mecánicas. Ya no había el ordeño tradicional a mano, la leche pasaba por los conductos a unos recipientes grandes y luego la llevaban a la fábrica de mantequilla que quedaba al lado. La mantequilla de la hacienda era maravillosa, era tan famosa que se exportaba y se vendía en Lima. Ocasionalmente, también se fabricaban quesos de diversos tipos, los cuales eran de muy buena calidad y muy reclamados por los expertos. De más está decir que todos los días que estuvimos en la hacienda tomamos leche y comimos mantequilla y queso casi hasta reventar, poco faltaba para que sea la lactosa lo que únicamente corriera por nuestras venas.

Durante el almuerzo le preguntamos al abuelo Andrés sobre todo el proceso de elaboración de la mantequilla y del queso, lo que nos explicó con el mayor agrado.

—¿Todo el ganado es del Cusco? —le preguntó luego Alejandro al abuelo.

—No, hijo- le respondió. Una parte lo compré en las ferias ganaderas de Sicuani y otra parte en la Argentina; siempre hay que comprar pensando en mejorar las razas, para poder ir mejorando la calidad y cantidad de la leche.

—¿Solamente tienes ganado vacuno? —le pregunté yo.

—No, también tengo ovejas de raza Hampshire, de muy buena carne y leche —nos explicó — pero las ovejas las tengo normalmente en una estancia en altura llamada "Sanccacca", donde están sus corrales a cuidado de dos pastores. Esta estancia está hacia el lado del pueblo de

Tactabamba, el pueblo vecino al sur de la hacienda.

—Después que regresemos del Cusco le diremos a Florencio que nos lleve a conocer ese lugar.

Por la tarde, toda la familia subió a las camionetas para volver al Cusco, porque al día siguiente, martes 24 de diciembre, era la Feria del Santuranticuy o de la "venta de santos", que se realizaba en la Plaza de Armas desde la época virreinal. Muchos consideraban que esta feria era el legado de la cultura barroca popular cusqueña. En ella, artistas y artesanos de diferentes lugares venden todo tipo de figuras e imágenes relacionadas con la navidad, para adornar los nacimientos o pesebres de las casas, de los establecimientos, de las instituciones y de otros. En las mantas que se tienden en las veredas de la plaza se pueden encontrar todo tipo de objetos artesanales como tallas de madera, cerámicas y retablos. Mamá y la abuela Maximiliana estaban muy interesadas en renovar sus nacimientos hogareños de Lima y Tiquiña respectivamente.

Llegamos al Cusco cuando anochecía, pero no pudimos entrar a la Plaza de Armas porque estaba cerrada por la feria navideña, las camionetas tuvieron que ubicarse en una calle contigua y desde ahí caminamos a la casa de la tía Sofía, lugar donde recibiríamos la Navidad y donde nos quedaríamos a dormir la Nochebuena. Desde el segundo piso pudimos ver todos la Feria del Santuranticuy en todo su esplendor, la plaza estaba atiborrada de gente que caminaba entre las hileras de artesanos que vendían sus objetos artesanales, la mayoría de ellos verdaderas obras de arte. Mamá y la abuela bajaron solas a comprar sus nacimientos. Papá y el abuelo se quedaron en la casa platicando con la tía Sofía. Las primas Sofía, Antonieta, mi hermano y yo bajamos también a la plaza llevados por la curiosidad de conocer todos los rincones de la feria y los diferentes tipos de artesanías que se vendían. Sofía aprovechó de comprar un niño Manuelito, la típica representación del niño Jesús en versión popular cusqueña, para enviárselo al flaco Delucchi.

—No estoy seguro que le vaya a gustar algo así —le dije sutilmente en tono de advertencia.

—No se lo voy a enviar para que lo apachurre como el peluche que me envió —me contestó. Más tarde, en la Misa del Gallo, lo voy a hacer bendecir y se lo vas a llevar para que a él lo cuide y lo proteja.

Me quedé mudo ante semejante muestra de cariño hacia el muchacho que había conquistado su corazón. En ese momento habría preferido no abrir mi bocaza.

Después de la Misa del Gallo en la Catedral del Cusco, regresamos a la casa de la tía Sofía y ella nos sirvió el tradicional ponche navideño mientras se servía la cena. A los menores no nos sirvió mucho porque tenía un poco de licor. En la cena comimos pavo, la pierna de cordero que trajo la abuela y el jamón glaseado que compró papá, acompañados de puré de manzanas, ensalada de espinacas con tocino, ensalada de papas y camotes al horno glaseados con jugo de naranja y azúcar rubia. No faltaron las nueces, las pasas y las frutas secas. A la medianoche, cuando repicaron las campanas de la Catedral y de la Iglesia de la Compañía, los menores corrimos hacia el árbol de navidad para abrir nuestros regalos envueltos que estaban debajo. No en vano dicen que la Navidad es de los niños.

A la mañana siguiente regresamos del Cusco temprano porque el abuelo Andrés, como todos los años, había preparado un gran almuerzo para todo el personal de la hacienda. Había mandado preparar una res completa, varios corderos y gallinas, todas las carnes se sirvieron acompañadas con papas, yucas, camotes, choclos, ocas y otras delicias andinas. Habían varios baldes de chicha de jora y abundante cerveza. Esta sí que fue una auténtica fiesta navideña andina, medio religiosa medio pagana, porque después terminó con grandes bailes al son de los huaynos y demás bailes andinos de la zona. Todo el almuerzo lo disfrutamos con

Florencio al que le agradecimos por haberse quedado con Marcelo el día de Navidad, tiempo suficiente para que nuestra mascota también se encariñara con él.

—Florencio, mañana nos gustaría ir de excursión a "Sanccacca", el abuelo nos ha comentado que es un sitio muy bonito —le dije. ¿Tú crees que nos puedas llevar?

—Ari, curacc niñucha —me contestó afirmativamente demostrando bastante entusiasmo.

—Perfecto, —le respondí, —entonces mañana salimos después del desayuno.

Al día siguiente, la abuela nos preparó una especie de lonchera en unas bolsas serranas de lana, nos puso una botella de agua, galletas, unas manzanas y otro tanto de duraznos.

—Si van de excursión a "Sanccacca" será mejor que vayan con buenas provisiones —comentó con el cariño de siempre.

Alejandro aprovechó de poner en su bolsa un poco más de fruta para Marcelo.

—¿Cómo vas a hacer para llevar a tu mascota —le preguntó la abuela, —no creo que pueda caminar de subida por el cerro.

—No hay problema abuela —le contestó Alejandro, —todo el tiempo lo voy a llevar en mis hombros, es muy pequeño para caminar largas distancias.

—No lo vayas a dejar solo —le dijo la abuela, —por esa zona hay muchos zorros y no tienen problemas de merodear inclusive de día, siempre tenemos que estar muy alertas porque les encantan las crías de las ovejas y al menor descuido se roban una.

Salimos de la casa hacienda hacia el sur, caminando en paralelo a la línea del tren. Cuando comenzamos a divisar las primeras casas de Tactabamba, Florencio nos indicó que debíamos doblar hacia la derecha, para subir por la quebrada del Huaynapata, por donde se distinguía un camino peatonal marcado por los pasos de los campesinos y pastores durante decenas de años. Conforme avanzábamos, la subida se hacía más pronunciada, Florencio avanzaba como si estuviera en camino llano, mientras que nosotros teníamos que hacer paradas cortas porque no estábamos acostumbrados a este tipo de caminatas. Quisimos tomar agua de nuestras botellas, pero

Florencio nos indicó que era mejor que comiéramos un poco de fruta. No dejó de tener razón, porque el azúcar de la fruta inmediatamente nos renovó las fuerzas y pudimos seguir camino sin sentir que el corazón se nos salía del pecho o que nos faltaba el aliento.

Todo el trayecto era sumamente hermoso, al paisaje verde matizado por todo tipo de arbustos y eucaliptos, se sumaban el canto de muchas variedades de pájaros y aves, como las palomas, los gorriones, los tordos, a ratos por ahí se filtraba un búho. La misma quebrada tenía caídas de agua que se generaban por las lluvias o por el rebose de las pequeñas lagunas que habían en las cumbres. Si nos quedábamos en silencio escuchábamos la sinfonía de la naturaleza en toda su magnitud. Un poco más adelante, esa sinfonía se vio matizada por el lejano balido de las ovejas; era señal de que ya estábamos llegando a "Sanccacca".

—Florencio, ¿faltará una hora para llegar? —le pregunté cuando hicimos una parada para darle curso a unas frutas.

—Ari, curacc niñucha —me respondió.

Efectivamente, casi a la hora ya estábamos en la parte alta de la explanada donde estaba la estancia "Sanccacca". Desde ahí pudimos divisar los corrales de las ovejas merinas de cara negra, todas estaban pastando bajo la atenta mirada de los pastores y de los perros que corrían de un lado a otro. Bajamos corriendo aprovechando la pendiente, Alejandro no tuvo mejor idea que bajar gritando, lo que hizo que casi todas las ovejas voltearan a mirarnos y se pusieran nerviosas. No era para menos, en la quietud del lugar no era común que un muchacho loco apareciera dando de alaridos.

—¡Manan, sullcca niñucha! —exclamó Florencio pidiéndole a mi hermano que no siga gritando.

Por supuesto que los que nos esperaban al pie de la pendiente eran los perros pastores, los que nos ladraban incesantemente porque Alejandro y yo éramos unos perfectos extraños para ellos. Florencio comenzó a aplaudir, a gritar sonidos raros y a hacerles ademanes a los perros para que se alejaran, no quería arriesgarse a que nos mordieran a uno de los dos. Los canes obedecieron, se dieron media vuelta y volvieron a sus posiciones habituales entre el ganado ovino.

Pasamos casi un par de horas caminando por la estancia, Alejandro estaba maravillado con las crías recién nacidas de las ovejas. Marcelo las miraba con mucha curiosidad, seguramente que nunca había visto alguna. Debo reconocer que eran lindísimas, pero me tuve que poner fuerte cuando mi hermano quiso llevarse una a la casa hacienda.

Antes de retirarnos, los pastores, con toda la cordialidad y amabilidad del mundo, nos insistieron que compartamos con ellos un caldo de cordero. Como ya era la hora del almuerzo accedimos a compartir con ellos ese caldo, que a la distancia emanaba un olor delicioso, no sé si era por el hambre o porque realmente lo estaba, pero el asunto es que cuando nos lo sirvieron y lo probamos, realmente estaba delicioso. Tenía una gran presa de carne, mote serrano, papas, moraya, habas, verduras picadas y el choclo cusqueño de granos grandes, y estaba sazonado con huacatay, la hierba andina, y un poco de culantro. Además, como estaba bien caliente, nos repuso las fuerzas después de la larga caminata. Cuando terminamos de comer, nos despedimos de los pastores, les agradecimos su amabilidad y les dejamos unas cuantas frutas, pero cuidamos de guardar algunas para el camino de regreso y para Marcelo. Alejandro y yo tomamos el camino de regreso por donde habíamos bajado, pero Florencio nos detuvo, se volteó en sentido contrario y nos señaló a lo lejos lo que parecía ser la entrada de una cueva, al otro lado de la estancia.

—Ccaccan Curi —nos dijo, señalando la cueva.

—¿Esa es una cueva? —le pregunté, —¿vale la pena como para que vayamos hasta allá?

—Ari, curacc niñucha —me respondió afirmativamente mientras me señalaba con insistencia el mismo lugar.

La verdad era que la curiosidad por explorar una cueva pudo más que nosotros, por lo que Alejandro y yo nos dimos media vuelta para dirigirnos a ese lugar. Tuvimos que cruzar toda la estancia y después de casi media hora llegamos a la entrada de la cueva.

—Mira, hermano, la entrada parece la entrada de una capilla, pero de roca natural
—comentó Alejandro muy observador.

Primero entró Florencio, luego seguí yo y Alejandro se quedó en la puerta.

—¿Qué te pasa? —volteé para preguntarle.

—No sé, me ha dado un poco de miedo —me respondió.

—¡Qué miedo, ni nada! No va a pasar nada malo —le espeté. Mira, la cueva está bastante iluminada.

Finalmente, Alejandro accedió a entrar, pero esta vez puso a Marcelo en el suelo para que lo siguiera. La cueva era hermosa por dentro, había rocas de distintos colores, algunas emitían una especie de brillo. Alejandro comenzó a recoger algunas piedras del suelo, especialmente las que tenían más colores y las guardaba en su bolsa. El suelo estaba apisonado, lo que significaba que había personas o animales que circulaban regularmente por el lugar, seguramente las lluvias obligaban a pastores y rebaños a guarecerse. Después de haber avanzado unos metros, escuchamos unos aleteos que provenían del fondo de la cueva. Florencio se volteó y nos hizo señas para que nos agacháramos, al momento que lo hicimos pasaron volando velozmente un grupo de murciélagos, emitiendo un chillido bajo pero agudo. Marcelo inmediatamente se abrazó a la pierna de Alejandro y miraba desconcertado a todos lados, era evidente que estaba asustado, lo mismo que nosotros. Estuvimos de cuclillas unos minutos por si pasaba otra bandada de murciélagos, pero nada. Nos incorporamos y seguimos caminando lentamente.

Poco más adelante, comenzamos a ver unos objetos blancos y largos a los costados, me agaché de curiosidad para ver qué cosa eran, al momento descubrí que eran huesos de todo tipo. Por un momento pensé que eran huesos de animales que habían sido sacrificados o eran las ovejas que beneficiaban y arrojaban aquí sus osamentas. No podía estar más equivocado.

—¡Mira, qué tal cantidad de huesos! —me comentó Alejandro.

Marcelo iba de un lado a otro, cogía con sus manitas un hueso, lo miraba, lo olisqueaba y luego lo dejaba, luego agarraba otro y así repetía el mismo rito.

—¿Estos huesos son de animales? —le pregunté a Florencio.

—Manan, curacc niñucha —me respondió negativamente percibiendo mi desconcierto.

—Entonces, ¿son huesos humanos? —le volví a preguntar con un tono de alarma.

—Ari, curacc niñucha —me respondió confirmando mis sospechas.

En ese momento Marcelo se acercó a nosotros arrastrando una calavera humana, la tenía agarrada de los pelos que tenía fijados al cráneo. La cabeza dio un giro y las cuencas vacías de los ojos parecían que nos miraban desde el más allá y los dientes completos dibujaban una sonrisa macabra. Alejandro inmediatamente cargó a Marcelo y pegó la carrera hacia fuera, lo mismo hice yo y tras mío vino Florencio. Era tal nuestro susto que no paramos de correr hasta la mitad de la estancia. Nos detuvimos jadeantes y nos recostamos en el pasto.

—¡Te dije que no quería entrar y tú me obligaste! —me gritó mi hermano increpándome.

—Yo no te obligué —le respondí guardando la calma, —solamente te convencí.

—¡Qué gracioso eres! —me siguió increpando. ¡Has hecho que me pegue el susto de mi vida en esa cueva o cementerio o lo que sea!

Al poco rato se acercaron los amables pastores que nos habían invitado a almorzar. Les contamos lo que habíamos visto y nos contaron la leyenda de esa cueva. Nos explicaron que según los antiguos de la zona, en esa cueva vivía un pueblo antes del inicio de los tiempos, era la época en que el Sol no existía, solamente los alumbraba la Luna, por lo tanto vivían en penumbras y en un frío permanente, sólo comían algunas plantas porque muy pocas eran comestibles. Justamente su hogar era la cueva donde habíamos estado. Un día, Wiracocha, el principal de los dioses andinos, creó el Sol y todo se hizo luz y calor, pero como esta gente no estaba habituada al nuevo clima, se tenía que refugiar en la cueva y sólo salían de noche. Muchos de ellos tenían que hacer grandes trayectos para recolectar las plantas que estaban acostumbrados a comer, porque con el nuevo clima comenzaron a escasear. A muchos el Sol los sorprendía en el camino de regreso y los quemaba o los deshidrataba, por lo que comenzaron a morir, muchos hacían el esfuerzo de llegar a la cueva y morir dentro de ella. Esa fue la explicación mítica de la cantidad de huesos que encontramos en nuestra frustrada expedición. Lo importante es que el relato nos disipó el susto.

El camino de regreso se hizo más fácil, porque la mayor parte del trayecto era en pendiente, en dirección a la casa hacienda. El único problema fue que poco antes de llegar a la base de la quebrada, se arrancó una lluvia muy fuerte, lo cual dificultó nuestro descenso, porque el camino se hizo resbaloso por el lodo. Más de una vez nos dimos un porrazo y bajábamos sentados ciertos tramos. No faltó mucho tiempo y prácticamente estábamos totalmente cubiertos de lodo, lo mismo Marcelo, al parecer no le gustaba estar todo mojado, por lo que empezó a chillar cada vez que nos caíamos. En ese momento me acordé de papá cuando me advirtió de las lluvias de la época, pero no me arrepentí, porque una aventura como esta jamás la tendría en Lima.

—Talán, talán, talán —sonaba la campana de la puerta de la casa hacienda, que esta vez Alejandro halaba fuertemente con toda la justificación del mundo.

—¿¡Ay Jesús!, qué les pasó a mis niños? —preguntó la abuela Maximiliana cuando nos vio.

Nos hizo pasar al jardín y ahí mismo tuvimos que quitarnos toda la ropa mojada y cubierta de lodo, nos quedamos en calzoncillos y así nos condujo de la mano al baño. Justo habían llenado con agua caliente la enorme tina de hierro fundido para que se bañe el abuelo, pero la abuela lo desplazó en el acto para que sus nietos se dieran un buen baño y se pudieran calentar.

—Cómo cambian los tiempos —comentó papá sarcásticamente después de ver toda la escena desde que llegamos. La abuela no nos consentía igual a Antonio y a mí cuando éramos chicos, como ahora lo hace con ustedes.

—El amor a los nietos no se compara con el amor a los hijos —le respondió la abuela imponiendo autoridad, —por algo dicen que un nieto es un hijo multiplicado por dos y no les falta razón, porque el sentimiento también se duplica.

Acto seguido desalojó del baño a todos los adultos, a papá, a mamá e inclusive al abuelo, quienes se retiraron sonriendo porque conocían el carácter de la abuela y su devoción por los nietos, total para ellos era mejor que los disfrute a su antojo mientras estuvieran de visita en su casa. "Ustedes los crían y yo los malcrío" era la frase típica de la abuela cuando quería justificar algún exceso de engreimiento o de consentimiento con los nietos, o simplemente cuando los quería acaparar. Pero todos sabían que detrás de ese aparente autoritarismo o mando matriarcal había el corazón más bueno y más dulce que podía existir.

Durante la cena, Alejandro se encargó de narrar todas nuestras aventuras con lujo de detalles, casi no me dejó hablar. Nuestros abuelos y nuestros padres estaban encantados con nuestra jornada, porque era evidente que la habíamos disfrutado al máximo.

—Espero nomás que no tengan pesadillas con la calavera —nos dijo el abuelo riéndose al acabar el relato y la cena.

No pudimos ni contestarle siquiera, porque mi hermano y yo caímos rendidos sobre la mesa y nos dormimos apoyados en ella. Estábamos agotados por la excursión y relajados por el baño. No supimos que pasó hasta el día siguiente y no hubo manera de tener pesadillas con la calavera.

Los días siguientes tuvimos varias excursiones con Florencio. Subimos a las partes altas para conocer la Lagunilla de Ccotaña donde pudimos pescar algunas truchas medianas. Paseamos por la zona de Patahuasi, un poco más al norte de la casa hacienda y en una parte medianamente alta, donde conocimos otra hermosa quebrada. También fuimos a la explanada de Hatun Puccru, poco más arriba de la casa hacienda, donde pastaban algunos de los camélidos de la hacienda, principalmente llamas y alpacas. Aquí, una llama de color negro con marrón nos escupió a mi hermano y a mí por acercarnos mucho a su cría; felizmente no tuvo tanta puntería porque el escupitajo pasó rosándonos las caras. Desde ese momento aprendimos a guardar prudente distancia de estos animales que se hacían respetar mejor que nadie. Pero la mejor excursión fue a la del bosque de eucaliptos, ubicado casi en el límite norte de la hacienda, desde donde se podía divisar algunas curvas del río Vilcanota. Al lado del bosque había una pequeña laguna que en época de lluvia se formaba en una pequeña depresión o en una zona baja, entre los pastos que abundaban en toda la hacienda.

Por la mañana, Florencio vino a buscarnos para prepararnos antes de ir al bosque de eucaliptos. Nos trajo dos hondas de jebe, una para cada uno y él tenía la suya, eran las que se hacían con cámaras de llantas usadas. Estas hondas se fabricaban cortando la cámara en tiras de aproximadamente un centímetro de ancho y noventa centímetros de largo; los extremos de la tira de jebe se unían a un pequeño cuero, donde se coloca la piedra, al que se le hacen dos pequeños orificios a los extremos, por donde se pasa el jebe, se dobla y el doblez se amarra con pabilo. Este tipo de honda se usa a mano limpia, es decir, usando la mano y los dedos como horqueta. Alejandro y yo estábamos fascinados cada uno con su propia honda, el único problema era aprender a usarla sin que nos diéramos con la piedra en la mano, o mejor dicho en los dedos. Para nuestras lecciones de honda bajamos a la zona del río

Vilcanota, porque en sus orillas era donde abundaban las pequeñas piedras de canto rodado, bien redondeadas, que son ideales para tirar con la honda. Así iniciamos nuestro doloroso aprendizaje.

—¡Ay hijos! —exclamaban constantemente mamá y la abuela Maximiliana, cuando nos ponían las manos con algunos dedos amoratados en una tinaja con agua caliente, para que nos pase el dolor y la hinchazón.

—Lo importante es que ya aprendimos a usar la honda —repliqué, —ya tiramos a distancia, pero nos falta afinar un poco la puntería.

Al día siguiente la abuela nos preparó como siempre nuestras bolsas con el fiambre y el agua; Florencio nos consiguió unos pequeños morrales para guardar las piedras, las mismas que recogimos en el camino, a orillas del río. Después de una media hora de caminata llegamos al bosque de eucaliptos. Desde antes de llegar se escuchaba a las palomas, los tordos y los gorriones, pero lo que más nos interesaba era la cacería de las palomas. Aunque Florencio también nos insistía en ir a cazar los patos silvestres en la pequeña laguna al extremo del bosque, le dijimos que nosotros no éramos tan diestros como él y que los patos eran palabras mayores.

Antes de adentrarnos en el bosque, Florencio nos enseñó que debíamos caminar lentamente, viendo dónde pisábamos para hacer el menor ruido posible y que debíamos hablar en voz baja para no delatar nuestra presencia. Alejandro y yo seguimos al pie de la letra sus instrucciones y mientras avanzábamos mirábamos todo lo que él hacía, para tener una especie de aprendizaje acelerado de cacería de palomas, siempre mirando hacia arriba buscando nuestras presas aladas. En menos de quince minutos Florencio ya había cazado tres palomas y nosotros ninguna. En un momento vi a un gran tordo negro posado en una rama, apunté con mi mano y estiré hacia atrás la honda lo más que pude, para que la piedra tuviera la mayor velocidad posible.

—¡Manan, curacc niñucha! —me gritó Florencio impidiendo que le disparara al pájaro.

Después me explicó, o por lo menos es lo que le entendí, que no se debía matar pájaros negros porque eso traía mala suerte para toda la vida.

Casi a las dos horas Florencio había cazado ocho palomas, yo dos y Alejandro una. Salimos del bosque para dejar las palomas colgadas en un árbol en el borde del bosque, porque cargarlas dificultaba nuestra marcha e incomodaba nuestra cacería. Luego nos dimos media vuelta para volver a entrar en el bosque.

A los pocos minutos de andar, escuchamos unas risas y una pequeña algarabía.

—¡Palomas!, ¡miren las palomas! —gritaban tres muchachos de nuestra edad, o poco mayores que nosotros.

Después supimos que eran de Checacupe, el pueblo vecino frente a Tiquiña, que estaba al otro lado del río hacia el norte y al pie de la carretera al Cusco. Alejandro y yo nos adelantamos para reclamar nuestras palomas. Como Florencio se había adelantado a nosotros en el ingreso al bosque, estaba rezagado cuando dimos la vuelta y volvimos al sitio donde habíamos dejado nuestras aves. Los tres muchachos no tenían mucho de campesinos, eran más criollos y avivados que los muchachos de la zona.

—Esas palomas son nuestras —le reclamé, al mayor de ellos. Por favor, devuélvannoslas.

—Son de quién las encuentra —me respondió él en tono desafiante.

—No han caído del cielo —le contesté. Las hemos cazado nosotros y por eso nos pertenecen. Les repito, por favor, que nos la devuelvan.

—Si puedes ven a quitárnoslas limeñito —nos respondió otro de ellos.

Antes de que nos vayamos a las manos, a los otros les comenzó a caer un líquido desde el árbol que estaba encima de nosotros, era Florencio que se había subido sigilosamente y en el momento preciso de la discusión comenzó a orinar a los muchachos de Checacupe desde arriba, e inmediatamente con su honda comenzó a dispararles piedras con su admirable puntería. Los otros no tenían hondas, comenzaron a tirarle piedras con la mano, pero definitivamente el alcance no era el mismo, por eso los mantenía a raya. Mi hermano y yo nos escabullimos detrás de otros árboles y también comenzamos a dispararles con nuestras hondas. La lucha era desigual para nuestros adversarios, por lo que optaron por dejar las palomas en el suelo y comenzaron a correr, todo malolientes de orines, antes de arriesgarse a una rotura de cabeza o a perder un ojo.

—¡Yuujuu! —gritaba Alejandro saltando y haciendo girar su honda en círculos con la mano hacia arriba. ¡Ganamos!, ¡ganamos la batalla!

Los tres nos abrazamos y comenzamos a saltar en círculo. Luego de los festejos y de nuestra danza de guerra, recogimos nuestras palomas y regresamos a la casa hacienda. Si nos quedábamos corríamos el riesgo de que regrese un grupo mayor de muchachos de Checacupe y vernos en problemas. Así abrazados llegamos a la casa y todos nos miraban desconcertados sin saber a qué se debía esa repentina camaradería con Florencio: era la camaradería de los compañeros de combate.

El lunes 6 de enero salimos temprano al Cusco, porque al día siguiente en la madrugada salía nuestro tren de regreso a Arequipa y luego a Mollendo. A nuestro pesar no pudimos quedarnos más días en Tiquiña, porque papá tenía que ver unos asuntos en Lima antes de cumplir el mes completo de vacaciones. Como ese día se celebraba en el Cusco la festividad de la "Bajada de Reyes", la tía Sofía nos había dicho para ir a la parroquia del barrio de San Blas, a ver la adoración teatralizada del Niño Jesús y los Reyes Magos, acompañada de danzas y parodias nativas. Para esto cenamos temprano y luego fuimos todo el grupo familiar a ver esta fiesta. Marcelo se quedó en casa de la tía Sofía, a cuidado de Filomena, la muchacha que trabajaba en la casa, ayudando en los quehaceres de la cocina y en los de los dormitorios, especialmente en los de mis primas. Le advertimos que si lo sacaba de la jaula, debía ponerle la correa para tenerlo siempre bien asegurado, porque en lugar ajeno y con personas extrañas se ponía siempre muy nervioso.

Antes de salir, Sofía se acercó a mí en un momento que no había nadie cerca.

—Querido primo, aquí tienes mis encarguitos —me dijo en voz baja mientras que me entregaba una carta y un paquete para el flaco Delucchi, del cual ya sabía cuál era su contenido, por lo que los guardé inmediatamente en mi mochila.

Como a las dos horas y media regresamos a la casa de la tía Sofía. Cuando ingresamos todos comentábamos lo interesante y bonita que había sido la teatralización de la Bajada de Reyes. De pronto se dieron los primeros pasos de la tragedia.

—Se me escapó, se me escapó —decía Filomena llorando y sentada en el suelo de la entrada, evidenciando su total impotencia ante los hechos consumados.

—¿¡Quién se escapó!? —exclamó Alejandro completamente alarmado.

—El monito, el monito —respondió ella entre sollozos.

—¿¡Cómo!?, ¿¡Marcelo!? —grité yo desesperado.

—Sí, el monito, el monito —volvió a decir ella.

Al instante nos explicó desolada que en el momento que sacó a Marcelo de su jaula para darle de comer, un cohetón, de esos que salen volando y que se usan en las festividades andinas, cayó en la ventana y explotó produciendo un gran estruendo. Marcelo quiso huir asustado pero Filomena lo retuvo; entonces el pequeño animal le mordió en la mano para zafarse y corrió hasta la cocina. Como la ventana de arriba que da al techo de la casa estaba abierta, Marcelo de un salto se subió al repostero y con otro salto salió por la ventana. Terminado su relato Filomena nos mostró su mano derecha con las huellas de la mordida.

Inmediatamente, papá corrió hacia el patio seguido de nosotros. Ahí había unos escalones que conducían al techo, nos subimos y comenzamos a mirar a todos lados en la noche. Por encima de los techos de todas las casas alrededor de la plaza seguían silbando y explotando los cohetones voladores. Papá comenzó a caminar por los techos en busca de nuestra mascota pero nada. Llamaba a Marcelo incesantemente pero nada. Mamá y la tía Sofía fueron a tocar las puertas de los vecinos para indagar sobre Marcelo, cabía la posibilidad de que se hubiera pasado a la casa de alguno de ellos, pero nada. La infructuosa búsqueda duró como hasta la medianoche. Las pocas horas que debíamos dormir antes del viaje, mi hermano y yo las pasamos en blanco, sin dormir nada. Alejandro y yo estuvimos sollozando en voz baja casi toda la noche hasta que amaneció. No podíamos creer que Marcelo había desaparecido.

Durante todo el viaje en tren, mi hermano y yo nos la pasamos mirando en silencio por las ventanas, de rato en rato se nos escapaba una lágrima por las mejillas. En la noche desde Juliaca papá llamó por teléfono a la tía Sofía, pero no había ninguna novedad de Marcelo. Al día siguiente, cuando llegamos a Arequipa, papá volvió a llamar al Cusco pero nadie contestaba en la casa de la tía Sofía. Nuestra angustia iba creciendo conforme pasaba cada hora. De la estación de tren nos dirigimos al Hotel de Turistas de Arequipa y en la recepción el encargado le entregó a papá un sobre con un telegrama, papá lo abrió inmediatamente y decía:

"MARCELO ENCONTRADO. STOP. EN TORRE DE LA MARÍA ANGOLA. STOP. SACRISTÁN DE LA CATEDRAL LO TRAJO A CASA. STOP. SALE EN PRÓXIMO TREN. STOP. ESPÉRENLO EN AREQUIPA. STOP."

FIN

AGRADECIMIENTOS

Fernán Pacheco-Gamboa Flores
Ramiro Pacheco-Gamboa Flores
David Castrat Montes
Jorge Sarmiento Silva Rodriguez
Claudia Ghezzi Marcionelli